冰下的人

侯磊 著

北京联合出版公司
Beijing United Publishing Co.,Ltd.

图书在版编目（CIP）数据

冰下的人 / 侯磊著 . —北京：北京联合出版公司，2017.4

ISBN 978-7-5502-9371-7

Ⅰ . ①冰… Ⅱ . ①侯… Ⅲ . ①中篇小说—小说集—中国—当代 ②短篇小说—小说集—中国—当代

Ⅳ . ① I247.7

中国版本图书馆 CIP 数据核字（2016）第 314371 号

冰下的人

作　　者：侯　磊
责任编辑：崔保华
产品经理：梅勒斯
特约编辑：丛龙艳

北京联合出版公司出版

（北京市西城区德外大街 83 号楼 9 层　100088）

北京联合天畅发行公司发行

北京山华苑有限责任公司印刷　新华书店经销

字数：177 千字　880mm×1230mm　1/32　印张：8

2017 年 4 月第 1 版　2017 年 4 月第 1 次印刷

ISBN 978-7-5502-9371-7

定价：38.00 元

目录

冰下的人

十六子的眼花了，他分不清每一个、每一组人的玩法，
只看到一大片的人、一大片的冰。

一

十六子去什刹海的路上，一直和同学们在一起，他不敢掉队，也不敢像以往那样连跑带颠儿。

那是他十四岁以来第一次去什刹海看冰。

冰是什么样子？他只在时宽时窄的护城河里见过，成片的冰洁白、透明，似寒冷的铁。他觉得冰下有人，像胡同里一个奢咧¹着嘴唇走得慢慢的老头儿，在用拐棍儿笃笃地点地。在家中，每逢冬季，他都要戴着破军帽，穿着大缅裆裤，流着鼻涕，耳朵冻得通红，双手也冻得通红，到胡同里捡煤核。捡煤核是种功夫，捡早了烫手，捡晚了都成人家的了。满条胡同的孩子差不多都捡煤核，用省下的钱交学费。到学校后，他的小手皲裂而乌黑，一只五指分开的手掌按在发灰的作业本上，留下一个个黑手印。作业本纸张很粗糙，用钢笔一扎就

---

1 奢咧，指松动，闭不紧，北京话（后同）。

破，一写就洇。十六子没有钢笔，只有秃头的铅笔和木杆的圆珠笔，上面写着"北京圆珠笔厂制"。

　　北京的冷，十六子还不觉得。他听东北有亲戚的夜壶说，齐齐哈尔的街道旁，每隔上五十米就有一个火盆，供过路的人烤火，由警察来负责，否则没法走过整条街。再就是说句话被冻住了，听话的人得把说话的人烤化了才能听见，那才叫冷。齐齐哈尔在哪儿？他不知道，兴许要坐上三天三夜的火车，反正是个很远的地方。他不管这些，他只想去看冰。

　　夜壶曾问他："你家常年不开窗户，不闷吗？"十六子想，不开还四处漏风呢。

二

　　看冰成了十六子最想做的事，因为夜壶去过，看过的都告诉他了。同学里，最好的朋友就是夜壶。夜壶不论在学校里还是大街上，一向是随地到处撒尿，反正是男校，背开先生就行了。

　　先生是旧式的说法，在二百一十中仍然沿用。十六子的班主任是位女先生，姓程，始终严厉又和蔼，丈夫是右派，已经劳改去了。程先生拉扯两个女儿，很是不易。十六子最怕她来家访，那样他总要挨母亲的打。可程先生很容易家访，她家就住间壁儿[1]。

---

1 间壁儿，指隔壁，街道旁边。

十六子上课爱走神，下课爱打岔，说话没逻辑，办事缺条理，总被程先生批评，也渐渐成了同学们的笑料。他每次都不服，折了面子，总想找回来。他会接老师的下茬儿，会抢着回答问题。同学们学会了拿他寻开心，他的面子越折越多。

"寒风冻死我，明天就垒窝……"程先生在讲一篇叫《寒号鸟》的课文，十六子的三魂七魄跟着寒号鸟飞到了窗外，他坐不住，每逢上下学的路上，遇到打幡出殡的、铜锅铜碗的，他都上去瞧瞧。他手里拿着三角尺，尺子上的圆洞是半圆仪，作图用的。十六子把手指一根根捅进去，来回戳几下，像刷锅一样转。他又把右手中指捅进去，卡住了。

三角尺在中指上来回转，十六子想如此松动了就拿下来，哪知越转越紧。他使劲把食指和无名指向下掰，再推中指让它直直竖起，像操场上的旗杆，只差一面迎风招展的布面旗子。可越弄越紧，手指关节上的皴裂处被磨得生疼，身边传来了窃笑声。

"援朝，站起来。"程先生道。十六子哐当撞了桌子一下，没起来，立刻把手藏在身后。

程先生看出了端倪。她走过去，帮着十六子使劲拔，教室里的笑声从座位周边四散开来，像是一块炸糕坯子扔进了油锅，笑声比香味儿散得都快，很快变成全班的哄笑。

十六子坐不住了，程先生说："你上茅房，洗手池那儿有胰子头儿。"

十六子颠儿颠儿地跑了，恨不得一头扎进茅房里不出来。他找到烂得如泥的胰子头儿，是好几块用得拿不住的胰子攒了揉成的。他拧水龙头，冬天冻住了，没有水。胰子头儿也冻住了，擦不上也不润滑，他使劲，把尺子撅了。

十六子回到教室，程先生接着讲课。同学们又轻微地笑了一阵，也听课去了。十六子听不进去，只想着下课。忽然间，他听程先生讲："河里的水结了冰，崖缝里冷得像冰窖。"

结了冰，是一片白吗？那是什么景色？是四处漏风吗？他想到自己的家。耗子在房顶上咚咚地跑着。顶棚若有个洞，耗子肯定会掉到枕头上。顶棚角上有裂缝，宽得能垂下耗子尾巴。

"哆啰啰，哆啰啰，寒风冻死我，明天就垒窝。"

河里的水结了冰，那可以滑冰了。学校那么好的操场，冬天不浇水冻起来滑冰，真是太浪费了。真不如齐齐哈尔，那边中小学的体育课都教滑冰，十六子这样想。有几个大学冬天浇水弄冰场，他不知道。

"援朝，起立。"这次他下意识地起来了，"寒号鸟为什么被冻死了？"

"耗子……"

哈哈哈，同学们笑得更欢了。有个公鸭嗓的在底下带头，学着蛤蟆的声叫道："援朝，援朝，援朝。"下面接着一大群学生小声地喊："丢人，丢人，真丢人！"有些男生发育较早，说话低沉，班里环绕着嗡嗡的低音。笑的人更多了，像吵了蛤蟆坑。

"为什么不看书？"程先生生气了，她一般习惯说"为什么不听讲"。

"我看不见。"十六子顶上一句，"我没戴眼镜。"

"哈哈——"同学们又笑了。全班只有一个戴眼镜的学生，那学生是个病秧子，常年发烧，没上过体育课。"瞎说，他眼可尖了。"还是那个公鸭嗓在底下反驳，他叫占军。

"看不见？……你看，有人揭发你了。"

程先生表情严肃，十六子无言以对，班里的空气凝结了。

程先生的脸上挤出点儿笑意，她不理十六子，接着讲课，弄得十六子站也不是坐也不是。他前后左右地看看，见同学们都对他没好脸，只好缓缓坐下，更不听课了。

三

十六子的功课有他自己的水平，一百分的考卷能考五分，班里只有一个人比他差，那就是夜壶。哪怕在夏天，夜壶也同样穿着大缅裆裤，用一根粗麻绳穿过皮带襻系在腰上，上身光着脊梁，深深的脊梁沟在太阳下油光锃亮。他们一起逃学，去护城河边捞鱼虫，看鸟。夜壶总是"啪"地一下，右手猛地一甩，把跨栏背心搭在左肩膀上，瘦得没法看，简直是人灯。他脚下趿拉着两只工厂淘汰的旧胶鞋，不知在哪个工厂的垃圾堆里捡的，两只不是一双，却都把脚磨得生疼。夜壶的父亲是卖黄土的，每天到安定门和雍和宫之间的城墙上班，见哪里被人掏了个洞，城砖已经被搬走盖了猪圈或茅房，他就往那个洞里挖去。把挖出的黄土放到小推车上，卖到煤场子去，掺和进煤渣子里，摇成煤球，再卖给机关大院。在机关大院烧过后倾倒出来，再等一小会儿，那些没烧透的煤核就被十六子捡回家中，倒进煤球炉子，接着烧。

夜壶说："十六子，出去玩。"

"去撒尿？"

"不，出去玩。"

"哪儿也不去。"

"去看冰吧。"

"在哪儿？"

"护城河！"

去护城河要出城，要路过雍和宫。雍和宫是坐北朝南的，已年久失修，那破败中仍掩饰不住金碧辉煌，那里面住着喇嘛。

"听说过吗？那里面有鬼。"夜壶和十六子一边走一边说，"那些喇嘛都会降妖捉怪，比孙猴儿能耐还大。"

"有冰吗？"

"有啊，那里面有只大妖精，被封在冰里呢。你看那个大亭子，一直封着不开。"夜壶曾溜进去玩过，比十六子见多识广。他指着从墙外能看到的碑亭的黄顶，细心地给十六子讲。那里面是哪朝皇帝题的字，他不知道。十六子仍想着冰的事。他拉着夜壶到了雍和宫的侧门，那里经常有喇嘛进出。他们趴着门缝看。里面有人来了，开门。两人吓得跑开了。

雍和宫大街向北的尽头，是城墙。城墙早就被扒开一个倒梯形的豁口，像是有巨人从空中拿走了一张麻将牌。人们借此进出方便许多，城墙外是包砖，内芯的黄土被踩出一个个小坑，人们借此登上碎砖烂瓦、酸枣枝与荆棘条构成的城墙。在城墙的内侧，能看到嵌着一块石碑，不知是庙的碑记还是城墙外环城铁路的里程碑。那铁路是清朝末年修建的，打西直门起到东便门，环了北京大半圈，在德胜门、东直门和朝阳门都有站。在安定门——雍和宫这里也有一站，是一个货车卸煤的货场，那煤山就在城外，堆得不高，十六子爬上去玩过，弄得一身黑。

出了豁口，要走过一座拱形的木制小桥，才可跨过护城河到对岸，对岸容易下到结冰的河里。那小桥也就两米多宽，热闹的时候总有人走，在冬天才显得冷清。过了护城河再往前要走个下坡，城外低洼，全是乱葬岗子和那高大的王八驮石碑，弄不好还能遇到小牌坊，石羊石马也有，可不多见，都在更远的乡下。有的墓碑上刻着洋文、钢盔和枪，从八国联军到抗日时的都有。那年月，美国人和日本人干起仗来。打完后，从城墙根儿到护城河边，到处都卖美国鬼子的钢盔、水壶、烟盒，还有日本鬼子的皮鞋和指挥刀，不少是从他们部队里偷的，或是从死人身上扒的。双方打死的人多是这个下场。人们不管这叫偷，而叫捡。

他们没有去那片乱葬岗子，而是直接下到河里。十六子穿了新时兴的白塑料底灯芯绒棉鞋，正好拿来溜冰。

护城河时宽时窄，时深时浅，河底时高时低。那宽而深的地方结了冰，窄而浅的地方冰面像缓缓的水流，水波似微型的海浪。这里没有滑冰的人、钓鱼的人、玩冰车的人。在护城河，他们什么都没看到。脚下的冰一点儿也不厚实，没有冻透，贴岸的冰面还汪着水，悄悄浸湿了鞋。十六子听到冰下的水在流，若凿个洞，拿个马扎守着，准能钓上鱼来。十六子看着眼前这片不大的冰面，思绪飞了。

宫墙外的筒子河有五十米宽，金城汤池，深沟高垒，冬天里冻成一片。离得老远，能看到有人在河上凿冰窟窿钓鱼，能钓到一尺长的小鲫瓜子。还有人滑冰，有大人，也有孩子，不知是从哪里下去的。大人中有个滑花样的年轻男子，在冰面上滑出一个小小的"8"字，划出薄薄的冰花。那"8"字滑得极圆，两个圈一大一小，似个没嘴的葫芦。那人白净而帅气，见有人在岸上看他，就倒着滑"8"字，配上全身的动作，灵巧如燕，像从部队文工团里出来的跳舞的。

玩花样的并不多，男的更少，远不如跑刀好看，能刷刷地在冰面上疾驰如飞，比大街上跑的苏联嘎斯还快。那车被当作公共汽车，街上没多少人，乱跑也没什么。玩跑刀的人少，更多的是穿简易冰鞋的孩子，比他们还小、穿得还破，恨不得是蹬三轮家的。他们只顾埋头在冰上出溜，算不上滑冰，可都滑得认真，从不抬头看人。还有辆小巧的冰车，穿大红棉袄的丫头坐上面，留平头的小子在身后推着跑。

十六子想借双冰鞋，哪怕是在冰车上坐一会儿，但他不知道怎么去说。

终于遇到个穿跑刀的，是个留胡子的半大老头儿。老头儿也就五六十岁，比十六子的父亲稍微大上一点儿。那老头儿一路向西，刷刷几下，变成个小黑点，没影了；再刷刷几下，从一个小黑点变成头黑色的豹子。十六子看得傻眼，几乎要跳着喝起彩来，以吸引老头儿的注意。他多么希望老头儿跟他聊上几句，给他看看冰鞋。可老头儿这次一去不回，像是穿墙消失在宫内。

"哎！发什么呆啊？"夜壶把十六子从心游大荒里拽了回来。那些筒子河上滑冰的场景，都是夜壶讲的，解铃还须系铃人。

"你穿过冰鞋吗？"十六子问。他知道夜壶曾在筒子河上跟一个钓鱼的磨了一整天，要了一条小猫鱼儿回家熬汤，结果受了风寒，流了一个月的清鼻涕。

"有过啊，那种简易的，我自己做的。"夜壶把怎么做简易的冰鞋给十六子讲了一遍——找块小木头板，板子的一面拧上黑铁冰刀，另一面钉上布做的鞋面，滑起来要用绳子绑死在脚上。滑冰从没学过，冰刀从未磨过。

"坐过冰车吗？"铃铛还没有解完。

"坐过啊，坐起来，跟骑马似的。"夜壶其实没坐过，他只是远远地看到过光板的冰床。冰床是以前运货拉人用的，早被淘汰了，指不定是从哪里捡的，破得几近散架，拉起来颠簸。确实有很小的孩子坐上面，自以为骑上了高头大马。

"这样容易崴脚。我以前见过。"夜壶怕十六子追问关于马的事，又说回到简易冰鞋上了，"好的冰鞋得租，黑龙牌，齐齐哈尔产的，就我老舅家那边，得拿上户口本里有自己的那一篇儿，人家管磨刀。"

"切——就一跋拉板儿。"十六子一脸不屑。

"走，咱们去那边。"夜壶把十六子拽到宽敞的地方。他们来来回回过了几次，先助跑上几步，再把鞋底当冰刀，出溜到对岸，再出溜回来。十六子一不小心，老太太钻被窝儿——摔了个屁股蹲儿。双手一扶冰面，寒气立刻透过了家里做的棉手套，出奇地冷。猛然间，他好像听见冰下传来咚咚的声音，像是有人在敲打。

"有人绊我！"十六子嚷道。

"谁呀？"夜壶问。他见十六子没再吱声，就自己玩。

十六子嫌护城河太小，没什么意思，他想去看更大的冰。但既想玩又想回去，他怕被老师逮到，想了一下，还是要玩。

"塑料底的毛窝，忒滑。"十六子指的是他的棉鞋，鞋是新买的，但他总觉得不结实。塑料底的花纹却很好看，多是菱形，像家里的窗棱，也像一幅画。窗棱和窗户纸一样古老，纸已经发黄，变脆，一碰就破，一破就漏。

"我的是胶底的，不滑，咱们去别的地方吧。往东，还是往西？"夜壶的棉手套更破，手早已冻透了，他想换个地方。他往两边指了指，东边不远是东直门，但过去要很久。他们爬过东直门的城墙，那里有一棵巨大的槐树，可以顺着树的枝丫爬上去，在城墙上的荆棘丛中穿梭，从几乎没有砖的马道上下来。马道的半截处堵着大捆的树枝，意思是不让人上下。可实际上，不时有人来撅几根，拿回家当柴烧。大街上很干净，人们很穷，干净得捡不到一块垫脚的碎砖头。哪里有工地在筛沙子，那里的人就回去偷偷搓上一簸箕。所以用树枝堵路不够聪明。

而西边，就是安定门。再往西，是一片望不到头的地方，他们都没去过。天并没有下雪，只是微微地阴，可他们都觉得四外是一片白色，就像脚下的冰。

他们往两边都走了一段，发现哪儿也去不了，护城河是活水，冻不上。没走几步，河一窄，就是激流。脚下越走越软，渐渐往上渗水。十六子离没冻上的地方也就一两米，夜壶不敢往前了。

"这是入冬的冰，横纹的，结几公分就行，没事。"十六子没夜壶玩得野，但这次他冲到了前头。

"别滑了，再摔个跟头掉冰窟窿里。"夜壶拦着，他心疼鞋。

"能玩，塑料底在地面上都能滑。"十六子一意孤行，非要接着毁鞋。夜壶没办法，他滑到对面的岸边，解下裤子，冲着岸边的冰撒了一泡黄色的尿，冒出了腾腾的热气，把岸边的冰融化了。尿完，他才发现尿很快与积水混成一片，上岸时会踩着，他往旁边走了几步才上岸，好像怕会传染肝炎一样。那时南方正是肝炎发作时期，中医院有个大夫开了几个方子，管用，火了。

夜壶非要现在走，十六子死活不肯，好像这一走就再也回不来了，回到家就再也不能出去了。

"下节是程先生的课，要上啦。"夜壶急中生智。

这一句点醒梦中人，十六子最怕请家长，他飞快地跳上岸，踏着土一个劲儿地跑。

"等等，等等。"

十六子把夜壶扔在了身后。

由此往西，远远就看到高大的安定门城楼。城楼里住满了盲流，一家一户，都用砖头砌了墙，借着城楼内的柱子和墙隔开，或用破雨布搭了个窝棚，用捡来的煤球炉子做饭，或干脆没有，只用几块砖搭成个小灶，放上个破锅坐水喝，锅里熬着饭嘎巴儿、烂菜叶、碎豆腐和辣椒，只有辣椒显得齐整。十六子没留神，把人家饭锅踢了。一个油泥脸的人从一片帆布里钻出来，可劲儿地嚷嚷。夜壶赶紧拉着十六子跑了，那人嚷嚷了什么，两个人都没听懂。这些人天南地北哪儿的都有，多是捡烂纸、糊纸盒、缝穷为生，政府正忙着肃清"军警宪特"，还没来得及清理他们。

安定门内大街与雍和宫大街，是两条并行的南北向的街道，二百一十中在两条大街夹心的地方往南。一路上有卖糖葫芦的，大个儿的山里红剔了核，冰糖在人眼里闪着光，他们馋得都不敢看。也有卖茶汤的，服务员守着大铜壶，也不敢闻。家有牛油和稻香村点心渣儿做的油炒面，在一个大搪瓷盆里放得高高的，眼巴巴地望着，不敢跟母亲提。点心渣儿不要粮票，前两年一块钱一斤，能买二十个芝麻烧饼。

"咱们怎么走安定门了？不是来时的雍和宫更近吗？"夜壶说。

"学校就在两条街正中间的区域，从哪条街过去都一样。"十六子胸有成竹，他从两边都走过的。可是，他们此次的全程，是出雍和宫，左转去了安定门，再左转从安定门内大街往回返，等于饶了一圈，要多走一条街的来回。

十六子算不过来，原本想在程先生的课开始以前回来，可等跑到学校教室门口时，程先生的课都快下了。他们站在教室外远远地看着，不敢去也不敢再走，直到程先生从里面看到了，叫他们进去。这时，叮当叮当的声音传来，看门老头儿过来摇铃，下课了。

"你们俩别走，去办公室找我。"程先生对他们说。两个人的鞋已经冻硬，一路的土都和泥冻成了铠甲。冰化了，他们刚刚觉得冷。

"结冰时有咔嚓咔嚓的声，你听过吗？"十六子问夜壶。

"没有。"夜壶说，"我听说过，中南海里，毛主席都会滑冰。"

四

二百一十中很复杂，复杂得如同多年的摭布缠住了多年的毛毯，择不开。

这里是以前的教会学校，先生们都上过大学，有的还出过洋，在外国府¹里做过事。学生也多是衣冠楚楚，大街上的孩子穿补丁衣服，学校里的穿皮猴儿²。直至人民翻身之后，政府接管了学校，又重新招聘了老师，都是附近有点儿文化又找不到工作的人，来源很

---

1 外国府，指使馆。
2 皮猴儿，指皮大衣。

杂。学生穿着补丁衣服，都是第一辈识字，穿不起皮猴儿，倒比猴儿还闹。结果是高中学生好，初中学生淘；学校越盖越好，学生越来越闹。再加上是男校，学生之间掏小鸡儿扒裤子，毫无忌讳，令教惯了老实学生的先生们大伤脑筋，毫无办法。

学校里，男老师必定会抽烟，女老师必定会喝茶，可基本上也会抽烟。程先生喝茶是用大搪瓷缸子，里面的茶叶能打卤。那茶叶卤酽得发黑，能苦死人。她抽烟每次都抽半根，桌子上有个喂鸟似的小碟，专门放她很多的半根烟。直至没有新烟了，她才集体抽第二轮。小六子和夜壶进屋后，她一挥手，让他们站到墙角，自己埋头判作业。老师们都知道，程先生又留学生了。下学后，有的老师从来不留学生，有的老师总留学生，程先生是后者。

"明年就初三了，你们打算怎么办？"程先生判完作业才招呼他们过来。在她眼里，论个头儿，这俩像高中生；论懂事，这俩像小学生；论功课，就是小学生。在这段时间内，夜壶向程先生请假去上茅房。他看学校里没人，又到楼边的老槐树下撒了泡尿，也不怕程先生出来看见。程先生的办公室在一层靠外，茅房在二层紧里头，夜壶肯定嫌远。

两个人没说话。

"工厂要是招工的话，你们想去哪类的？街道办工厂行不？下学期，还念吗？"

两个人支支吾吾，都不知道说些什么，考高中，他们根本没想过，就想毕业找个活儿干，好自己赚嚼谷[1]，给家里省点儿挑费，能

---

1 嚼谷，指生活费用。

去街道工厂糊纸盒也行，离家近，再有的就是玩。至于期末考不考试、下学期念不念，那更是无所谓的事了。

程先生打发走夜壶，送十六子回家，和十六子的母亲坐到屋子里说了会儿话。她走后，母亲又把十六子好一顿打，打完了叹气。她自己是家庭妇女，整天只有劳作，拾掇五个孩子，连带着给人家缝缝补补。父亲是不着家的，坐车到很远的云岗去上班，他连每个孩子多大都不知道，宁可把时间都花在路上；每月挣七十块钱，自己留一半，给家里一半。母亲要用三十五块养五个孩子。规定的生活标准，最低是每人七块，正好够了，若加上母亲就不够了。可街道是按全家平均来算，七十块七口人，领不了补助。哥哥姐姐们都大了，自是要忙功课。十六子最小，功课最差。老大嫁到了内蒙；老二考进大学，不用管了；老三为省钱，上了学无线电的中专；老四是十二子，考上了二百二十中，比二百一十中好得多；就差下学期十六子的学费了。程先生临走前在屋里一看，回去会照旧先垫上五块，街里街坊的，等于替十六子交了。她懂得母亲的情面，肯定不会说；母亲更没法问，她想拦着，自己拦不住，也没钱能拦住。十六子不爱念功课，她只能打十六子。母亲若是打哥哥，那大爷——就是父亲的哥哥，一定会来拉着。有一次大爷被挡到了门外，屋里噼里啪啦地打着，大爷急得一脚把门踹开，实际上踹了好几脚，扑上去拉着。十六子没这造化，打了就打了，没人管，连五叔屋门口拴着的杂毛猫都不看他。

这次打得扫炕笤帚都酥了，尤其重。十六子平常穿的布鞋是母亲做的，家里连双趿拉板儿都没有。一回家总是见母亲四处搜罗破布，铺在一块板子上，打了糨子粘在一起，晒成铺衬[1]。两三层铺衬打成一层袼褙[2]，要五六层袼褙才够厚，否则一沾水就透。再扯上面宽二尺的灯芯绒，依次开始画鞋样、纳鞋底、缝鞋面、做鞋帮，连麻绳都自己搓些。这两年刚刚有卖塑料底的鞋，布鞋两块二一双，棉鞋五块八。这次穿的是系带的五眼棉鞋，新买的，在冰面上出溜，加一路上蹭土，不仅脏，还张了鳄鱼嘴，嘴里塞满了树叶和烂泥。有一些烂树叶塞得深，抠都抠不出来。

以往挨了打，十六子都睡不着，他躺在床上抠墙皮，再把墙皮用指头碾成粉末，细细地往床和墙的缝隙里塞。不好抠的地方，他会一点点地撕，创作着别人看不见的艺术品。这一次，他很快进入梦乡，把对程先生的埋怨扔到脑后。程先生来是对母亲说，护城河是活水，根本冻不瓷实，在上面玩太危险，摔一跤就掉下去了，真掉下去怎么办……这些，他想不到。

他来到一望无际的冰面上，这里美如仙境，却不是北海，也不是颐和园。冰的尽头是奔跑的群山，群山后面是缭绕的云雾，仿佛到了蓬莱。冰上有一位留白胡子的老人，他戴着瓜皮小帽，穿了一身棉衣棉裤，脚下绑着冰鞋，他倒着滑，蹲着滑，转着圈地滑，滑几圈就折了几个跟头，金鸡独立、夜叉探海，像街上的把式，练家子。他在冰上把一条腿立起来，扮朝天镫。十六子想过去看看他是不是护城河上滑跑刀的那个老头儿，却怎么也近不了身。远处，来了不少身着古代衣服的人，都排着大队，穿着黄马褂，举着仪仗。先是有些人围着

---

1 铺衬，指破碎废旧的棉织品。
2 袼褙，指碎布、旧布裱成的厚片。

场子跑大圈，他们飞快地滑过，快得看不清人脸，身后背着金线绣成的旗子，被风扯开，现出各种颜色的龙，龙吟般地响。十六子刚想去追，又来了些冰上杂耍的人，在冰上射箭、打球、叠罗汉、耍坛子、耍飞叉和中幡，还有在冰上成对撂跤的。十六子的眼花了，他分不清每一个、每一组人的玩法，只看到一大片的人、一大片的冰。

五

　　"结冰的时候，你去过什刹海吗？"十六子问夜壶。每逢夏天，十六子都去什刹海游泳。小学时一直光着眼子，现在才知道找来两块蓝布，让母亲缝个游泳裤衩。他知道深浅，沿着岸边往下出溜，出溜到脚底微微发飘，要立着脚尖才够到河底时就不走了。有一次，他看到一个孩子从海子边上往里一猛子扎下去，只见水里好像有条大鱼在翻腾，几下就不见了动静。两个小时后，有人把他捞了上来，是手扎到什刹海底的淤泥里了。把人捞上来后，有人招呼着，十六子找了张破草席给盖上，见没有大人来找，也没有孩子来哭。十六子总在这里站着不合适，就跑到靠边一点儿的地方游去了。从此以后，他怕了。就在离岸边不到几米这一小块地玩，不学扎猛子，也不练潜水，宁可别人笑话他。冬天，他从来没去过。他想把梦讲给夜壶，但想一想又不讲了，怕夜壶不信，往梦里撒尿。

　　"没有。咱什么时候去？"

　　"程先生每天都有课。"

　　"明天她下午两节。"

"不行，赶不回来的。后天吧。后天早晚各一节。"

正在商量的时候，却听程先生来宣布了。学校组织学生到冰场义务劳动，大家都得去。

终于到了冬天的什刹海，这里毫无人烟，只有同学们对着呼出的白气。那些干枯的树枝向天空扎过去，老旧的街门一动不动，像一座座死宅。阳光的颜色很淡，远处钟鼓楼的金边都没有反光。这里四点半以后就黑了，见不到人影，却能听见不知从哪儿传来的"日儿日儿"的胡琴声。

同学们走在河边绿色的铁栅栏和不高不矮的杨树边。那杨树是前些年种的，从前那里只有垂柳和槐树。日本侵华时期，这里圈起来养鱼，大人不让孩子过去，说，去了，日本人会打枪。

他们转到什刹海的东岸，十六子的眼神迷离了，仿佛有个疙瘩堵在心口，那成片的什刹海没有冻成一整块冰，很多地方都是水，那一尺半厚的冰层被分割成一块块，每块大约三尺见方，有的被起出来放在冰面上，有的就那么漂着。他们被叫来参加劳动，是把冰运到岸上。

采冰时具体的动作叫打冰。打冰都在夜里，天一泛白就收工，因为要洒水铺成一条冰道，怕化了。夜里要有零下二十摄氏度，工人们捂着棉袄，穿着特制的靰鞡[1]，干一会儿就要一身大汗，若不干歇着就冻透了。采冰人辛苦而危险，他们都把短杆冰钏的尾部穿上绳，另一头系在腰上，以防止掉到河里。采冰由师傅划线，徒弟开凿，规矩很大，又累又冻，但作为生计，还是有很多人来干的。毕竟这不要什么文化，有把力气、能吃苦就行了。

---

1 靰鞡，即冬天穿的鞋。

打下来的冰，用冰钏上的钩钩住拖出来，采完冰的地方露出了水，水面上又很快冻上一层冰。北京是水乡，现在是冰城，这冰每年能采上四五茬儿的。

"喂，你好吗？"十六子感觉到冰下有人。他一跺脚，下面的人也跺；他喊，下面的也喊；他跑，下面的也跑。像是一个大头朝下的自己，双脚抵住冰的底下，一跺脚，冰会裂开，人会上来。冰下也会有一座古城，也有能上去玩的城墙城门，有雍和宫那样的大庙，有整齐的胡同和院落，街道的两旁卖各种小吃，那里买东西也花钱，可从来不用粮票；也开学上课，可从来不用考试。

他看冰，冰也在看他，似他的归宿，空气被冻住了。

远古的世界里，地球是被冰包围的，是大禹治水先把冰都化了，分开一部分水，用剩下的水结成了什刹海。十六子他不怕水，也不怕冰。但冰比水厉害，人掉进水里能游泳，掉进冰窟窿里就完了。

十六子看着发呆。人们把冰一块块地起出来，像是开凿在他脸上。他看不到成片的冰了，只能看见冰砖。他想起来，母亲说过，从前的夏天，屋子里都会放一大块冰，一圈围着揾布，用它来乘凉，还在上面冰吃的。那冰就是河水冻的，不能砸碎了放进酸梅汤里，不干净。十六子在出生八个月后搬过一次家，搬家前院子比现在的大，房子比现在多，母亲没给人家洗过衣服，哥哥姐姐上过幼儿园；搬家后，三伏天不论多热，屋里都没放过冰。

孩子们的任务，是把冰从湖里拉上岸，再装上车，运到不远的冰窖里。冰窖像防空洞一样大，能从底下码到顶头，再从紧里头码到门口。那里面的人，常年都穿着棉袄棉裤，他们有经验，比打冰的人挣钱多。一个冰窖能存上万块的冰。冬天把冰码放好存进来，夏天再把冰卖出，供人用作水晶肉、肉皮冻、冻酥鱼、冰扒糕、八宝粥、酸梅汤、果子干、红果酪、雪花酪、冰激凌、凉粉、奶酪、杏仁豆腐和各种冰碗儿。或是那大型的饭庄子、猪肉杠、羊肉床子，把头一天卖不完的整猪整羊都拉冰窖存着，第二天再取。要么就直接摆在合作社的门口，放上一排桔子味儿的北冰洋。那售货员穿着深色的工作服，从左到右伸手将过。

十六子和夜壶分到了一组，他们的力气都不大。夜壶看到，还有几块打下的冰在海子面上浮着，漂来漂去。

他们到一块冰前，工具中有一个特别大的十字夹剪。夹剪的前端是钩，钩住冰下方的边缘。两个人一起用力，向左右拉动夹子的木杆，一起往起抬，把冰抬到冰床上。那冰床顶多是个木排，由横竖各五块的长木头板拼成的，在一面钉上两根大木条，木条上纵向绕几圈豆条[1]，再在边上穿上洞，拴上绳子，全拿那豆条当冰刀。有的工人甚至不用木排，直接用绳子拉冰，后面有人用长杆冰钏顶着。十六子想起夜壶说过的冰床，不如这个个儿大，带劲。

夜壶左顾右盼，发现了新大陆。

浮冰离冰的边缘仅有一米的距离，单是迈腿是够不着的。夜壶加了助跑，刚刚倒退几步，往前一跑就啪地一下，摔了个大马趴。当他爬起来时，门牙少了半颗，从牙缝里往外流血。

"你没事吧？"

"没事，我换牙呢。"夜壶用手按了按牙，表示还行。他捡了小

---

1 豆条，指像黄豆一样顶的铁丝。

块的碎冰塞到嘴里，嘴咂得像鲶鱼。

夜壶再次起身，整整身上的衣服。这次他旱地拔葱，没用助跑就跳到了浮冰上，十六子递给他一根长杆的冰钏。夜壶用冰钏划拉水底，但够不到，就撑了一下离他最近的冰边。脚下的浮冰晃了两晃。

"我听我老舅说，松花江上开河，都是在浮冰上跳的，还是要放排的。你知道吗？把整棵的大树放在河上漂，可壮观了！小小竹排，竹排呀竹排！……"他张嘴乱唱，想唱首歌或戏，都不会，唱不出词，唱出词没调。他拿起长杆冰钏开耍，像在操练岳飞大破连环马的钩镰枪。耍了一会儿，他转身解开裤子，站到浮冰边上，冲着半冰半水的什刹海。天太冷，他还是来了尿。

"哎，下来！下来！"远远地就听见程先生在喊。她带着学生把冰装上木排，自己上了岸，隔着栅栏使劲地喊。她见夜壶没反应，竟一下子翻过栅栏，跳下湖，在冰面上跑了起来。那身手像运动员一样，可惜她没几步就现了原形，摔倒了。

其他男老师和冰场的工人也往这边边跑边喊。夜壶正尿到一半，慌得憋了回去，淋了一裤子。他脚下一滑，浮冰并没有翻，只是晃了晃，他却掉进了海子里。那几位成年人七手八脚，把夜壶拽了上来。幸好冬天已经开过闸，水被放了不少，没多深。

程先生一瘸一拐地过来，抡起拳头就打了十六子一个脖儿拐[1]，又伸手打夜壶，被人拦住了。"叫你闹，叫你闹！"程先生怒道。十六子一肚子委屈，跳到浮冰上的不是他，他想辩解，却没张开嘴。

---

1 脖儿拐，指用手打在后脑勺上。

程先生脱下自己的外套，扒下夜壶的破棉袄，给夜壶穿上，抱起瘦干狼一样的夜壶就走了。

十六子和占军又分到了一组，两个人一起拉木排。他们俩把木排从湖中拉到岸边的一道斜坡上，再从斜坡上拉上岸。那斜坡是用河泥筑成的，上面洒了水，冻成一条冰道。占军劲儿大，冰床上有冰，他一个人能拉动，不费劲。

刚才一番折腾，十六子的后背出了汗，很快小风一吹，几乎结了冰。他身子有些不灵活，但想起上课时谎称看不见而被占军揭穿的事，他就气不打一处来。他说："我也行。"

"行吗？"

"行的，给我。"

"不给，我先拉完这趟。"

"我一趟还没拉呢，有本事你自己来！"

占军号了一声，猛地拉着木排向斜坡冲上去。他上去后，其他同学卸了冰，他又怪叫着往下冲。十六子闪身慢了一点儿，被那木排的边缘一下子兜到了脚踝，他凌空折了一个跟头，落下时用胳膊一撑，正好胳膊垫到了身子下。他听见咔吧一声，轻轻的，就像冰裂了个缝。

六

十六子被送到附近的医院打了石膏，要求休息三个月，不知怎么，胳膊有点儿红肿，痒痒得厉害。十六子平时睡觉喜欢趴着，这下不行了，他每天坐卧不宁。过了一个月复查，大夫说，骨头接得有点儿错位，胳膊向外翻着，若长死了就回不来了。十六子一急，要大夫把石膏砸碎了重新接。几个年轻的大夫生生地把胳膊重新摆来摆去，如摆弄模型一般。十六子疼得直咧嘴。又过了三个月，胳膊彻底长死了，永远向外翻着，再也正不过来。十六子成了拐子[1]。

冬天就这样过去。转过年来，五六月份就不上课了。学生们每天到了学校，吵吵嚷嚷乱作一团，纷纷在教室里听听广播，读读文件，在校园里四处乱逛，到处看大字报。有调皮的拿个小锤，乒乒乓乓，把每块玻璃都打碎。在学校待个半天，下午就走了，去什刹海游泳，去北海前门的图书馆看书。日子就这样，一天天过去。

最爱游泳的十六子没法游泳，只有看书。他早上起来，先到一家名为海泉居的饭馆，花上二两粮票和六分钱买个烧饼，一路钻胡同，到北海前门的图书馆。那个图书馆是民国时盖的，有红色的大门、绿色的大殿，门口有一对石狮子，里面还有精细雕刻的华表、字迹斑驳的石碑和铜制的仙鹤。图书馆是仿古的殿宇，十分高大，桌椅都是老式的，六十年代的老式，那只能是清末民国时的。运动没有影响到这里，时光如静止一般。十六子中午在这里就着热水把烧饼吃下，下午接着看书，直到天擦黑回家。他也四处去玩，到哪里都是走着，顶多是看看，兜里从来没超过一毛钱。

那时父母和他还住在同一间房子里，还要和姐姐挤一张通铺。那炕是木头板子拼成的，没有一点儿自己的空间。一大家子住一个院子，全院的人都是同一个太爷，每对年轻的父母只能住一间，连同他

---

1 拐子，指胳膊有毛病、不正常的人。

们的三五个孩子。十六子家这间是南屋，位于院子的东南角，紧挨着全院的厕所，一到夏天就往屋里反味儿，全院人都用这里，拉屎放屁都能听得见。

过了两年，夜壶去了齐齐哈尔，占军通过关系参了军，同学们大多上山下乡，仅有几个留北京的去了郊区的工厂，都走了。

十六子想离开家，可没地方去；想去齐齐哈尔，不知怎么去；想去看冰，那只有等冬天。

水下八关

好像在第六关的某个地方，有个人上来，你不打死他，跟着他，一直沿着路走，他就会把你带到另外八个关卡，是人在水下打的，特有意思。他们都说能进去，但很难。

一

　　那粗麻制的绳子越摇越快，似带血的皮鞭，似绞肉机上的刀锋，同学们一个个都跳过去了，他们跳得轻盈，似小兔，似蹿起的野猫。那绳子摇成完美的弧形，似胳膊上腿上一块完整的肌肉，每个人都钻到正中间那最圆润宽广的地方。我感到我的肌肉被刮了下来，我即将如蚂蚁一样跳过去，我的眼前已一片血红。

　　我努力往前跑，闭着眼，要穿过大绳编织成的墙。摇绳的同学面无表情，他们不管数数，只管盯着跳、摇绳。他们是机器，连跳绳的、摇绳的、数数的、体育老师、班主任……都是机器。

　　我也是机器，只是这台机器出了毛病。

　　踢毽，我是不会的，根本踢不到；砍包，我砍不到人，只会满场乱跑。"递包！""定！"他们一边把沙包高高抛过，另一边接住，先把我砍下去，大家再好好玩，好像是心有灵犀。更多的时候，他们会喊："不加了，不加了。"可一会儿他们又加了别人。我过去，他们还是说："不加了，不加了。"更有甚者，他们总是去菁菁小姐家玩游戏机，但从来不叫上我。老师多少次想提拔我当个班干部，可我什么都不会。

只有一项是必须带我玩的：跳大绳和折返跑比赛。

我们这里的跳绳比赛，不是论组，而是论班。一个年级只有两个班，两个班肯定是死对头。我们每一项都在比、在较劲，在楼道里贴满各项挑战书与应战书。所有项目所有人都必须参加，大家是战场上视死如归的兄弟。那个年代，所有人都要维护集体的荣誉，小学生也一样。我们绝不和外班同学交朋友，我们对他们就是打。

没有人不想融入集体，只有我这样常常抹黑的才会被抛弃。

跳绳比赛的种类多得超过校园里的鲜花，分单摇、双摇、编花、一带一单摇、一带一双摇、双摇前编花（简称双编）、集体大绳等等。我每次看着，单摇一分钟，他们能跳到一百六十八个。那绳子是另一种塑料，像橡胶，绿色、极细且柔软，在北京凛冽的寒冬中也不会僵硬。跳起来时，我看不到绳子，只见跳绳的人每次都高高跳起，听绳子打地啪啪啪地响。编花是编在身前，跳过去时左右手交叉，双编是编两次。还有个同学能跳双摇后编花，是在身后编两次，我看不明白，更跳不了。我想起体育老师的教导："前面的，跳的时候一定要往前，能多往前就多往前，得给后面的留地方啊，要不就撞上啦。跳完了赶紧走，你以为是玩一加一啊！"

"一加一"也是种跳法，绳子更长，人更多。一个人上去了，跳几下再加上一个，要比最后哪一组加上的人最多。上去一个人，还有人拍着手，跟着喊："一加一等于二！"每当我全神贯注当观众时，同学们就在大绳里玩各种杂耍，前面的忽然趴下，后面的人双手抓住他的脚踝做"推小车"状，这样两个人一起跳，像跳跃的甲虫。再有的像戏台上那样折个跟头，翻进大绳中。当然，这些同学们都做不到，都是我想出来的。我想出来的东西他们做不到，这就是我的高明之处。我就在一旁让各种想象塞满我的脑袋，以度过那永远不带我玩的时光。

我冲到摇起的弧线下，那弧线美丽似彩虹，阳光被它打碎，洒落到我身上缤纷如落英。我闭着眼睛，那忽明忽暗的阳光落在眼皮上。而绳子兜着我的脚踝，脚被高高扬起如风帆，我的脸朝下，从大绳中飞了出去。

没有人改变他们的动作和神态，我的眼镜没有甩出去，因为有金属的眼镜链，只是贴在脸上，我爬起来加入跳绳的队伍。那队伍与大绳磨合如齿轮，另一组齿轮也在飞速旋转，那是二班的队伍，在我摔倒时还转得那么流畅。

两个齿轮一起转动，从两台机器合并成一台。

操场是齿轮的固定框，那校园是机器的外壳。

再一次跳绳时，我低着头缩着脖子。我个子不高，身子很瘦，脑袋很大。我的身子像麻杆，我的脑袋像足球，他们说，离远了看，我像个棒棒糖。我把自己蜷缩成武大郎，缩成同仁堂的中药丸。

大绳砍到我的脸上并落到我肩上，我的眼镜被兜飞，眼镜链断了，眼镜落地碎成了几片蒜瓣。我的脖子被蛇一般的绳子缠住，摇绳像《红岩》里的行刑特务，他们用力一勒，再重新一抖手腕把绳子抢开。

没有人改变他们的动作。我第三次跑进队伍跟着跳。我不知道要先迈哪条腿，我辨不清方向，我把后背冲着大绳，双手抱头如囚犯，比滚过去更难看。

"你，下去！"体育老师冲上来，照着我的屁股踢了一脚。我们两个班共用这样一位体育老师，听说还是班主任和他关系好，他才为我们班多指导一二。我不珍惜这来之不易的机会，耽误了体育老师和大家的时间。

大绳比赛结束了。我们班输了。

我的眼镜框是塑料的，粉色，镜腿很粗，但腿儿与边框连接的地方被我的脑袋撑大了。我把摔碎的镜片一片一片地捡起来，双手捧着，如同捧着一把洁白的花瓣。我不敢抬头看同学们，我知道所有的同学都在骂我。我的心里压上千钧巨石，我抱着摔碎的镜片，眼泪在眼睛里打转。

一块粉色的花手绢递到我面前，那手绢脏兮兮的，有粉色的花朵和很细小的绿叶，不仔细看，更像风干的鼻涕。我抬起头来，看到一个同样戴眼镜的女生："你怎么啦？"

她很胖很高，像一堵墙，像一座石碑。她的脸是圆的，圆得有点儿双下巴，她的肚子把粉色的裙子撑得鼓鼓的，像胡同里怀孕的阿姨。她伸出胖手，要来摸我的脸，我一下子躲开了。

"你干吗？"

"他们不跟你玩，我跟你玩。"话有点儿不大清晰，每一句话，牙齿都咬在猫样舌头尖上，但只是轻轻地硌一硌，绝不会把柔软的舌头咬痛。后来我才知道，这就叫大舌头。

"玩什么？"

"捏橡皮泥。你叫什么？"

"小雷。"

"我叫静琪。"

这个名字耳熟，这个胖女生没见过，她像个幽灵，学校里从来没有她的影子。作为一个受人欺负的孩子，我始终在角落里偷窥每一个人。我能记住他们的每一个细节，并在心里反复地揶揄。她若是我们学校的，我肯定记得她。我开始想。我想起来了，一年级上学第三天的时候，老师郑重地在班里宣布："从今天开始，咱们班的小雷和二班的静琪都戴眼镜，大家多帮助帮助他们。"

所有的同学都扭头看我，我打开眼镜盒。那眼镜盒是按开的，我在开启机器。眼镜被眼镜布包裹，散出一股花露水的芳香。我退下眼镜布，打开眼镜腿，慢慢戴上，就像一个武林高手在拔剑出鞘，那剑正发出龙吟。我看清了每一张扭头的脸。从此我有了武器，我戴眼镜，要受照顾。但我感到这班里还有人戴着眼镜。为什么同学们不去看他？他是谁？我前后与同学对眼，我扭头看墙，墙上有赖宁像。我明白了，这班里只有我和他两个人戴眼镜，一个坐在班里，一个挂在墙上。我的眼镜比他的厚。

除了赖宁，我的脑子还记得另一个名字：静琪。

二

诱饵胡同是东西向，诱饵小学坐北朝南，是座纵深的大院。进门是巨大的操场，操场后是一排排的平房。每一排有两间教室，放下每个年级死磕的两个班。从前面到后面，依次是三、四、五、六年级，一、二年级在大操场的周边。进校就听到叽叽喳喳的喧闹声。老师在声嘶力竭地维持秩序，这是上副科；若有学生被罚站或轰出教室，那多半是上主科。排子房的西边有个宽敞的过道，一直通到西北角的厕所。每排教室前都上演着活色生香的西洋景，花哨得超过动物园的猴儿山，多是打成沾满泥浆的人团儿，得用开水浇才能分开。孩子们身量越高，人就越皮实，低年级的不敢往后走，砍个沙包、扔个网球都会被没收。每到新学期开学时，都有高年级的站在顶头的厕所前，为一年级的屁孩儿指引男女。那刚上学的小丫头穿着遮不住屁股的跨栏背心，露着白色或红色的三角裤衩，裤衩上兴许还破个洞。五六年级的傻小子们就这么看着，谁也没觉得不自在。

校园里有一棵老槐树，它伞盖般的枝叶几乎覆盖了整个操场。树干粗得几个人抱不住，外面修了圈漆成绿色的铁栅栏。栅栏顶是平的，刚好够屁股小的孩子去坐；栅栏之间有铁艺图案来装饰，三角圆圈，供孩子们的小脚丫蹬上去。每天课间或中午，我都会蹬上去坐到栅栏上，看着男老师和女同学一起踢毽，我会为他们踢得好或不好时而高兴，时而悲伤。他们笑，我也笑；他们哭，我也哭；我就这么看着，像一只猴子，直至重新打响上课铃。冬天渐渐近了，那老槐树脱了叶子，似一只巨大而干枯的爪子。

我所在的是一班，和二班的接触，只有每个星期的手工课。

手工课是两个班合着上，安排在星期二下午的两节课以后。到时候二班的人带着椅子来我们班，两个人共用一张课桌。二班那几个闹将又高又壮，但我不怕，他们若是欺负我，我们班的会跟他们打，表面上是嘻嘻哈哈，实际上都真打，用着十成的力气。但最可怕的是同班，他们欺负人。我找班主任告状告到厌烦，我也不敢找他们家，我不认识他们的家，即使认识，我也不会去。

我坐在最靠墙的地方，教室后门稀里哗啦一阵乱响。后门从外面用椅子顶开了，更像是撞开的，附近的同学四散逃开。二班的似妖怪，似天兵天将，他们分成两队从前后门一起拥进来。手工课的老师走到学生中间维持纪律，挡住了我的视线与光线。她闪开时，我的前面出现了一个胖大的男孩，是我们班的学峰。

学峰坐在我前面同学的旁边。"哎！"他回头跟我打招呼。

我张开嘴，正要和他说话，脑后挨了重重一巴掌，啪的一声，十分地响。"叫你说！"手工老师在打我。

班里安静了，同学们都回头来看。我被打得头晕，对老师说："我没说话，是他跟我说——"

"他跟你说你就说啊……"老师重音落在"他"字上，她动了一下头示意，用鼻子指了一下学峰。

"哈哈哈。"班里哄堂大笑。我不明白，更感到委屈。我还在慢慢回味上一节语文课，老师的表扬还萦绕在我耳畔，如蜜蜂飞舞。上节课没有准备的我们被挨个儿叫起来检查背书，背不出来的在座儿上罚站，站成弯曲的长龙，没有一个人能背出来。我罚站时悄悄地偷课本，等老师叫得差不多时我举手背出了全篇，没有任何磕绊。举手时，我还说："老师我昨儿背了，刚开始一紧张没想起来。"

我的身边没有人。老师环视一下，有三个女生挤在一张桌子旁，像三只挤在饭盆前的小猫，她们都穿得很漂亮。

"菁菁，你到这儿来。"老师指着那三个女生中的一个说。菁菁来得磨磨蹭蹭，好像很不乐意。我们平常管她叫菁菁小姐。我们有一次去她家里玩，她换上新的红裙子，戴了棕黄的假发，还戴了墨镜，一手端着个喝红酒的杯子，里面却装满了可乐。我们觉得她像个小姐，这个小姐不是我们长大后以为的那个意思。

我不明白为什么女生非要扎堆儿，更不明白的是，我是男生里功课最好的，菁菁是女生里功课最好的，我的功课比她的还好，她理应坐到我身边，为什么她不乐意？也许吧，是因为我什么都不是，而她是大队长、班长兼手工课代表。

我跟菁菁小姐共用一桌，但我们的目光从未交会，身边就像坐着个假人。我跟她小声说话，她说："好好听讲。"

我百般无聊，在桌上趴了一会儿，抬头看看窗外。窗外是冬日明晃晃的阳光，又看看屋里，屋里是黑压压的人。手工老师讲解一会儿，发下各种硬纸壳巴儿，让我们染上颜色，再剪剪粘粘做成各种小动物。我忘了带剪子和胶水，实际上，我没有用顺手的。奶奶做活儿用的剪子太大了，加减处几乎分开，我拿不动。我没有菁菁那种粉色的小得只能用大拇指和食指的剪子，也没有细得像根嫩葱的胶棒。水彩笔早被抢得七零八落，留下的几根也不出水。我曾管一个同学借彩色墨水来灌，那墨水弄得我满手都是，又被我抹到了脸上。

"借我用用。"我对菁菁说。

"你干吗自己不带？"

我伸手就去拿。

"老师，小雷抢我东西。"

老师站在教室的前门，脸冲着门外。她好像没听见，但周围的同学都回过头来，我想把脑袋塞进书桌抽屉，像一只乌龟缩进壳中，不再出来。

"给人家！"一个欺负我的大男生说，他叫亮亮。一个他，一个浩南，总是欺负我。他们都很壮。表面上，我是打不过；实际上，我戴眼镜，从没打过架。

我没拿到菁菁的剪子。她把椅子往外搬了搬，地上长出一道透明的围墙，把我与她隔开。

　　教室里渐渐地静了，大家都在忙活，以便下课时交上手工作业。这门课没有期末考试，只计算平时成绩。每当我看到菁菁拿的那张空白的成绩表，她一个个地填成绩时，就感到红笔是种权力，而我功课再好也没有这种权力。她像个公主，而我像个随从。我用力折那硬纸壳巴儿，用力压出死线，反复地压，再一点儿一点儿地撕。没几下，我就把它撕坏了。看看周围的人，他们画完了，又剪出部件，开始拼装。

　　"我借你吧。"学峰一回头，把剪子递到我跟前，同样是把破剪子，很不好用。我用了几下，又还给他，他用几下又递给我。

　　这节课我们每个人还发了橡皮泥来捏。男生们捏出各种飞机大炮，女生们捏出各种锅碗瓢盆。我双手搓着那橡皮泥，想揉出好看点儿的颜色。每块橡皮泥都像压花饼干，每块一种颜色，拼成一个平板。我想捏个大野象，那样简单，只要揉成几个棍子当象腿，再揉个方块当象身，揉个长条当鼻子，再做出象牙。只用同一种颜色肯定不够，于是，我在想用哪四种颜色做大野象的四条腿。

　　橡皮泥很硬，我把那一块块的"饼干"揉成卷，按在桌子上，学着父母揉面的样子用掌心用力地搓。离下课时间不远了，我的手疼了。

　　"我给你揉吧。"今天学峰的动作出奇地快，他转身就把我的橡皮泥拿走。"给我，给我。"我拽他的脖领子，但他很胖，我拽不动。他埋下头去揉，揉得课桌直响。

　　当当当的下课铃犹如电锯般响起来，那铃声似一条线，吓得我一个激灵。"快给我。"我对学峰急了。

"给你！"

学峰还回来的，是一个粗大的长条，似一根变质的火腿肠，各种颜色都扭在一起，并透着乌黑。那火腿肠的两边还扭着看不出的花。

"这是什么？"

"糖！"

从那以后，每次的手工课，别人不借我工具，我就管学峰借，他总是借给我。再往后，我就和他一桌，我管他借胶水，他若是正用小手指蘸着胶水往纸上涂抹，就立刻伸过小指来，我也伸出小指，我们的小拇指在一起轻轻地碰着。他每次过来，女生们都会主动躲开，集体给他让道。听她们说学峰会闹，闹起来他庞大的身躯像《恐龙特急克塞号》里的恐龙，没人能拦得住他。菁菁不喜欢靠近我，更不喜欢靠近学峰，我不明白这是为什么，但所有的女生都这样。

三

班里起了传闻，传说我跟学峰关系最好。

我之所以跟学峰好，是因为跟其他人都不好。在我们这里，如果你是班里唯一功课好但又不会玩的男生，那班级则是你的地狱。从小学一年级开始，我们整个年级只有一人永远考一百分，那是我；只有一个人永远不及格，那是学峰。

学峰的脑袋是正三角形，他身子很胖，像是一个三角搭在一个方块上，整个人长得像积木，也像个雪人雪糕。他说话并不利落，好像每句话从没超过五个字，只是蹦出些单词。我们打四年级起学英语，不是捣乱就是写其他作业，一年也没见过几个单词，可学峰说中国话比我们说英语还费劲。从没有老师提问过他，也从没有人收过他作业，连考试卷子有时都不收他的，反正收了也知道他考不过二十分。有一次他得了四十分，是因为整张卷子都是判断题，他全部打对勾蒙上的。发下卷子来，从没见过他那么沮丧、懊悔，要是他全部打叉就及格了，那是他唯一的机会。

在一所功课抓得很紧的重点小学，学峰是完全的异类，他在班里，有他没他都无所谓，他只是一坨肥肉，甚至是一团空气。班里所有的体育活动，不用想就要排除戴眼镜的最瘦的我还有不戴眼镜的最胖的他。那时候，我的脑袋很大，再加上厚厚的瓶子底一样的镜片，更显得我身子瘦小。同学们会叫我"四眼儿"，更会叫我"大脑炎"。他们说，我之所以永远考一百分，是我有四个眼睛并得了大脑炎的缘故。

不过，也有想起学峰的时候。赶上老师们换课，全天都是班主任的课，我们上得无聊，仍旧是自习写作业，把课本里的单元练习一遍遍地抄录。老师要我们整理生字本、组词本、成语本、抄书本、公式本、难题本、错题本……我们把一个个练习册上的题、考试卷子上的题都分门别类地抄下来，把一个个雪白的印着浅绿色格道的本写满。老师又在课堂上判期中考试的卷子，甚至写她自己的卷子。她在我们放学后还要去进修，当学生，以补上大学文凭。我们的卷子是竖着排的，老师的卷子是横着排的，密密麻麻，一个字也看不懂。我们想到老师要考大学了，都十分佩服。

判着判着，老师突然说道："你们看人家小雷，语文数学都一百，双百。人家将来要考五百中的。"五百中是东城区最好的学校。同学们转过头，我再次把头埋下，我脸上发烧，像是做错了什么。我还是不会跳大绳，不会砍包，不会玩游戏机。

接着，老师又判到了学峰："你们看人家学峰，也跟人家学学，卷子多好判啊，全是空白，一眼就看出得几分了。"

"哈哈哈。"全班学生都笑了。

"你们要么学小雷，要么学学峰，也好让我轻松会儿。"看得出，班主任烦得厉害。

她忽然问道："学峰，你过来。一加一等于几？"

学峰从教室后面嗫嚅着过去，闷着头说："二。"

"学峰，二加三，再加五，等于几？"

"十。"

"学峰，二乘三得几？"

"六。"

接下来问的不只是老师，还有同学们，大家从如山的作业本练习册中抬起头来，前所未有地放松。

"十一乘十一得几？"

学峰想了想，低头开始玩自己短胖的手指头。

"学峰，碗里有一百个丸子，吃了一千个，还剩几个？"

"不知道。"学峰在说实话。

班里乱得开了锅，同学们在抢问，学峰在抢答。

卷子发回来后，学峰向我请教问题。我不情愿地给他讲，我讲得很明白，但他不是听不懂，而是彻底没反应，他连自己懂不懂都不知道。更多的时候，班里的男生会一拥而上，把学峰堵在教室的角落里，四五不靠六地打。只有今天课间不一样，是在教室外的墙角，大家一个一个地上去叠罗汉，而压在最下面的是学峰。

学峰穿着紫色的上衣，已脏得发黑；而下身黑色的裤子却脏得发白，厚厚的全是脏土。同学们叫喊着，欢呼着。我刚走出教室门口，几个同学就立刻拥我而上，一起往学峰的身上倒去。我怕被压，成为花卷中的一层。我想往外跑，但跑不出去。我猛地转身，把脚伸进人群，向学峰的肋骨踢去，像踢足球。

同学们又拥上来一拨儿。刚才压在学峰身上的都赶紧跑开，他们纷纷用脚踢他，踩他，踹他，像踩在一个大棉包上。我想起胡同中有个粮店，每次我都蹦到那五十斤一包的富强粉袋上，在上面走，然后被粮店的人拽下来。我们很多同学都这么干过，直至粮店的人对我们破口大骂。

不知谁"啊"地喊了一声，我们都四散地跑开，我跑在最后，被高大的体育老师截住了。

我被体育老师带到了班主任的办公室。他简略地说了说。班主任把我叫过去，我看得出，她生气了。

"哟，涨行市了？"她往前用力推了我一把，"你也会欺负人了？你不是老挨人欺负吗？"她又推了我一把，"看着挺白净的，戴着眼镜，连你都敢打学峰了？"

"是别人先动的手。"

"他打你没有？"

我不敢说话。

"去，那边站着去。"

在罚站时，我突然想起我第一次认识学峰时的场景来。那还是在这位眉骨突出的体育老师的课上，他眯缝着眼睛，高大硬朗。他厉害，上课时总是说："今天，你们跟着我做，我看谁的脑袋是个球！开立！"

这节课要学几个武术动作，我们要练冲拳，每一拳都要打倒一个敌人，操场上杀声震天。我们像体育老师一样，两脚打开与肩膀同宽，双手放在腰间。手要有力，放好。

他上前拉我的手，我被他拉动了。

他瞪我，冲着同学们说："大家看好了，不能这样，一拉就动。"他自己做个姿势，他先伸右手，冲拳，再伸左手，冲拳。每冲一下拳，他就喊一下："杀！杀！"

"跟我一样！"他苍老的声音在喊，"杀！杀！谁做错了，谁的脑袋就是个球，到那边去。"他指一指队伍以外。

"杀！杀！"

"你是个球！"他伸手向后指着。有个胖子站在我身后，我扭头向后看到了他。我在庆幸，我没做错，大家都没看我，都在看他。我用手悄悄一指，对着他说："你是个球！"

啪地一下，我的后脖子挨了一下。我扭头，看到体育老师指着我说："你是个球！那边去！"

我做的跟体育老师一样，他出哪只手，我就出哪只手，我为什么会错？我在想，体育老师是对着我们站的，他出左手，我该跟他一样出左手岔开，还是出右手跟他一样，用我的小拳头对他的老拳头。

他喊了，我来不及多想。

我不知道，但我做错了。

不一会儿，那个胖子也下来了。

我问他："到底该出哪个手？"

他却不理我，远远地看着校门的方向。他的头是正三角，那他的眼睛就是倒三角，腮帮子很大，他鼻子很瘦，整个人挺白，但并不干净，他的鼻子下方永远挂着两条清鼻涕，要么就用纸团塞着，像冬天院子里冻坏的水龙头，要么滴滴答答地流水，要么被一团烂布层层包起。

体育老师继续训练其他学生。太阳越来越足性，我们在太阳底下站着，旁边有阴凉，是房屋延伸出的影子。但我们不敢站过去，更不敢靠着墙。老师好像把我们忘了，他们练习累了，都去大树底下休息，过一会儿再继续。我们是掉队的战士，是开小差的，是体检不合格的。没过多久，我们两个好像人间蒸发了。

直至他们散了，我们站累了，还是没人理我们。许久，那体育老师才过来，看了几眼，对我们说："一个胖子，一个眼镜。哦，一个傻子，一个眼镜。"

他挥挥手，示意我们回家。他转身走了，但我们没看懂他的示意。直至他走远了，胖子问我："可以走了吗？"我说："不知道。"

我们两个人互相看了看：我，男的，瘦，戴眼镜；他，男的，胖，不戴眼镜。

四

记得前些天学峰穿的是一件深蓝色的皮猴儿和黑色的棉裤。坐在第一排的第一个，课桌前是火炉子。天很早，炉子还没有热起来。

学峰靠着火炉子，不知不觉，火炉子热起来，他却没有感觉。直到老师闻着屋里味道不对，立刻过去，一把把他的皮猴儿扔出去了，再一看，棉裤都快着了，腿都烫了。

从那以后，大家对学峰都极为关照，让他坐到教室后面，座位是班主任精心安排的，凡是好学生都往前，差学生往后；好学生一组，差学生一组；爱说话爱闹的，要用不爱说话的把他们分隔开；关系好的男生和女生，也要被分开，省得他们叽叽喳喳说个不停。班里好似腊八粥面上的果料，要一种种分开码放，而绝不是胡乱往上一堆。但学峰总是赶上哪个座儿就坐在哪里，渐渐地，大家也都不在意了，只要被他坐了，就收拾东西，坐他的位子即可。

他是班里唯一可以不按座位坐的学生，也是班里唯一的胖学生。

不知不觉中，做任何事情，我都被和学峰分到一组，有时是运气，有时又像某种安排。班主任组织我们"一帮一，一对儿红"，让好学生去帮差学生的功课，往往都是一个女生帮助一个男生，但我是要去帮助别人的，可帮助学峰，好像有点儿浪费。

我很快嫌弃起学峰来。他确实比我还笨。任何事都把我和他绑在一起说，好像若是笑话一个，必把另一个给捎上。好像总有人说，小雷怎样怎样，学峰怎样怎样。我的功课明明和菁菁的一样好，有时比菁菁的还好。为什么没人说，小雷怎样怎样，菁菁又怎样怎样呢？

我想和菁菁分到一组，但不论何时，我身边的只有学峰。我几乎要靠演杂耍才能在班里活下去。

这天男生们在一起玩单双杠，他们都能双手撑起来，转过身来坐在单杠上；用腿窝勾住单杠，双手牢牢抓紧，从单杠后翻过来，双腿着地，同时双手仍然向后抓住单杠；再一用力，还能回到单杠上，再翻身下来。他们能反复做上十几次，还能玩其他的花样。而玩双杠，他们能"赛杠"，两个人分别站在单杠的一头，从相反的方向翻越双杆，绕着双杠跑一圈去抓对方。这需要更大的力气。玩得最好的是亮亮和浩南，我一样都没玩过。

亮亮在单杠上上上下下地翻了几次，轻松地跳下来，惹得周围的男生女生都看他。

"咱们班，就小雷和学峰玩不了。"他大声嚷嚷。

又是我和学峰！

"我行！"

我走上前去，两耳呼呼风声，我从没走得如此快，耳朵却冻得如此麻。

"你先把眼镜摘了。"亮亮说，"要不瓴了又得赔你。"我想都没想，把眼镜给他了。我双手撑起瘦小的身子。我记得以前放学过后，没有人的时候，也曾撑上去过。但这次，我头一次转身坐在单杠上。我双手抓紧往后翻去。

"砰！"

我眼前一黑，过了很久才反应过来。一阵钻入脑髓的疼痛袭来，我好久都没站起来。

亮亮和浩南都过来扶我，我以前不敢拉他们的手，但这次我拉上了。但我起不来。他们好几个人连托带掫，把我弄起来了。亮亮一边拍我身上的土一边说："真牛×，你中间敢撒手啊！我们可不敢。"

我站起来走了两步，天旋地转，我想我是把脑子摔傻了。

我在眩晕中走到班里，亮亮已在班里嚷嚷开："丫小雷往后翻时撒手了，脑袋砰一下就着地了。"

"嘿嘿，小雷脑袋更大了，更像大脑炎了。"

"小雷，你没事吧？"也有几个女生过来问我。我不知怎么说话，只是一味地发愣。我看到菁菁也在，但她没有过来。

我谁也不理，趴到课桌上。头疼得几乎要炸开，我想去医院动个手术，立刻把我的头疼治好。我拿起课本想看，但根本看不下去。我想，完了，我傻了，我再也考不了一百分，那样再也没人来抄我的作业了。他们欺负我，会像欺负学峰一样。也许我不疼了就能恢复。我不知道还要疼多久，也许永远这么疼下去，傻下去。

五

这天放学以后，老师先走了。同学们都没有走，商量即将举办的折返跑比赛。上次输了大绳比赛，这次的折返跑班里极为重视，同学们几乎每天放学后都在练习。比赛原本胜算很大，亮亮和浩南都跑得很快，但因为我和学峰在，胜算就很渺茫。他们在议论我和学峰都能不能跑，不能的话，要找女生假扮成男生当替补。

"让学峰跑吧。"菁菁小姐说。

"不行，他那么胖，比小雷都笨，他不行。"亮亮说。亮亮是班里的霸王。他留了个盖儿头，整个嘴唇和牙齿高高地凸起，他比我们都高，也比我们都壮，是没进化完的原始人。

"他不行，让小雷跑。"浩南跟着说。说着，他还动手锤了我两拳。他曾在课桌里用涂改液写满了我们班很多男生的名字，在名字旁画个大括号，在括号尖头的一方写上四个大字："喜欢菁菁。"我不

46

知道菁菁漂亮不漂亮，但别人都说她漂亮，我就觉得她漂亮。她最漂亮的一次，是穿了一条黑健美裤，上身穿了白衬衫，那领子还是敞开带花边的，外面套了粉色的毛衣。

"我不跑。我怕把眼镜甩了。"我说。

"摘掉眼镜不就得了？让浩南接你，你跑完拍浩南的手就行。"

"不行不行，他看不见，他跑，我接不住。"浩南说。

他们都站了起来，像是要打架似的。

"学峰，你呢？"

"我不跑。"学峰开口了，他闷在一旁，等了很久才接着说，"我不会。"他的声音很蔫，好像落了秧的茄子，怎么也长不开。又过了一会儿，他说："小雷跑，我就跑。"

"你跑不跑？跑不跑？"亮亮急了，他拿起教室里的教鞭。那教鞭是塑料的长条，蓝色的，一头细一头粗，修长得像菁菁的身段，也像她过生日时的大蜡烛，还很有弹性。我们都觉得它是最好的击剑，也时常拿着玩。

可这一次亮亮的动作幅度大了。他抢着，打着，一下下向学峰身上打去。学峰坐在位子上，他动作很慢，没法躲避，身上便挨了几下。他站起来时撞到了课桌，那课桌的挪动声很响，他站起后还是挨了几教鞭。

"你干吗？"学峰急了。亮亮打得兴起，他用力抢起教鞭，想着实地给学峰来一下。

啪的一声，我们都吓坏了。原来他抢起教鞭打到了教室里天花板上的管灯，那原本正亮着的灯从中间碎成两大节，一瞬间教室变暗。我正坐在那管灯的下方，手正放在桌子上，只觉得被电了一下，血流了出来。我们吓得哇啦乱叫，教室里闹成一片，有几个嘴快腿快的，赶紧去报告了老师。

亮亮和浩南一起扶着我到了操场上。操场的西南角有一片洗手池，那水池十分遥远，要走上一阵。可今天我们走得很快，我像是被一阵风裹挟着到了。

我的手疼得麻木，而我中午摔的头还在嗡嗡地想。我没有任何想法，只是一味地厌烦学峰。我只听有种声音从这阵风中钻出，那声音在响："你就说是学峰打了灯管扎了你，听见没有？要不就再也不带你玩了。"

我到水池边洗手，冬日的水很凉，也很清亮。每当在操场上玩得满头大汗时，我们都在这儿撅尾巴管儿[1]，全不顾池子里倒满了各种令人作呕的霉咸菜疙瘩、臭白菜帮子和烂西红柿皮，还有米粒和断裂、破碎的宽面条。满池子的米粒像小石子，我有时会忍不住，捏出一两个来玩。而这次，手上的血被水冲走，像是带走了一片片被撕碎的红领巾。等我洗完手，再往老师办公室走时，我的耳边仍重复着那句话。

我们进了办公室，老师看到我的双手手背上仍插着一点儿灯管的碎片，还有血丝正从里面流出。我用手去拔，却一碰就疼，玻璃片似乎有了生命，它们主动往里钻。那碎片银光闪闪，好像我的手背上长出了铠甲。

"谁干的？"班主任问。

我不知怎么回答，我先向左边看了一眼亮亮，又向右边看了一眼浩南。他们似乎在向我使眼色，但我看不出人的眼色，很明显的示意

1 撅尾巴管儿，指对着水龙头喝凉水。

我也看不明白。这次是我唯一一次在冲我使眼色时我没有说："你冲我叽咕眼儿干吗？"

"谁干的？"班主任又问我，她把我的手拿起来看。

"学峰。"

六

后面的事，我一点儿也不知道。亮亮和浩南一起带着我到了发霉的医务室。医务室的"神医"在侍弄梅花，他在用一把小锄头松花盆中的土。见到我们，他就放下花锄站起身，开始满处找镊子。但许久也找不到，他转身去了后勤处，我们就在医务室里等。等了许久，才见他拿了把小钳子过来，把我手背上的碎玻璃碴儿都摘了出来，又拿出用发黄的纸包裹的棉棒，打开几近干涸的红药水瓶，给我上了药。

这一路，我想跟亮亮和浩南说话，但真不知道说些什么。

亮亮一拍我的肩膀："够意思，周六下午我们带你去菁菁小姐家玩游戏机。"

转过来的一天，我按时到班里上课，仍旧把自己埋在书本里，不跟任何人说话。我的头疼稍微好转，但尚未全好，我怕自己变笨，只好用更努力地学习来弥补。学峰也在班里。等我们正好上班主任的课时，班主任正拿着我的作业本表扬我，教室外突然有大人敲门。

"学峰，过来。"班主任把学峰叫到讲台桌前。从外面进来一位中年的大叔，他是学峰的爸爸。

老师先让我们一个个埋头做题，她很快跟学峰爸爸说起话来。我想抬头偷看一眼，但我不敢，我想把头埋得更深。

啪地一下，教室中想起了巨响，所有的同学都抬起了头，像是一群企鹅伸长了脖子。我看到学峰左侧的脸立刻红了，连同半边脖子。学峰爸爸仍气呼呼的，他的手在哆嗦。

他又抡起巴掌打过去。学峰低头一躲，那巴掌扫在他的脑袋上，没打瓷实。学峰爸爸倒是一趔趄，这时才能看出他好像也没多大的力气。

班主任把他们带出了教室，教室里乱了起来。

我在这阵乱哄哄中把刚才受到表扬的高兴劲儿压下去了。我有点儿沮丧。

周六是半天课，可中午放学以后，亮亮并没有叫我去菁菁小姐家。我四处找他们，到处都找不到。我的家里还没装电话，装电话太贵，要五千多；即便装了，我也没有她家号码。

又到周一，我去找亮亮，我问他什么时候叫我去菁菁家玩。他总是说："我们开裸体舞会呢。你去吗？"

我不敢说话。

回到家里，我找父母，闹着想买个游戏机。我想练手，玩熟练了再说。但父母没有给我买，于是，我想到郊区的弟弟家、姑姑家，在那里整天地玩，但父母也不带我去。

我不知道菁菁家在哪儿，只知道在另一条细小的胡同里。那里住户不多，挨门去找就能找到，可我不敢去。

亮亮说："咱们这个周六晚上七点，明亮胡同路口，把角的路灯下见。"

天黑了，风渐渐地冷了。我把自己藏在明亮胡同路灯下阴暗的地方，从水泥做的电线杆子后透过厚厚的眼镜片看过往的行人。那些胡同里的老头儿老太太，居委会大妈，学校的教导主任，邻家三天两头进派出所的哥哥，穿着小黑皮裙子高跟鞋、戴着大耳环、把嘴唇抹成紫黑色的姐姐，一一从我面前走过。他们没看到我。我还在等。

快到七点半了，我预感亮亮他们快到了。我看着前方的来人，那一定是他们，可不像。近了，更近了，根本不是。我再等，还没有。胡同里清空了，往东看到东口，往西看到黑洞，都是一片荒凉，只有枝丫交错的树木和路灯。

七点一刻了，他们为什么不来？但这不会有问题，一般迟到个十分钟一刻钟纯属正常。七点半了，有点儿麻烦。但我想，他们会及时出现并对我道歉，会客客气气地说："对不起，我们来晚了。我爸不让我出来，我偷摸了许久才出来。"浩南会跟旁边补充："我用公用电话给他家打了电话，他才出来的。我们打两声就挂，他爸接不着。"

然后，我又想，也许是老师没讲过的相对论的缘故，我没手表。现在大约是七点四十，但实际有可能才七点一刻，或者是七点整，要不就是六点五十，不到七点，我在这里刚刚开始等，时间久了，是我的错觉。

天完全黑了，胡同里起了风，几乎没有人。阵风吹过，地面有些落叶，也偶尔有点儿纸屑，比我们班扫除完的教室还干净。

我继续等，但我站得累了，就蹲下来双手交叉。我时而抱肩，时而揣着手，时而双手抱着膝盖。没有人扭头看我，包括路过的狗。我的手冻得麻木，耳朵冻得生疼，我不时往手上哈气捂耳朵。

天空变得昏红，树枝在月光下摇曳。胡同里终于出现了人，是胡同把角对门大爷出来上厕所。我忍不住，过去问："麻烦您，现在几点了？"

大爷看看手表："快十点了，还不回家吃饭？！"他的语气很冲，我吓坏了，以为他在训斥我。我连忙走开，可他看都不看我一眼，径直奔了厕所。我继续回到路灯下，浑然不知所措。

又过了一会儿，远处出现个熟悉的身影，那身影壮实，我每天都见他。

"爸。"我轻轻说。

"爸他妈什么你爸！爸他妈什么你爸！"啪啪两声，父亲狠狠地抽我的耳光，第二下我躲开了，第一下我没躲开。可第二下重重地打在我的后背上，我的身子一阵发麻。

"回家！奶奶上周围胡同里挨着家地喊你。"

我跟着父亲身后抽噎着。

星期一，我早早地去上学，远远地看到亮亮和浩南在那里，我不敢过去质问。而他们却过来了。"周六你哪儿去了啊？害得我们好一阵地等。"亮亮过来就推我一把。

"就是，我们等到很晚，下次不带你玩了。"浩南也跟着说。

我来不及反应，他们就都转身走了。我更加坚信，若是我真晃点[1]了他们，他们绝不会这么轻饶我。

我想去问菁菁小姐，但菁菁小姐一直跟一群女生踢毽玩，跟着玩的还有老师。我还是远远地看着。

---

1 晃点，指忽悠。

七

这天放学时，亮亮特意叫上我，一大帮男女同学去看鬼楼。

亮亮说："你们谁不去鬼楼，以后就不带谁玩了。"他特意跟我说，这是为了弥补没带成我去菁菁小姐家，特意叫我而不叫学峰的。我胆子最小，不敢去鬼楼，但更不想掉队。

我们一群人来到胡同里一栋简易楼的后面。那里有一段上楼的楼梯，还有一条路，从一个黑洞洞的小口进入，不知是楼上还是楼下。我们围在那里，周围都是破旧的木器和杂物，堆满了冬储的大白菜和蜂窝煤。我们想进去，但又不敢。那黑洞有个破木头门，敞开如人的豁牙儿。

亮亮说："你们瞧，刚才一老头儿和一老太太抬着煤气罐进去了，那里面肯定有鬼。"

我们不由得害怕，忽然又听到咚咚咚的脚步声。

"啊——！"菁菁小姐一声尖叫，尖利得超过打碎的玻璃尖。她带着周围几个女生往外就跑。亮亮和浩南一起用力，一下把我推进破木头门内，两个人搬了口小缸挡住门。他们转身走了，我怕起来。"开门，开门！"我叫喊着，用力推门。

忽然，眼前的人一闪，一个胖胖的穿粉色衣服的女生来了。是静琪。她用力帮着挪那口小缸。"你怎么进来了？"她说话声音很小，还有些轻微的沙哑，若不离近，几乎听不见。

"嘿，嘿，小雷，静琪，你们俩一对！"我仿佛听到有人在这么说，但我听不清是谁的。这声音混杂着亮亮和浩南的笑，菁菁小姐也跟着笑，我只知道他们一起走了。

费了很大的劲儿，静琪才推开那口小缸。我一把推开静琪，也往前跑了。我想跟菁菁一起玩，并不想和静琪多待一秒。

他们见我跑了出来，也跟着往前跑，好像是我在追他们。跑出一段后，我还听见静琪在后面喊："你们干吗老欺负小雷？"她声音不大，我还是听见了。

我无法忍受他们把我跟静琪撮合到一起，我只想和菁菁在一起。

静琪说："去我家吧，我家有游戏机。"

"不了，我得回家写作业。"我说。

我转身就走，还没走出这栋简易楼，我又转身说："我跟你玩会儿吧。"

静琪没有丝毫的反应，她只是带着我到了她家。原来，她家并不是在简易楼中，而是在简易楼后面的几排平房里。这种平房没有院子，推开装了纱窗的门，里面是一个堆满杂物的小过道，然后就是屋子。屋子很小，对着电视就是床头。我们坐在粉色的床单上，被子和枕头也都是粉色的，像夹心饼干夹心的颜色。电视机是放在一个土里土气的酒柜里。那酒柜被去掉了玻璃，直接当电视柜。酒柜下的一层抽屉拉开了，里面放着一个任天堂牌的游戏机。

"你会弄吗？"

"不会。"我一边说，一边试着弄。游戏机的线乱成一团麻，我一根一根地择开，但不会接。我又去翻游戏机的盒子。盒子是重叠的两层，一层纸壳，一层白塑料泡沫，在两层的中间，我找到了中日双语带插图的说明书，左看右看看不懂。我找到所有线的接头和游戏机、电视上的插孔，一对一地挨个试。试上了，打开电视，又跳不出影，电视上是一片雪花。我把接头都逐个拔下，连游戏机卡也拔下，换个面又装上，电视机总是一副不变的脸，还是一片雪花。

"是按频道吗？"我问。

"不知道。"这是她的口头禅。

牡丹牌的电视机有八个频道，我逐个地按，又把游戏机的按钮逐个地按，终于按出来了，不知是怎么按出来的。

但是，我再怎么拧，电视都没有声音。

"没声。"

"凑合玩吧。"

我们开始打游戏机，玩传说中的"水下八关"。

《魂斗罗》这款游戏，我始终不知道为什么叫《魂斗罗》。反正我会开枪，能打死几个敌人，再被敌人碰到或中了子弹，翻个跟头死去。

我跟静琪一起玩，不论怎样，我们三条命都过不了第一关。

"你会调命吗，三十条的那种？"

"不会。"

我想起来，这是我听来的秘籍。我把游戏机关了，再重新启动。

"你干吗？"

"我调命。"

我选到《魂斗罗》的开头，上上下下，左右左右，ABAB。

命还是三条，我们仍打不过第一关，连关底¹都见不到。

我继续使劲按：上上下下，左右左右，ABAB。

没有用。

---

1 每一关最后最难打的那个东西，现在叫 boss。

"你按错了吗？"

"应该没有吧？我也不知道。"

我们就这样，每个人三条命一起打，一遍一遍地打，不论如何也打不到第一关的关底。

"什么是水下八关？"静琪突然问我，这是她说话的最大音量，如蚊子在你耳朵边唱歌。

"我是听亮亮他们说的，好像在第六关的某个地方，有个人上来，你不打死他，跟着他，一直沿着路走，他就会把你带到另外八个关卡，是人在水下打的，特有意思。他们都说能进去，但很难。"

"人掉进水里不就死了吗？"

"但在水下可以，就像'超级玛丽'第二关，你钻进那个水桶里，直接进水下，照样打会飞的乌龟。"

"那咱们这是第几关？"

"第一关。"

我们继续玩，上来就死，继续玩。我们不停地玩，不停地死，那背影音乐都在嘲笑我们。我来了脾气，想到上课时铁杵磨成针的真理，带着爱迪生做实验的悲壮，我一定要玩下去，哪怕玩到明天天亮，我也要打过第一关。

八

后来，我们听说，那天学峰的爸爸来到学校，是为了给学校赔灯管。那灯管没多少钱，但学峰的爸爸很生气。

我十分懊悔，不应该说谎。但我也在埋怨他，若是没有他，我也不会一赌气就去翻单杠。这肯定是他的阴谋，他希望我变得像他一样蠢。一连几天，我仍每天中午趴在桌子上，看到他在旁边两行课桌中间扫地，就把头扭到另一边，继续闭眼睛忍受头疼。可没一会儿，我就感到有人在顶我的头。我扭头一看，是学峰的屁股。他倒退着扫地。圆形的屁股转过去，他三角型的头转过来，倒三角型的眼睛更加犀利，两个鼻孔的鼻涕更加汹涌。他齉着鼻子说："今天放学，我找你们家去。"

　　"我找你们家去。"他这句话敲打着我的耳鼓，我本已头痛欲裂的大脑此时炸开。我怕我的父母，不仅怕打，更怕他们那种声泪俱下的唠叨和苦口婆心的劝说。他们的批评似乎在演话剧，要从气氛的开始演到结束，你能知道下面他们要怎么说，也知道他们要说多长时间，但还是得忍着听他们说下去。

　　我强忍着看他一步步后退。他在扫地，每后退一步都要扫一下左右两旁的课桌底下，没有什么纸屑，仅有一点儿粉末似的土。每用力扫几下，那笤帚上都会掉下两根笤帚苗来，他扫着渐渐增多的笤帚苗，用三角眼的余光看我，渐渐从成群的桌椅中间退出去，退到讲台上，退到教室外面的亮光中去。我看他的影子像一个妖怪，我扭头看到墙上赖宁哥哥的像，他仍是满脸严肃，红扑扑的脸上闪烁着火焰般的天真。

　　放学时本不是我们组值日，但我故意留下来帮忙，宁可忍着同学们的说笑。我最怕别人当众说我，不论是好是坏，是议论是评价，哪怕仅仅是不重要的提及。

　　在一片忙乱中打扫完教室后，同学们都散了，我也从学校最后的排子房走到校园里，却看到学峰还在，似乎在等我。我立刻藏到操场上大树后面，等着他消失。过了很久，学校里看门的老大爷过去叫他，冲着他大喊："还不回家吃饭？"

学峰立刻灰溜溜地，像被赶走的耗子一样溜出了学校。我也悄悄跟着出了大门，看学峰向胡同西口走了，我家在东口。我立刻向东口跑去，没几步，我就摔倒在胡同里。

"哎，哎！"

我一扭头，见学峰转身了，追来了。他的身子肥胖，两条腿带不动整个肥胖的身子，所以他的上身前倾，几乎要弯成鞠躬状，而下身的双腿还直着跑。我爬起来，来不及掸身上的脏土，就继续跑。每家的窗口里都在播放评书，那正是单田芳的《童林传》；每跑过一个窗口，都能听到窗口里粗哑的嗓音，我一直在踏着夕阳和寒风奔跑，那嗓音一直追着我跑完整条胡同，跑到自家门口，正听到"下回再说"。

我进了大街门，立刻把大街门从里面插上。一共是两道木头门插关儿[1]，还有一个铁的门闩，上百年的打磨早已把木头磨得光滑见亮，没有一点儿毛刺。

幸好父母已经回家，我怕他们外出时不关门，而把学峰放进来。我家没有狗，来了生人不会报信，我只能躲进里屋。我在心惊胆战中度过了一夜，好像随时等待着地震或打雷。北京已经许久没地震，也没有太大的雷声了。

第二天一早，我开门去上学。没走几步，一抬头，却看见了学峰。他脸上抹得一道道的黑，应是他自己抹上去的。鼻涕早已干了，

---

1 插关儿，指插销。

还有新的不断补充。

他见到我，冲我叽咕叽咕眼睛，好像要说些什么。

我们一起上学。在上学的路上，我们都一句话也没有说。我看我们的影子被阳光拉长，清冷的风吹来，那影子似乎是深蓝色的，胡同像一台机器一样开始各自运转。卖早点的、卖菜的开始出摊，大人们都骑着自行车上班，嘴里喷着白色的哈气。胡同的两旁都是光秃秃的树木，学生们戴着红领巾、小黄帽三三两两地走着，他们都穿着蓝色带黄白道的校服，好像森林中的精灵。

到了校门口，我们过了站在门口的值周生，给站在校门口的老师敬了礼，我对他说："水下八关没玩出来，他们该不带我们玩了。"学峰没说话，眨了眨眼睛。

九

在学校，我始终想问问菁菁小姐，我有很多话想对她说。我想说："那天你们玩游戏机了？"菁菁小姐总是和一群女生在一起，她们正往前走，她好像没听见。我正要再大声说一遍，可亮亮也在旁边，他忽然拦住了我，浩南也在。我郑重地问他们，他们一对眼："我们临时改时间了。"

"学峰昨天找我们家去了。他找我爸告状，我爸要打我。那灯管是你打的。"我说话的时候，还伸出缠着纱布的右手。我想，你们骗我，那我也骗你们。

这天亮亮刚刚剪过头发，他的盖儿头更加正规，后脖颈子的头发都用推子推得露出青皮，整颗头像一个细瘦的口蘑，既不是香菇，也不是平菇。他的嘴更显得凸出，厚厚的嘴唇每说一句话就往前努一努。

"你肯定喜欢菁菁，承认吧。"他拍着我的肩膀，"初中就得搞对象了。我哥他们那会儿，二年级就知道谁喜欢谁。"

"不，不是，不是！"我涨红了脸。

"那过几天咱们跟二班赛跑，一定得跑得过二班。"浩南说。

"我肯定能跑过。"我说。我知道，他们是想看我的笑话。我只盼着要让学峰来一起跑，他那么胖，班级比赛带上我们两个，就省得我一个人被笑话了。

作为班里的嘲笑对象，我不仅不会玩各种游戏，跑步还有点儿踮脚。我跑快了，就爱蹦。若不是班里人数不够，绝不会每次各种活动都有我。我更宁愿班里人够数了，我最怕的，就是突然有同学请病假，我会像展览品一样被摆放在赛场上由同学们嘲笑，像一只从窝中倒提出来的待宰的蠢鹅。

"没问题，学峰包在我们身上。"他们说。从他们的目光里，我看出了恶作剧，更看出了残忍。

十

折返跑比赛是在体育课上比的，上一节还是手工课。我跟学峰继续在一组折纸。这次的纸折好后往中间吹起，能吹成球形。又是临近下课，同学们几乎都折好了并吹成了球，一个个在手中扔来扔去，打雪仗一样地互扔。

今天我特意从家带了剪子，是种小号的白铁剪子，很锋利，很好用，但很土。可再好用的剪子也无法帮我们完成手工。我和学峰对视，我们怎么折也折不好，又做不成了。

"弄不好，又该得二分[1]了。"我对学峰说。

"没关系，下课了就好了。"学峰说。

"下节是体育，该比折返跑了。你跑吗？"我说。

"我不想跑。但你要跑我就跑，你跑得肯定比我快。"学峰说着，冲我晃了晃鼓鼓囊囊的身子，他穿着件冬天的羽绒服。

"是亮亮、浩南叫你跑的？"

"嗯，他们说，不跑的话，手工课没成绩。"

忽然间，我看到那个叫静琪的女生走了过来。"你叫什么？""静琪，你呢？"

"学峰。"我为他们介绍，她叫静琪，他叫学峰。

"期中考试，你考多少？"

"四十六。"静琪说。

"十八。"学峰说。

"一百。"我说。

我们都认识了。

"静琪，折返跑比赛，我跑吗？"

"不，你别跑了，你跑不过。你们都别跑了。"

---

1 学分五分制。

"不，我偏要跑给你看。"

我对学峰说："你认识静琪吗？"

"不认识。"

我们正说着，亮亮他们又过来了："嘿，四眼儿，你们俩又聊上了。"

我要回话，但不知说什么。世界上最恐怖的事情，就是把我置于众人之中，每人说一句，每句话如利剑、尖刀，我是游街的罪犯，忍受着他们砸过来的白菜帮子、烂西红柿、臭鸡蛋，甚至有棱角分明的石块。我的头被砸破，鲜血顺着太阳穴流下，我的脸上沾满了唾沫。

所以每到这时，我不敢说话。

"亮亮，你那说什么呢？赶紧交作业。"老师来替我解围，只有老师能救我。而我只好用考一个又一个的一百分来回报他。

"学峰，小雷，你们俩再不交就记二分了啊。"

我吓坏了，我不允许任何一个二分，哪怕是手工课。但我实在不会折，我看那黄白的纸张是能蜇人的蛇蝎。我再一次看黑板上的图示，一步，两步，三步，到第三步我就折不出来。我只盼着谁能帮我。同学们都交了，出去玩了。我看菁菁小姐，我问她。菁菁小姐说："你先把这个折到这里，再把这个折到这里。"

我想让她帮我折，但学峰在，我不好意思。我又怨恨起学峰来，若不是跟他一组，我早就完成了。

"菁菁，你帮我……"我的声音小得我都听不见。

菁菁小姐却听到了，她站起身来，我以为她要过来。她却转身，找老师交作业去了。

刺耳的下课铃又响了，我们要去操场上体育课。老师在催我，学峰还想再弄弄，我一把把折纸从他手中夺过来，把剪子和胶水都甩在课桌上。那把白铁剪子是我的，锋利得足以反光。

"哎，你的剪子……"学峰说。我顾不上理他。

我伤心地交了作业，来到操场上。操场上人喊马嘶般地喧闹着。一班和二班的男生们推搡着，似乎要在比赛前大干一架。体育老师一边吹哨，一边用系着哨子的绳赶羊般抽打着学生。好不容易，学生们都站好了。

简单的准备活动之后，我们每个班先分成了男女生各一组，两个班四组人，在长方形操场的一头聚成四堆。在操场的另一端有个实心球，一声哨响，两男两女四个学生一起跑过去，摸了实心球再折返回来，拍下一个人的手，再来回跑。

同学们似织布机上的梭子般来来回回地跳，人都快跑完了，但胜负还没分出来。我被排在班级后面，学峰在我身后。我要努力，我是男生，一定要跑过女生；我是好学生，一定要跑过傻子；我是小雷，一定要跑过学峰。

轮到我们了，跑完的同学在加油呐喊。我用力跑着。很快，笑声盖过了呐喊声，我是一边跑一边颠儿。我恨不得立刻跑完。我立刻向前摸了实心球，继续回头跑。我准备冲刺，我只用前脚掌着地冲刺。我一下子冲到同学群中，我是同学群中的一员。

我跑完了，用力拍了一下学峰的手。学峰的上半身向前弯曲，双腿紧着倒腾，对我的笑声很快消失，对学峰的笑声轰然爆发。操场像是动物园，我们是两只等待投喂的四肢与头脑都不发达的动物。

学峰很快去摸了实心球，他转身开始冲刺。二班的同学比他瘦，比他高，很快就追了上来。忽然，学峰向前打了个滚，他一下子窝在地上，都算不上摔。羽绒服、厚棉裤和塑料底的棉鞋把他裹得似一个棉球。他窝在同学中间，提前到了终点。二班的同学也立刻跑完。

我赢了，我们班赢了。

十一

我们四散着往班里走，准备回班喝水。一时少有人管摔在操场上的学峰。

可学峰没有起来，有几个人围着他。我想过去看看，但还是回了班，今天特意带了水瓶子，我渴得厉害。

我们回了班，继续上课。不知不觉中，我发现学峰始终没有回班。亮亮悄悄溜出后门打听。他回来后告诉我们，学峰去了医院。进去以后，他再也没出来。

第二天，学峰的父亲来到学校里闹，学校里的气氛诡异异常。寒风把所有的阳光都吹跑了，每个人都在发愣，每个人都不知所措。我们听凭命运的安排。自那以后，我的记忆一片空白。

北京的阳光与别处的是不同的，上午的阳光很柔，中午的阳光很傻很愣，发白，不发黄，很淡，从不浓烈。只有下午四五点钟时，太阳才用它最后的一点儿力气，把胡同染成淡金色，似位饱经风霜的老人在诉说。这时的阳光更体恤人，也更从容。

后来，我在临期末考试时因病留了级。我到了下一届的班里。又是在一节体育课上，眯眼硬朗的体育老师一再给我们讲，冬天上体育课，大衣兜里不能装任何东西。曾经有个学生，上课跑步，跑着跑着，人摔倒了，再也起不来了。老师过去问："你怎么啦？"

他闭着眼，不作声。老师上去摇晃他，他动了动，没反应。

冬天，衣服穿得很多，看不出毛病来。

于是，老师只好找了辆平板车，把他送到医院。到了医院，一脱了衣服才发现，他兜里揣着把剪子，是白铁尖头的那种。跑步一摔跟头，那剪子一下子扎破衣服扎进肚子，陷在肉里了，都拔不出来，血没流出多少，但在悄悄地流着。医生一摸，他身上都凉了。

十二

下课后，我想起了静琪。我忍不住到曾经的班主任办公室去打听我的那一届里二班有没有一个叫静琪的学生。

"没有啊，全学校只有学峰一个胖子。他是个傻子，他从小没妈，他爸爸死活不给他送到培育中心去，非要让他跟着上小学，还想着他能不能考上初中，好歹也弄个文凭。唉，哪知道——"当初的班主任顿了一下，"你老挨人欺负，但功课最好。就你老跟他玩，我们都担心你再被他带傻了。"

"您不是说过……静琪……"

"不过还好，期末考试，你只是病了，不是傻了。"曾经的班主任笑笑。

"老师，您说过二班有个静琪，也很胖，戴眼镜。"

"啊，那是比你们高两届的二班，你没见过。她跟学峰一样傻，没上完学，她爸就把她转到培育中心去了。"

"那您好像说，二班的静琪……"我的声音很小，小到只停留在心里。我问老师："什么是培育中心？"

"弱智学校。"

"他（她）不傻。"

"是你傻！"

老师还讲，培育中心里上课轻松，一节课就三十分钟，一个老师就教两三个人，甚至只教一个人，不论多少节课，都掰不开那"一加一等于三"。学生再长大点儿，培育中心就教学生们做点儿手工，做点儿陶器卖给外国人。弱智不算残疾人，他们没什么补助，也不知长大了能干什么。

我再没玩过《魂斗罗》，我始终没搞明白什么是水下八关，据说那是日本原版才有的，还听说那是瞎编出来的。

一天晚上，我做了个梦，梦见我考上了五百中。这一天我在家，突然有人来找我，是静琪。她瘦了，漂亮了，她在我面前转了一圈。现在她比我矮，所以一点儿也不高大。她跟我说："小雷，我高职毕业，进了个大公司。我们每天都能穿花裙子，发好多东西、好多钱。人人都夸我聪明，人人都喜欢我。我们还要出国学习，坐飞机、坐豪华游轮。学峰也在这里，他瘦了，也变高了。我们学会了做陶器，卖了很多给外国人。"

女司机

她开车从王觉家出来，街上亮起了各色的霓虹灯，街上
店铺的招牌红、绿、蓝、黄，组成闪光的海，像纽约，
像香港，唯独不像她记忆中的北京。

一

　　她开车靠边摘下墨镜，用后视镜照了照驾驶座上的人。自黑红色脸庞上眼角的鱼尾纹、干裂的嘴唇中稍微歪斜的龅牙看到虎背熊腰撑起的衣服，像个糙老爷们儿，许久没换，也许久没洗。直看到用皮筋随意一绑的长发，那长发中夹杂着缕缕白线，似一捧掉进炉灰里的细粉丝。

　　这是四、五环之间并不热闹的地方，拉不上客人又要放空回家。车从大宇换成了现代，但好几年都是每公里一块六，眼瞅着油价又涨了，物价又涨了，就出租车价不涨。放空耽误了时间，还白烧了油钱，那烧的不是油，而是自己的血。这个包裹身躯的怪兽恐怖而衰老，它带来财富，并吞噬了年华。它并不受欢迎，又老又破，还有些闹病。不过，幸好她能修理，舍得卖命，能多拉点儿活儿。十二点以后，越辛苦越来钱。跟她抢活儿的都是年轻的小伙子，她干不过他们，可她又想，这么年轻就开上出租，要哪年才算一站？

　　这个新开发的地方连路灯也没有，她以为把北京用原子弹轰平了，她哪儿都认识，可真不认识这里。用电子地图，她玩不利落；打听道儿，没有人烟。她奔着城里的方向开，肯定能到，但会绕远。她最不愿意绕远。开了一会儿，她眼前出现一条盘旋的高架路，那路上盏盏昏黄的灯似夜晚舞动的火龙，一直蜿蜒到天边。她想开上去，但找不到入口；想喝水或吃东西，都没有。天气很冷，空调只能开冷风。儿子不爱学理科，丈夫根本不理她，理她的时候张嘴就提钱。她想做腰椎间盘突出的手术没时间，从单位提前退休不好办。前几天的一个下午，她拉了一个拉过几次的客人，是个胖胖的白净男孩，戴着黑框眼镜，像一只熊猫。没想到那男孩能投诉她。

她灭了车，伏在方向盘上，呜呜地哭了。她想起上一次哭还是当知青的时候。

二

有几次，有个男孩打车从蓟门桥到国贸桥上班，像钟表一样准时，每次要四十块以上。她不禁胆战心惊。若是来回的话，这一个月下来要一千块。而一般刚毕业的也就挣两三千，都打车了，还哪够吃饭？

她居然又拉上了他，是下班回家。走到三元桥有点儿堵，但还能走。路上无聊，前后左右纷纷亮起红色的刹车灯，红灯像一条血线，也像火龙在灼烧她的心。

"这红灯，也跟十字路口那红灯似的，一看就得停。"她一般不主动跟客人聊天，今天忍不住问两句，"我好像拉过你，每天都打车上下班吗？"

"嗯，坐车很累。"那男孩也怕说话把他累着。

"坐地铁多好，又快又不堵，你这线还不用换乘。"

"得上下走。"

她听得一愣，年轻人都把上下地铁当跋涉了，他们只有这点儿运动。

"每月挣多少，够打车的？！"

"四千多吧。"

她的话是种感叹，在不同场合还能有点儿小讽刺或小反诘，但这男孩不是本地人，毫无戒心地告诉她——谁又会对司机师傅有戒心呢？他们只是雇来的临时工。她自己念叨："一趟四十多，来回八十多，一个月得小两千了。二分之一给人家了，多浪费啊。"

这几年开车，她时刻注意世风的变化。若是自家亲戚，她肯定不让打车，干脆骑车或走着，减肥。要是前些年，她也许就说了，现在她只是忍不住道："省着点儿吧。"

那男孩没理她，她又大声说了一遍。

"用不着。"

她通过后视镜瞟了一下，见那胖男孩正在戴耳机。她刚想这孩子怎么这么没礼貌，连大人问话都不认真回答。可她又一想年轻人都这样，没辙！关键是自己进项也能有这个数，但绝对一分也不敢乱花。

她正想着，那男孩的耳机线有点儿乱，择不开，一边择一边甩了她一句："老他妈嘚吧嘚，烦不烦？！"

"小伙子，你怎么说话呢这是？"

"谁跟你说话了？不说话，没人把你当哑巴卖了。什么态度啊？！打听那么多干吗？再矫情，我投诉你侵犯人权！"

她猛踩一脚刹车，车本来走得很慢，踩得再重也没什么。

"哎哟，磕着我了。你诚心颠我，是吧？告诉你，我报警去，信不信？"那胖男孩只是颠了一下，他声音清脆，并不难听，但声调略高，字字入耳。

她真想说："你给我下去，钱我不要了。"但在三环主路的桥上，走下去要很久，危险，更违反交规。她一句话也不说，任那男孩用各种脏话骂她。不一会儿，那男孩像是要听歌了，不理她了。

到了地方，那男孩倒是很认真地掏钱给她，要了票。计价器里的针孔打印机把票纸吸进去，再吱啦吱啦地打印后吐出来，那几秒她最难熬，仿佛过了几个世纪。她撕下票递给他。那男孩认真收好，拿好东西，下车走了，并未重重地撞一下车门，待人接物如在公司上班。她长出一口气。比这粗野的、骂骂咧咧的客人遇过很多，她都没当作心事。她想把车停在路边找地方吃晚饭，但小饭馆被龙卷风刮走般消失了，而毗邻那片废墟的，是正在建设的摩天大楼。楼已经盖成，正在浇灌水泥，将贴上整片的反光玻璃，会像个全身穿着闪光亮片的美人。

她宁愿开得远一点儿，遇到有活儿也没拉。她去了的士餐厅，那里像学生食堂，都是出租司机来吃饭。十块一份，米饭和汤随便加。她从前绝不来此吃饭，她受够了男司机的粗野、肮脏与恶臭。他们的眼睛永远睁不开，头发乱蓬蓬的，说话只围绕着下三路，牙缝中残存着韭菜。他们随手剥开整头的大蒜，用手捻掉紫色薰衣草颜色的蒜皮，扔入口中嘎吱嘎吱地嚼碎，像吃一块粘满蜂蜜桂花的糖水荸荠。

她躲在角落里，离他们远远的，不想听他们骂街的话。她扭头看餐厅外，外面明亮，屋里阴暗，透过门口能看到对面一家餐厅红色的招牌：京味菜。那红色划破黑暗的夜空，她想现在就走出这里到对面那家，顶多点一碗炸酱面，再来个干炸丸子或京酱肉丝。可炸酱面还不如家里做得好。她想起童年由母亲带着去吃大地餐厅的西餐。刚开上大公共时，她还知道花五块钱去"老莫"[1]喝红菜汤，然后钱包就瘪了。现在她的钱包不会瘪，但绝不想去吃一肚子又干又凉的硬面包，那感觉像在下一盘象棋但不知落子在哪儿。不与身边这帮人为伍，又能怎样？

她随手收了餐盘，把大量的剩菜倒进大桶，从熙熙攘攘的司机中间穿了出去。

第二天晚上，她本想休息，在家里接到了车队领导的电话。有人投诉，前一天晚高峰时她在三环主路上拒载，态度还十分恶劣。

"我没这么说。"她一遍一遍地给队长解释。

"客人原话就是这样，抽空来车队一趟。最近正狠抓，咱们得说道说道。"

"我这么说话我傻啊？！"她急了，冲着队长嚷道。

"哎哎，小点儿声，每次都山呼海啸的，再吵着孩子做功课。"丈夫正在看电视，他嫌她吵到了，"不顾我，也得想想孩子。"丈夫补充道，电视声一点儿也不小，他顺手还调大了一格的音量。

她来不及理丈夫，继续冲着队长说："有本事，你让他来车队，咱们争竞争竞。"

"人家投诉，谁来陪你玩啊？我可是够给你面子，上次撞车的事还没了，赶紧把车门的漆喷上，别验不了车。"队长没好气地挂了电话。

---

1 指北京莫斯科餐厅，建于1954年，曾为北京最高档的涉外俄式西餐厅。

她放下电话后，一时赌气，才又接着出车。队长说的撞车，是她正常行驶，被别人把副驾驶的车门撞瘪了，幸好没拉客人。前后反复扯皮，修好后，车门上"某某汽车出租公司"的字样还没喷上。

　　这一出去，她的腰越来越痛，不是一天两天的毛病。有几天，她停到家门口，熄火后都下不了车，仿佛粘在了车上。她要双手用力搬自己的腿，再用力撑着车门和座椅，一点儿一点儿把身子搬出来。每次街坊大妈见到都说："哎哟，慢点儿，要买车啊还是要买房啊？瞧这罪受的！"

　　她下了车，直直腰，更觉得委屈。

　　可这两天丈夫不知怎么来了兴致，大夜里不睡，总想摇晃她。她说腰疼，让丈夫给揉揉。丈夫自讨没趣，比画着揉了两下后翻身睡去。过一会儿丈夫还想，但看她睡得鼾声四起，也没了兴致。他记得她从不打鼾，这次的呼噜声轻微而均匀，有时也哼哼两声，像是一头受伤巨兽的呻吟。丈夫出门到地坛遛早儿，跟一帮比他大的退休无事打门球的老头儿聊天。他总是围观至十点，觉得这运动不错，球门不大也没把门儿的，打进去不费脑子也不累人。但老头儿们不理他，都紧紧地护着身边戴墨镜和遮阳帽的老太太。这是帮老干部，自己的圈子从不带外人玩。他偏不信这邪，非要进去耍一下。就这样，他一直做热心观众，等到早市买菜时人家都收摊儿了。

　　丈夫看打门球回来了，发现她趴在床上真起不来了，才说用自行车驮她去医院照片子。"我要是能坐自行车，就不至于这样了。"她小声说，豆大的汗珠滴答下来，落在平房洋灰的地面上很快消失，根本看不出来。

　　丈夫扶着她出了胡同口，她奋力打了车。上车后发现那也是个老司机，看上去身体比她强不了多少。路上堵车，她为了分散点儿注意力，下意识地跟他攀谈上了。

"不行喽。"那老司机一脸悲哀，"你知道，我年轻时，给一学校领导开车，都指着我这一辆。我说去哪儿就去哪儿，说拉谁就拉谁，当官的管天管地管不了方向盘。嘿，背地里管我叫二校长。那会儿办事，找不到秘书，找司机也行。"

"那您怎么开这个了？"

"谁知道啊。学校被吞并了，我就出来了。看这个钱来得快，我还花了不少钱才谋到这事由儿，哪承想给判了个无期！"

"您没挨上这一刀就是好事。我看她是躲不开了。"丈夫没好气地说。

"哪有你这么说话的？"她说。

"没事，咱职业病，我还真有，就是腰椎，保守治疗呢。以前开车人五人六的，现在还没人家抱的狗利落，连人模样都没了。"

她知道，一旦和别的男人说话，丈夫就不乐意，不管是谁，亲戚都不行。

她被丈夫搀扶着下了车，从远了看，很像她搀扶着丈夫。

他们进医院，挂号排大队，交费排大队，一会儿划价排大队，拿药排大队，等片子又等了很久，直至中午才看上。大夫说她腰椎间盘突出很严重了，再不做手术会压迫神经。

"做手术要多少钱？"她问。

"几万吧，不贵。"医生说，"做完手术要带着护腰板躺仨月，什么都不能干，不能弯腰，不能着凉，尽量少走动，以后慢慢地增加运动量。要好齐全了得一年半载。"

"能保守治疗吗？"丈夫问。

"也行，看病人自己的忍受程度。"大夫说，"就算您要做，一时也排不上队。"

她回到家，下决心要去车队。丈夫、孩子、单位、房子、车子，她要做个了断。世界上三百六十行，她最恨的就是开车。而当下最关键的是她急着用钱。

三

她想起自己从内蒙古生产建设兵团回来的那天，一直不信北京是自己的家。她扛着硕大的行李包从北京站上了104路无轨电车。长安街上还是那几栋大楼，小年轻儿的挎着黄绿色的帆布包，但多已穿上白衬衫，她还是一身军装绿。车上有个人不小心踩了她，没句客气话，好似看外来生物一样看着她。她动嘴吵了几句，却发现被当作外地人，直至她扛包走进自家胡同还这样。

胡同里变样了，少了前几年"文革"时的狂躁，大家忙着平反，找工作，退赔抄家物品，补发工资。匆匆忙碌，又无所事事。返城的知青没工作，在工厂上班的人也心不在焉，三天两头泡病号，学跳舞。她路过个公园，里面也有穿连衣裙的女人悄悄靠在男人的肩膀上。她们不会化妆，只会把脸抹白，脖子和脸不是一个颜色。

胡同里多了几处地震时修的加固墙，正好阻隔了墙上刷着的"千万不要忘记阶级斗争"；进了院子，多了小厨房。院子更小，更挤，更阴暗。她回到屋里，中午吃了碗面条，下午到街道报到，晚上哥哥姐姐回来，一起帮着她腾地方。她记得上初中了，还跟哥哥姐姐挤在一张破硬木板床上。现在不行了。没地方睡，她就在大床边上接出一排凳子，找出陈年的被褥垫上，父亲早不在了，她和母亲挤一张床。那年，她二十九岁，对象在内蒙，家里不知道。

在家待了一周，她去街道登记找工作。登记的人对她没有一点儿好脸色："就你这样的知青乌泱乌泱的，高中没毕业，不上不下，没学历没关系，能'扛大个儿'就不错。"

"行，我干。"

没毕业也是重点中学，又不是她不想念书，她想。

"人家不要女的。"负责人说。

"还有哪儿？"

"清洁队。"

她想到那种"地撮"，把地上的垃圾撮到垃圾车里，车上有铁锹，人在垃圾车外扶着铁杆迎风站着，任风吹硬了脸颊，吹散了头发，挺威风的，像铁道游击队。真扫一辈子大街？和掏粪工人差不多了。尽管她知道，时传祥是光荣的。

一连几天，她每天都出去，不是不想在家，而是家里待不住，太穷太破。她不能和母亲挤着，主动搬到堂屋去。晚上在堂屋里摆上那几条凳子，铺上层木板当床，白天来人了再撤。有人开玩笑说："死人才睡门板[1]呢！"这话太不吉利了，她生了气。

她出门打听一圈，回来对母亲说，府学胡同那边有空房，她想租了搬出去住。母亲一百个不乐意："要是实在找不到活儿干，你跟

---

[1] 按北京旧俗，死了人，把大街门卸下来停尸用。

胡同里摆摊儿给人家理发？一次两毛成不成？大伙儿的头发不都是你理吗？"

"我去清洁队！"她说。

到了清洁队，一见面，人家看她挺洁净一姑娘，白净，稳重，像有点儿文化的样儿，不乐意要。她一连几天想不开。当知青时种地放羊，连炊事班都干过，怎么连清洁队都不要？

她又到了街道登记处。

"我去汽车公司。"她说。

到汽车公司以后，她被分配到8路卖票，分早、中、晚三班倒。早班五点半发头班车，四点半到岗，四点钟有班车，三点半就起床。要等着着车、给车加水、打扫卫生，中午十二点找个近的站下车，要么到总站再骑车回家。到家就一顿猛吃，吃完了赶紧补觉，人人都是大肚囊子。一个月挣二十六块，每天一块，休息日不一定在礼拜天。若临时有急事，休息日可以借，但必须还。

每逢晚班，她下班后，会到北新桥十字路口的东南角，那里有个昼夜营业的妇女食堂，晚上卖包子、馄饨、面条，一毛多钱。煮馄饨的是个大锅，中间有箅子当作格挡把水分开，一边放着一只鸡，一边熬着腔骨，常年咕嘟咕嘟地冒着热气。从1983年开始，这里不要粮票了。吃完后到家洗洗睡睡，睡觉要两点了，再起床就更没点了。她每天都在车的前门儿外把人使劲往里推，车门趁着人刚推进去的劲儿才关上；再到后门儿猛冲上去，单脚点地，一手拉门把手，一手拿票夹子冲前喊："关后门儿！那边的同志，买票帮忙递一下！"

当司机打乱了生活，但她能干，工作实诚，不到一年，就让她学开车。女司机不多，学车的师傅对学员不分男女，虽不能打，但动不动就骂："方向盘有从底下掏的吗？不讲究！挂根骨头，狗都会了。"有比这更难听的，有一次把她骂哭了。她想去车队告状，但教车的师傅都是五十年代以来的老司机，带着工人阶级出身的高傲。他们本是解放时市政招来的闲人，是挖河泥、修城墙的闲汉，末了没地方，被收编到汽车公司，都是些老油子了，告状？不给人笑话就不错了。她有心不学车了，想接着卖票，卖票不轻松，但不用担那么大的责任。

真不能只卖一辈子票。她咬牙听着师傅的脏话把车学了下来。自始至终，那师傅从没夸过她一句，永远是她不对。

北京的汽车公司分四个厂子。她进的是四厂，每天四圈，一百公里上下的任务，成了头围着北京城拉磨的驴。汽车要用操纵杆打火，每次一拉，那操纵杆哐地弹回去，直把铁制的平台侧面砸出一个深深的大坑。紧接着是一阵轰鸣，比火车启动声音还大。冬天四处漏风，冻得脸通红，总打不着车；夏天身边是大机器盖子，热得能烙饼摊鸡蛋。汗如雨下，人就如蒸桑拿（这词她刚学，从没蒸过），还要把机器盖子打开，以防止车温度过高。每辆车的发车时间都要换，让所有的车都跑到一定的公里数，都得到均衡的保养。每天都有车进保养车间，给轮胎打气、换位，要保证轮胎磨损得均衡，查查有没有缺机油、螺丝松的地方。要用电器灯光检修，每个车队的终点站都有应付"急修"的保养工。那时候轮胎还有翻修的，旧轮胎套上一圈新橡胶再压上花纹。用司机的话说，得让他们有活儿干。

大公共的排班方式很丰富，除了最累的早晚班，还有大单班——从早上六点钟出来到上午九点，再接下午三点到晚上八点，是为了早晚高峰加车安排的，都是住得离路线近的人干。有小单班——

中午十二点跑两圈或一圈半，回车站等着（这段也按出车算）；下午四五点钟再跑一两圈。有日班——早上八点半到下午四点半，不用早出晚归。一辆车两个司机，每周或半个月一换班。刚开始很新鲜，她一发下工资就贴补家用。几个月以后，她给自己填补各种窟窿，买生活用品，或吃碗地安门小吃店的素炒疙瘩、白魁老号的豆面丸子汤。都一处、砂锅居都想吃，但没了档期。中学同学要组织聚会，去"老莫"，平均每人得三五块，她想去，预算不够，省吃俭用地去了，大家都穿得一般，但她显得更破。等她稍微有点儿存款，是半年以后。而这时，她对开车厌烦了。问题在于，女同志都给照顾排小单班和日班，就她总是早班接晚班，永远早出晚归。

汽车公司一般都是老实人，但也有不文明的，还有进去过又放出来的，有的连初中都没上过。女司机并不多，仅有的都口无遮拦，满嘴祖宗奶奶地说话。男司机更是牙齿间沾着韭菜叶子，满嘴里喷洒着辛辣的酒气、口臭和蒜臭的黄段子，经常有不洗脸并蓬头垢面的人，脖子脏得像车轴，衣服领子都变了色。他们眯缝着眼睛，眼角沾满了眵目糊。她不知怎么跟他们混，一起说脏话吗？

她知道自己内向，吃了没朋友的亏，遇到刁难，连个说体己话的人都没有。这天早上，她又打开车的水箱，用长嘴的大铁壶去补水。她想着加完水去旁边的调度室问问看排班能不能换，就以身子不方便为由，调度员也是女的，按说能体谅。可调度室门口站着个男司机，正跟女调度员打情骂俏，她过去说话不方便，正想着，壶嘴没对准，水洒出来了。

忽然间，那男司机跟着取笑："嘿，您倒对准了啊？我来吧，我对到你那窟窿里，肯定准！一滴都不洒！"附近还有几个人，周围传来哄笑。她气得抢起铁壶，冲着那男司机的方向摔去，发出巨大的响声。可长嘴的铁壶摔得并不远，冬天的凉水洒了一地，反而溅到她肥大的裤腿上。

"不要脸，臭流氓！"她恨不得跳着脚骂道。

"你这摔谁呢？铁壶是公家的，有意见不能摔公家东西。"那男司机没有急，一脸坏笑，说得半真半假。

"哎，水别往这儿洒，都进屋了。"水只洒到调度室门口，那女调度员靠在门框上嗑瓜子。

她一步就进了调度室："您给评评理，他欺负人。"

那女调度员笑了，一边笑一边继续吐瓜子皮，那瓜子皮扔了一地，还被门框分成了两片。"就说这么两句，至于吗？"

"至于！你们也欺负人，总把我排早晚班，我也是女的！"

"你找人去吧，谁答应替你，直接来挂班。"女调度员说。挂班就是排班，人和车都有名字牌。每辆车挂俩司机，每个司机又挂俩售票员。这几个班大家轮着来，表面上是公平起见。"你还别嫌累，郊区司机两圈半就一百四十公里！咱们这儿算好的啦。没听说吗？外地的大公共，连喇叭都不响，拐弯时拿根木头棒伸出去，对着车门咣咣敲，每辆车门上瘪一大坑。"

"嘿！嘿！赶紧换去吧，都尿裤子啦。"那男司机一边劝一边损，还一边安慰，"麻利的，快点儿，脱下来到炉子那儿烤烤，别一会儿都结了冰。"

她瞪着那男司机，气得几乎要动手了。

"瞅人家刚开车，你们真能耐！"正说着，过来个矮矮胖胖的男人，透着精壮，也透着严厉。他一说，大家就都蔫了。

"德子啊，屋里坐。"女调度员招呼道，说完又转向男司机："正严打呢，你们也不收敛点儿，赶明儿都把你们关号里去。"随后又安慰起她来。调度员们心里清楚，她们是跟领导关系好坐进了调度室、安全科，表面上工资少了两三块，但不用受苦。安全科负责纪律检查抓司机聊天，能装成乘客逗你聊。

德子没进屋，他转了一圈，手里拎着一条破缅裆裤和一件军大衣："给你找一棉裤，赶紧换上。"他又对女调度员说："我跟她换班，回来后商量。"

"不了，不了。"她来不及换裤子，也来不及拒绝。她想喝水，但还没有。发车的点到了，她凑合着去开了一天，临下班时腿冻得直哆嗦，鞋都有点儿冻透了。

她交车以后，见德子还在等她，硬要塞给她件军大衣，她已有羽绒服，没法再套了，只好凑合拿着。从那以后，一连几天，德子总是出现在她车前车后，她明白，这是在追她。

德子是急性子，约她周末出去玩，她不去；约看电影，她最爱看电影，也不去。她看不上开车的，开车只是为了不扫大街。她只想领了工资赶紧回家，安全科、调度室与发工资没关系，但她当知青时受够了刁难，谁也不敢得罪。她有男友在内蒙古，还没回来，打电话不方便，也没通几封信，他们是知青战友。所有人都劝她分了，她舍不得。而对家人，她根本不敢说。

想提干、升职或坐办公室，得先好好开车。她是女的，提干几乎没希望。

让她死心塌地不想开车的，是赶上同事管她借二十块钱给家里人买药。而她翻遍全身，只有五块，同事找了别人，她折了面子。虽是借不借都可，但这事儿刺激了她。她寻思的是，自己怎么才能多赚点儿，干脆不开大公共，去开小公共。

不论怎样，她都狠狠地在德子表白之前拒绝了他。可没多久，她就有了丈夫，而德子消失了，听说是辞职了。

四

丈夫是一阵风刮来的，更像是从天上掉下来的。父亲去世得早，母亲岁数大了，身体不好。她被母亲催得受不了，就随便经人介绍找了个不是司机的丈夫，给在内蒙古没回来的男友去了封信。母亲很高兴，这么大岁数有人要就不错了。男方家孩子多，没地方，得住到她自己家来。就当招个上门的养老女婿。女婿是水龙头厂的，换水龙头随便拿。院子里匆匆摆了两桌菜，街坊四邻匆匆来祝贺，他们匆匆结了婚。三天婚假过后，她又匆匆去上了班。

过了一年，孩子出生了，有点儿难产，是剖宫产生的。她听说剖宫产的孩子聪明，但也听婆家人说了，孩子没受过挤压，长大了心理有问题。当妈的生孩子不受苦，将来也不疼孩子，孩子也不孝顺，要疼得越厉害越好。产假是五十六天，加上晚婚假和独生子女政策，再加上倒班，她才歇了三个月的产假，又接着开起了大公共。

有了孩子，家里更拥挤了。母亲单独住一间屋，她自己、孩子与丈夫同睡那张大床，仍是在床边搭上一排方凳，从里到外的顺序是自己、孩子和丈夫，他们把人横过来，仿佛是知青时的通铺。她想起小时候，自己是最得家里疼爱的小女儿，从小是睡在父母中间，哥哥姐姐都睡另一张床。

她发现，每月的工资、奖金与其说交给母亲，不如说是交给丈夫。丈夫的工厂很不景气，上班越来越三天两头，更多是在家做家务，看孩子。丈夫很能干活儿，他蹲在地上，在院里坐个小马扎，那全家人的衣服放在大铝盆中，用搓板用力吭哧吭哧地搓着，几下就顺着白色的木头搓板缓缓流下黑色的泥汤子，似爆发一场小型的泥石流。一不注意，他还会露出后腰和蓝色内裤的边缘。不一会儿，他又端着大铝盆去倒脏水，和院里院外的街坊邻居们聊天。洗完衣服，又去做饭。母亲的岁数大了，对女婿很是疼爱，每次买菜都拿自己的钱，甚至让女婿帮忙取钱。很快，存折连同自己交给母亲的钱都到了丈夫手里。她想说，但怕影响感情。

她仍这样给着，家里没见多少好转，自己却捉襟见肘，四处拆兑，钱如空气般蒸发了。她刚三十出头，看着街上的女人、那些坐办公室的女人，嫁了有钱丈夫的女人都化妆打扮，涂脂抹粉，烫着卷花的头发，穿着四季的衣裳。《庐山恋》上映了几年，街上还在流行"张瑜头"，又有一阵流行穿红裙子。她上班不方便打扮，休息时也在睡觉倒班。找了机会，她与丈夫一起上街，她忍不住说："你也给家里掏一点儿，我一个人着实有限。"

"花了啊，我不是一直在花？今天买的菜、鸡蛋，都是我花的。"

"你花的是我交家里的。"她差一点儿就说，"我妈的存折在你那里。"

丈夫带她逛了百货大楼和东安市场，四处想买点儿生活用品，但什么也没买。她看上件不错的衣服，要不少钱，但丈夫不主动提，她也没兴趣。两个人连走带坐大公共，一直逛到了前门大街。上车时丈夫说："你掏工作证，可以不用买票。"她看了丈夫一眼，打开钱包，掏钱买票。

大栅栏附近有各种小饭铺和小吃摊，她想起结婚前喜欢吃糖炒栗子和小胡桃，但枣和杨梅、话梅都不爱吃，要吐核。有了孩子以后，她几乎算计每一分钱，比当知青时还穷。原本是知青时更穷，但那时还年轻。

他们逛到前门大街的都一处烧麦馆。丈夫带着她进去，大方地要了羊肉烧麦，她吃了几个就够了，剩下的几个蒸笼，都见丈夫狼吞虎咽塞入口中。他鼓着嘴时才想起没放醋，桌上的醋壶是白底蓝花的陶瓷小壶，他仰头向天张开嘴，把小醋壶举过头顶，弯折手腕，把醋一滴一滴滴入口中，还有几滴落在了嘴角。

她看丈夫的样子，像个怕别人跟他抢玩具的孩子。

丈夫的生活细节一下子涌到眼前，恍惚间越来越清晰。丈夫爱吃饺子，可不会擀皮，一包就破；丈夫爱吃鱼，可不会择刺，一吃就卡。这些她全代劳了。可丈夫的工作没边没沿，都不如开出租靠谱，她只会开车，帮不了丈夫。她开车时还为家务事发愁，最近街面上并不太平，越是赚钱的时候就越有风险。可丈夫每晚到家看看表，时间差不多了，先不做饭，再待会儿，等她回来就行；等不到就上街去买些包子、饺子或盒饭快餐给孩子吃。孩子吃得高兴，她的心态稍好。丈夫的脸不阴不阳的，会埋怨她回家晚。她终于明白，丈夫最喜欢自己坐着看她干活儿，还埋怨她刷碗不干净、洗衣服吵人。

丈夫是靠不住的，现在要交车份儿并做手术，她得动老本了。从医院回到家以后，她开始翻箱倒柜，边找边说："家里的存款，我要用一下。"她说，"这个手术我得做，还有这个月的车份儿。"

"不保守治疗了？万一手术动不好……"

"不，一定做。"她找了许久，没有找到。她慌了，努力模拟电视剧里撒泼的样子。"钱到哪儿去了？"她一手一个，把两个大抽屉哗啦一下拉到地上。丈夫想拦没拦住："别弄地上啊，弄完了还得归置。"

她翻出几张五年定期的存单，还有两份十年的平安人寿保险，都写的她的名字，钱数并不低。

"我想让你有个保障。"丈夫的胸脯拔得似骄傲的将军，脸上写着夫妻间的温情，"保险不到期取不了；死期的那个，利息不低，取了就白存了。"

她的脸变了形："十年的保险，十年！十年前立水桥的房，两千三一平方米。"她咬着牙，"你脑袋让驴踢啦？"

丈夫一脸委屈，他的理由很充足："前些年有个卖保险的老上家里来，不买不合适。"

五

家里的那点儿钱，还是八几年到九几年那会儿攒下的。

八十年代的最后几年，北京的小公共最为疯狂。大公共是分站收费，每六站地一毛钱，只有大一路通票两毛。月票每月一块，后来涨到两块，是一张贴了相片的硬纸片，每月月初三天要买月票，一层层往月票板的下半部贴，到年底再换一张票版。学生月票比成人的还便宜，刚买了月票的学生都很开心，他们相约坐环城的44路车看风景，能在二环路上看来来往往的车流，想着北京日复一日地发达，建起更多的高楼大厦，人越来越多，就像这路上的车。

车没有人涨得快，就像工资没物价涨得快。那几年挤车太困难。电视上有首歌叫《别挤了》，还配上挤车的画面，是早期的MTV，人恨不得都从窗户爬进去。

这时，有了小公共。一块，能从朝阳拉到通县。

开小公共的那当儿，她终于赚到了点儿钱。那几年公汽一、二、三、四厂，买了一批国产的红叶牌小面包车，车很破，开起来不停地晃悠，为单位创收也缓解下交通压力。小公共只有个大概的路线，司机和售票员一开出去就没人管了，全凭卖票的开喊，只要能创收，怎样都行。从永定门到北京站漫天要价，根据上下车的地点，估摸出三块、五块、八块、十块的站点来。他们以一拨儿又一拨儿下火车的人流计算的。若这一拨儿人多，他们能飞车回来再拉一拨儿。那时交规不严，堵车时他们敢各种违章，敢走自行车道，敢肆意拐弯超车，甚至敢逆行一小段。三条腿的蛤蟆不好找，两条腿的有钱人有的是。不少人倒服装、倒手表、倒外汇券都发了，有的脖子上挂金链子，有穿着西服和白球鞋的万元户。

北京站最为混乱，一辆辆小公共堵在站前广场，司机和售票员都扯破嗓子喊，像一只只见了人就伸长脖子叫的大鹅。人不上齐不开车，车座上满是油泥，车厢内烟味儿汗味儿刺鼻，人是哪儿的都有，乡下人挎着装满篮的鸡蛋进京赶集，四处来的农民工背着用编织袋包裹的棉被，更有串亲戚的，怀里抱着只母鸡。晚上十一点二十，一趟新疆来的火车进站，大街上寂静无人，只有要饭的、酒鬼在北京站前的广场上晃悠。跑这一趟都是十块，是小公共的节日。

小公共卖票的人叫黑妹，还是个姑娘，她黑，胖，一嘴白牙，说起话来比男司机还粗野。黑妹最敢漫天要价，若是遇到男人砍价，她会大力地贬损，损得那男人即便是问路的也得上车坐两站。遇到女人，她更能把握住心理，宁可错过客人，绝不露出好脸。而砍价，那更是休想！只有最后一两趟没辙了才降价。

黑妹不仅黑，而且壮，像一头小母狗熊。她正冲着一个上车时没问价的南方客人吃喝。那客人说："这么几步路，你们竟然要五块，太贵啦！"他拎着包就要往车下走，黑妹用壮硕的身躯把他挤在门口，后背和屁股一使劲："少废话，掏钱！"

"啊，啊……"南方人被挤得几乎喘不过气来，乖乖掏了钱下车，车上传来黑妹和其他乘客放肆的笑声："没要你十块就不错了。"

"车票呢？"南方人还在问。

"用完了，您下趟时提醒着我点儿啊。"

"下趟！"那人一跺脚，哼了一声，用力地扭过头，拿着包走了，怕是耽误了他报销。"哈哈哈。"黑妹又是一阵大笑。她却笑不出来，她本不愿这样做。收车后，她跟黑妹一起吃饭，黑妹数出上交的份额，把多余的钱数清二一添作五："姐，给你！"

"这么多？我还说，人家要票就给人家吧，没提的咱再不给。"

"放着河水不洗船。"黑妹直接把菜往嘴里胡噜，她从来不用什么化妆品，自己也不会做饭，能清水煮白菜，放把面条，点上酱油、辣酱，连香油都不知道放。她一边吃一边说："姐，你开大公共开傻啦？不掖钱谁他妈争着来开小公共？"

"我真没想到，领导一号召，我就应了。我是想换个环境，老开大公共，憋得慌。"她停了一下，幽然地看着外面，"哪知道，这车小，更憋得慌。"

"我姐夫不够劲儿吧？"黑妹说。

"你怎么……"她脸红了。从"工人先锋号"到了让人厌烦却又离不开的小公共，把几年的架子全打消了。而车上的售票员从小李换成了黑妹。

"你听说了吗？小李成劳模了。"她忍不住对黑妹说。

黑妹回答："听说了，那对咱没用。"

两人吃完后各自回家，她满脑子想着小李与黑妹的区别。小李确实够劳模，她经常下了座位搀着人上车，热心招呼乘客给抱小孩儿的让座，对几位经常坐这趟车的老人嘘寒问暖，给外地人指路，给盲人当眼睛。她是大学没考上，来公共汽车上卖票才十九。树她当典型实属应该，真为了那点儿奖金，也真委屈她了。

开小公共挣得多，但危险也多，各种混人五方杂陈，北京站的铁路乘警轰他们，交警抓了就罚他们。

母亲在家总是担心，怕她遇到坏人，更怕她出事，总把饭给她留到很晚。而丈夫一贯按时吃饭，按时睡觉，从不等她，比钟表还严谨。这天丈夫吃完了饭在抽烟，母亲也对付了两口，对着疼爱的女婿念叨着："饭都凉了，怎么还不下班？"

"且着呢。"丈夫说。他在看电视，拉开抽屉，里面有核桃。他拿出个小锤子，在桌子上慢慢地敲，要把核桃仁儿一点儿不碎地敲出来，像在雕一件艺术品，又好像核桃上的皱纹都是他雕的。

"昨儿个又让人罚了二十。"母亲感叹道，正说着，她回来了。

她回家后饿如饥民，端起碗来用筷子往嘴里一阵横扫。她喜欢吃汤泡饭或烫饭，今天母亲留的菜里有一碗鸡蛋汤，她把鸡蛋汤、米饭和菜都倒入一个碗里，如骆驼般咀嚼着，舌头和牙齿都在上下翻飞，嘴凑到碗边，发出如牛饮水的响声。她一边跷着二郎腿，一边用筷子敲打两下碗边，以甩下筷子上的饭粒，面部扭曲地嚅动着，牙齿上沾满了菜屑，牙缝中塞满了肉丝，放很响的屁，打很响的嗝，这时，她忘了自己是女人。

"你能不能动静小点儿？"丈夫说，"以后咱们家怎么来人？"

她气得把筷子往碗上一摔，又发出一声："我乐意，不这样，我饿！"

她有点儿委屈，丈夫岔开了话题："又让人罚了？好容易赚点儿，都给警察上供了。"

她更委屈了，但还强忍着："超载了，车上多拉了俩人。有一个站着的，原本让他弯腰，没想到他要吐。另一个说：'你坐下，我站着。'这时被逮了。"

"你说你，多让妈着急！"丈夫越来越爱唠叨，盯苍蝇一般抓住一个机会就数落她，每一下数落都要打到七寸。水龙头厂无事可做，他已到下岗的边缘，就像站在海的悬崖边，把一切都化作对世道的诅咒："当初学车干什么？那么危险。我就不学，倒找钱都不开。"

她等母亲到了另一间屋子后才说："我妈的存折哪儿去了？"她急了，却发现丈夫总是把眼光停留在桌上那盆盛开的君子兰上。那君子兰墨绿的叶子配上橘红中透着奶黄的花，显得十分艳丽，并不清雅。她以前觉得丈夫的话很轴，有点儿缺心眼儿的人才这么说，但丈夫没坏心，总扣着母亲的存折不合适。这次她审问，丈夫支支吾吾地说：“倒卖君子兰，前一阵炒得挺热，后来一夜之间赔了，跌了。”

她指着桌子上的花：“现在值多少？”

“四十吧。”这是他翻了倍说的。

她猛地冲到桌上两盆君子兰前，用力把花盆掼到地上。

自那一场昏天黑地的干仗之后，丈夫老实了许多，他悄悄把家里的碗换成塑料的，以备瓷的砸了还要再买。她看在母亲阻拦和儿子年幼的分上放过丈夫，并在第二天下班给孩子买了稻香村的扒鸡，还从四道口冷库买了一麻袋的伊丽莎白瓜，给孩子慢慢吃。而她自己则买了包肺头。她经常给孩子买的是牛街的烧羊肉、月盛斋的酱牛肉，而自己买剔骨肉、包心肉，或猪耳朵、猪尾巴，每次都切碎了，拌上醋、香菜和芝麻，连稍贵一点儿的猪肝都舍不得。孩子不吃辣椒，她想吃但忍着不放。刚给儿子带回了旅游鞋，不合适，明天还想着去换。

这样的日子她忍了几年，几乎到了离婚的边缘。她深深地憋了一口气，想在一瞬间全部喊出来。但母亲突然去世了，她伤心欲绝，但家里腾出了地方，存折的事也马虎过去了，她憋了许久的气就这样泄了。多年后她回想起这一刻时才明白，面对这样的丈夫，跟他说交车份儿需要钱，动手术需要钱，他会体谅吗？

她每天像打仗一样，在北京站前抢客人，拉座儿。站前广场上睡着残疾的乞丐和盲流，人群中混杂着旅店和三轮的拉客者。有个常驻广场要饭的，没有双腿和右臂，只剩下一只左胳膊抱着一个孩子，地上还放着一个孩子，都是他捡来收养的。那人的头发能有二尺长，很胖，腰围很圆，都套不进一个呼啦圈。好心人给他身下做了个厚厚的皮垫子。他能用手走路，但更多时不走路，每天都睡在原地。人们管他叫墩子。

她经常从他面前路过，但根本就不敢看他。有时，她觉得自己和墩子差不多，离变成墩子也不远，就在这几天的睡梦中。她想逃离这一切，也想过下海，哪怕开个小卖铺，摆摊儿卖烟酒都好，但小公共的收入明摆着，丈夫的糊涂也明摆着。

在八十年代末的一天，犹如平地惊雷般，所有的小公共忽然都停运了。她走到广场上，见广场上的人都穿着白衬衫，到处白花花的一片。她只得拿着基本工资，在那些日子里无所事事。她见到有几辆大公共都停着被改成了厕所，散发的气味逼得人不敢靠近。

学生们在广场上一连多少天都不回去。她感到势头不对，仔细打听，北京的学生都被父母关到家里不让出来，外地的学生闹得越来越激烈。那天她早早收了车，把车停到永定门火车站的车场，骑着自行车横穿长安街往家的方向走。那年的六月出奇地炎热，又赶上是六月里最热的一天。她骑着自行车，只见广场上白花花一片，什么都看不清楚。

北京招手就停的小公共一夜之间消失了，司机又回去开各自的大公共。而那透过手持喇叭喊出的"北京站×块×块""管庄、通县一块一块啦"的声音恍如隔世。各处都在戒严。北京站比以前干净多了。那些酒鬼、乞丐，一夜间都消失了。

就在小公共消失前的一段，她有一天见到几个熟悉的司机。司机们开什么车的都有，他们闲扯了一会儿，掏出副扑克玩诈金花。她横竖看不明白，但都挂彩（带赢钱的），一块钱起，眨眼输赢就在几十块之间。几个刚才还称兄道弟的人，一会儿脸色都变了。输的人眼睛里冒火，赢的人开始自吹。输的人不爱听了，几句话戗戗起来，越吵越凶，几乎要捅了桌子。那桌子不过是块破木头板，周围人半蹲半坐，都不大舒服。眼瞅着要打起来，又被其他司机劝住，大家不欢而散。

输钱的司机一肚子委屈，在那里骂骂咧咧。她走过去，想劝劝他。

"一个玩儿，没什么，再拉个活儿就回来了。"

"他们出老千。"他见她没明白，"从上面发牌，发着发着就从底下发一张。他们几个都认识，合伙卷我一人。你再看那几个旁边的，尿蔫奸，带糠边[1]。"

这男人倒真细致，跟自己丈夫似的。她听他继续说："我告诉你，以后你拉活儿，能多走一米是一米，保不齐赶上啃节儿，表就蹦字儿了。"他指着一辆出租的计价器，"他们好些人都把这个调过，就稍微敏感一丁点儿。甭说一丁点儿，一扭扭[2]也管用啊。发动机的公里数要积累，可我找地方，十块就能清零。跟我走吧。"

"去哪儿？"

"加油。"

"我没开车。"

"那跟我走，先认认门。"

从那以后，她知道这人叫王觉，是油罐车的司机。他并不开出租，那天是特意去打牌。家里兄弟姐妹好几个，房子小，人口多，破

---

1 "尿蔫奸，带糠边"，指又尿又蔫又奸诈，还在一边看着，心里盘算着，就是不说话。

2 一扭扭，指就像手指捏起来那么少。

烂得没处下脚。结婚没几年，媳妇死了，剩下个儿子没人管，长大了不成器，满世界打油飞[1]，找不着正经工作。王觉家祖上在八旗，老规矩老礼还挺多，现代化的玩意儿一概不懂，一律老一套。他爷爷是拉洋车的，新中国成立后改了蹬三轮。他爸爸是五十年代的老公交司机，还评上过厂里的劳模。以前的年月算是光荣，后来他爸爸瘫了，躺了好多年才死，活着时即便不分家，也不让搬个好点儿的地方，还想让孙子去学开车，但王觉死也不同意。

她跟王觉走得近了，就讲了点儿家务事，说孩子的幼稚、丈夫的窝囊跟母亲的糊涂，说着说着，呜呜地哭了，不经意间靠在了王觉的肩膀上。他抚摩着她还有点儿波浪的头发。她正值女人最能打扮、最有魅力的中年，正是当经理、当老板、当女领导穿着高档面料的套裙说一不二的时候，可她头发里已有了几根银丝。他忽然不再埋怨前妻的离去，他用力把她搂得更紧。

当晚她没有回家，把丈夫从脑中狠狠地扔了出去。

第二天一早，她抹了把脸，见屋子里有点儿冷。一开火，是煤有点儿乏了。她伸手把窗台上的蜂窝煤拿下来添了进去，连火筷子都没用，顾不得染一手黑，又拿根通条捅了捅蜂窝煤的眼儿。等火上来点儿后，王觉给她烤了馒头片，熬了小米粥，顺便给儿子买了套煎饼。儿子见了她也不搭理，双手捧着煎饼像耗子一样跑回屋。她见此也不再难为情。她渐渐知道，油罐车每次都有油放不干净，王觉偷偷打开一个小阀门，把油打进桶里，再卖给那些开小公共的、开出租的。他的油是白来的，永远比牌价便宜一块。

---

1 满世界打油飞，指满大街晃悠。

六

和王党的接触，使得她知道现在开出租挣钱多。她的心开始松动。她无法容忍每月都是死工资，没有外快，奖金只有几块钱，还根据这趟车卖票的收入分成，也不知是怎么算的。每天开固定的路线，吃一样的饭菜，面对总管她要钱的丈夫和没空说话的孩子。她平生最不愿求人，求了得还人情。送礼那不叫还，得等别人求自己一回才行。可别人有什么好求自己的，自己又能给别人干点儿什么？

她只得厚着脸皮求人，三拐两拐，竟托了一位远房侄子的老师，给弄到一个出租车队。她要开出租，可单位不放，要档案的话，得补交三千块的培训费。她听着气闷，给公家开了多少年的大小公共，还要收学车钱？她交不出。但她也咬牙，东借西借，好歹凑上了。

那几年渐渐取消了粮票、油票，能放开肚皮吃饭了，但物价是一路飙升。切面是四毛九一斤外加一斤粮票，粮店里还翻箱倒柜，一定给找那一分钱。现在不要粮票，切面一块一斤了。又过了没多久，她发现每次买切面量都有点儿少。一问才知道，过去是一斤约一斤二两，那二两是水分，现在就一斤。

丈夫的单位好说歹说，每月给涨了点儿福利，多加二十块钱的副食补助。

生活像土地般贫瘠，像胡同般破败，她无法忍受。她交了钱，开上了出租。

亚运会结束时，国外送给了她所在的出租公司一批大宇和现代，白色，流线的车型，车标是一朵银花，在满大街的夏利和"面的（黄色小面包车）"中极为显眼。她不知金宇中（大宇集团创始人）是谁，只知那时最好的出租车是首汽的黄冠和桑塔纳2000。她就看不上暴发户开桑塔纳臭显摆。那车是德国专为中国造的，老沉，打起方向盘得使劲揉，德国都没有这车，笨头蠢脑，形似方砖，哪有大宇好看？别瞧知道这车的不多，但她听说了，韩国人爱国，不坐国产车的话，别人会往他身上扔臭鸡子儿。

培训后，她上了街。她高兴，像骆驼祥子拉上了自己的新车。她不再走固定的路线，去任何想去的地方。车里很舒服，有空调，有暖气，发动机噪音很小，离合器不用抬很高就能走，加油用脚一点就有劲儿。

头一天上路，她特意洗澡，换了全新的衣服，准备了白手套、衬衫和皮鞋。她想，自己若是男的，非备身西服、领带。临出门时，她带了新买的大个儿保温杯、装满热水的暖壶，到附近的小卖部换了零钱，车的座套洁白赛五星级酒店的床单，后备厢里堆满了修车的各种扳子、把手、千斤顶和备胎，还装了擦车布和水桶。她想是不是把家里新扎的墩布也带上，但怕客人用到后备厢会不好看。她是到国有企业的出租公司，是国家的正式员工来上班，不是"车豁子"拉私活儿。

可到了下午，她却还拉不着活儿，她不知哪儿有客人。有时在内道开快了，看到客人来不及停。她有点儿着急，只好去机场排队。她头一回去机场，四处都新鲜。那天机场排队的车真多，不少车都不排队，司机到接站口招呼，把客人带到停车处上车就走，又回到了北京站的门口的乱象。她连排了一个小时，车却蜗牛般一点点地挪动。长时间着车费油，可每次都熄火，更费油。一连几次，她不耐烦了，却停在车流中不能出来，只好安心苦熬。还差几辆车，她开始激动——开出租多好啊，能立即见钱，交完车份儿，都是自己的。

客人拉门上车，她才知道是去机场的生活区，也许是个工作人员。这一趟将将十块钱。她还是高兴地拉完，从客人手中接过钱来，郑重地塞进腰包，身子有点儿乏，手有点儿颤抖。她又回到机场，想再来一趟，但那长蛇般的车流把她头脑全部堵死，燥热的尾气使得她浑身发烧。

她找个不碍事的地方把车停下，到出站口招呼客人。客人刚要上车，忽然冒出了一个警察，那警察拦住要开罚单，说她违章运营。她不服，与警察大声争辩，警察才懒得理她，就听着她说，那意思是听你说累了也就不说了，说什么也得罚。争辩时客人走了，罚单也没逃脱。她带着一肚子的委屈，放空进了城。

进城后，她努力回想开大公共和小公共时的经验，那时多么如鱼得水。而现在，北京似一座内部无限拓展的魔方，有那么多不认识的地方和存心整人的交规。这胡同是单行道，而那个路口八点到十点禁止掉头，只能左转弯，还甭提西直门立交桥，她头一次开车上去，也绕不下来。她心说，就欠在桥上挂俩沙发，让设计者每天跟这儿看着。

更要命的是堵车、吃饭和上厕所，她不敢到处吃饭，怕吃坏了。小地方太脏太破，大点儿的又贵了。她怕多喝水找不到厕所。男司机不吝这个，他们打开车门形成个三角，借着门和车身的空档就地乱尿，绝不管走后尿液积在路上，溅到裤腿上、车门上，憋不住就能跑到马路边的小树林里蹲一泡。她看不上，司机是人，不是猫狗。有一次，她见路边的厕所门口停着辆出租。抓违章的拖车来了，正拖上开走。厕所里跑出司机，那司机一边跑一边喊，求拖车停下。但开拖车的技术极为高明，他故意加油，越开越快，连拐弯时也不放慢。渐渐地，那司机追不上了。路边还有人在取笑他："快点儿嘿，加油啊！""您这儿跑马拉松啊！"那司机跑不动了，他双手抱头慢慢蹲下，蹲了很久都不起来，不顾周围的车冲他按喇叭。罚款加上拖车费，一泡屎拉出金子来了。

七

开出租她遇到过几件奇怪的事。其一就是梁桑。

梁桑是广东人，好像广东话管先生叫桑。他们是打车认识的，一来二去熟了。梁桑瘦小，烫着卷花的头发，不显得矮，只显得头重脚轻，有时带个四川的女朋友，漂亮得赛过歌厅小姐。她给梁桑留了汉显 BP 机的号码，梁桑时常呼她，说几点在哪儿用车。她都开过去接，她有时离得远，也推掉手头的活儿，放空很远去接。梁桑基本守时，俩人也聊聊天，很是轻松。工作中太孤独，有个熟客聊聊天也好。

出租司机没同事，没上下级，也没领导关系，貌似是好事，但久了也难受。人需要言语，司机只能跟客人侃山，彼此串换信息，还被称为"第五媒体""政策播音员"。她没时间看报看电视，社会上的事，都是听客人聊天和车载广播。开大公共不许聊天，开小公共没空聊天，而开出租则不然。她本以为教过书，脑子挺好使，没开多久的出租，说话却开始把不住边儿，完全瞎侃，像男人一样口无遮拦，满腹牢骚，满腔抱怨，连带着损损这个、骂骂那个。她还记得点儿儿时的家教，要慎言慎行，不许说废话、损话和风凉话，开上出租，全满拧了。

梁桑仿佛给她吹来一股南国的热风，还混杂着发动机里的燥热。她头一遭打开了眼界，听了好些想象不出的事。很多北京人坐三天三夜的火车到广东趸货，倒卖蛤蟆镜、电子表的都发了。广东那边歌舞厅的小歌星一晚能赚上千，洗浴中心的小姐能排开方阵，踢着正步接受客人检阅。北京黑灯瞎火，人都钻被窝时，那边的人才出来消夜，连吃带聊，夜里两点见，明天早上照样起来，或干脆不用起来。她听着新鲜，都是中国人，凭什么说鸟语又瘦又矮的人那么敢干，那么能赚钱？而胡同里的大老爷们儿，一天到晚就知道糗着，吃饱了吹牛，说得云山雾罩，但凡一丁点儿针尖大的事就翻脸。他们哪儿也不去，什么也不做，怕冷，怕累，怕睡不着觉，只说点儿陈芝麻烂谷子，吹嘘祖上占了哪条街，哪座庙是祖上贡的，哪块新开发的楼盘是祖上的坟地，走到哪条胡同，哪个老头儿要管自己叫少爷……他们跟糗豆馅儿似的，早晚都会发酵成一摊臭泥。

　　车上的音响是装磁带的，每次梁桑都塞进去放粤语歌，她听不懂也不爱听。听样板戏多地道，沙奶奶、李奶奶一块儿举着红灯在沙家浜边上斗智。后来她习惯了，有个声就得。有一首歌她听着奇怪，铿锵有力，每个音上下交错如洞穴中的钟乳石，拉开架势呈现着风景。她打听这是谁唱的。

　　"Beyond乐队。"

　　"什么？"

　　"Beyond。"梁桑的广东英语令她绝望，一连几遍都问不出来。

　　"您给我写上。"

　　"哎呀，有什么好写的啦，现在全国都听这个，随便问，都知道的啦。"

　　看来梁桑也不会写，她不再说话。她想起前些年开大公共，下了班还能去看看电影，也买过一大抽屉磁带。两块钱一盘，一点儿也不便宜，买转录的用空白带子都一块多一盘。她记得有张明敏，有童安格。她才注意到，许久没听过歌，没逛过公园，也许久没看过一场电影了。

　　她想把家里的事跟梁桑说，但又没全说，她不习惯倾诉，哪怕是对陌生人。但她忍不住，她说："哎，我们家那位的事儿，甭提了，日子过得熬悒[1]。男人没起子，这日子，没头儿。"她说得又脆又快，梁桑这回也"啊，啊"地问，他也听不懂。她借着这个劲头儿一口气说下去，像故意学相声里的贯口，音节的省略与儿化粘连在一起，清脆如伤了脚的黄鹂鸟在唱歌。

　　"无所谓的啦！"梁桑心不在焉地劝了一句，她感受到了温暖。

　　过几天，梁桑带着女友拎着条乌鱼来到家里。他把硕大的乌鱼放在案板上，一片一片地片它的肉。那鱼像是刚死，张张嘴甩甩尾巴，像是被凌迟者在呻吟。梁桑刀工一流，很快片成一大盘鱼片，刀蹭着鱼骨头"喀喇喀喇"地响，又把鱼头鱼尾剁开，鱼骨中间分成两节。她特意买了电火锅，有点儿贵，两家人并成一家做鱼火锅吃。丈夫不时出去看看门框柱子上的电表，看那电表转得悠悠的，每几分钟就去看一次，这顿饭像是走马灯。

　　"你坐着踏实着吃吧，别来回走绺儿。"

　　"我爱哪儿吃哪儿吃，用你管？"丈夫犯了猴儿脾气，用筷子狠狠打了一下碗边。他不允许屋里的不给他面子。他把身子转向了电视，若是没有梁桑，或梁桑没带那小歌星一样的女友，他肯定就出去了。

　　她没再多说。

---

1 指堵心、恶心。

从那以后，梁桑经常来家，有时带个榴莲，有时带只骨瘦如柴的鸡，切碎了炒鸡关节或煲汤。她受不了那味儿，也搞不懂为何咬不动的柴鸡成了稀罕物。跟柴鸡对应的不是肉鸡，而是油鸡。油鸡是好的，柴鸡是破的，现在还是变了。

她把梁桑真当了朋友，有时也给他打电话。这天又为孩子的事跟丈夫吵了架。她一气之下，打了梁桑的呼机。梁桑回过电话来，张口就问有什么事。

"哎，也没什么，就是家里事。我们家那位吧……说句不见外的话，你别介意啊……"

"没有的事情啦。我现在很忙，要不是车的事，咱们见面再说啦。"梁桑随手把电话挂了，说得漫不经心。

她就像上前敲门，被门里的人开门看了一眼后又重重地关上。她如发现新大陆般发现自己跟梁桑也没那么好，都是官面儿上的话。南方人现实，不，是实在、直接，没那么多虚的，不侃大山，忙就是忙，有空才搭理你。她算是理解了。但梁桑有空也不搭理她了。直至有天夜里，他才突然打电话说用车。她急忙爬起来开车，一着急前保险杠还跟一块高出来的马路牙子蹭了一下，她顾不得，反正是车队的车，下次一并修了。

她开车赶去接了梁桑。梁桑风风火火，连句谢谢都没说。她知道他一向没客套话，但一不客气，她就想起来梁桑许久没给她车钱了。她有时也不给梁桑打表，但多少钱都知道，粗略算算，怎么也有上千。她带着梁桑和他女友，跑过一趟八达岭、一趟雁栖湖，这两趟按包车算，加起来就得千八百了。梁桑在外请客和来家带礼物只是边角料的事，自己靠这辆车吃饭，好朋友，怕掉个儿。

她想张嘴要钱，但有点儿不好意思，毕竟吃过人家的饭。她有点儿抖动，一个劲儿地看梁桑。梁桑好像眼里没她，拎包下车，重重地关上车门。

回家后已是夜里三点，她睡不着，又不能起来。她怕吵到丈夫，可还是把丈夫吵醒了。"你身上有凉气，出去干什么了？"

"拉活儿去了。"她不耐烦，吵架会影响第二天出车。她暗想，不论丈夫怎么唠叨，她都不还嘴，她没力气。她透过没拉紧的窗帘看窗外殷红的天。那是夜晚阴天的颜色，红得要下起血来。

第二天她不舒服，十一点才起来，可丈夫却消失了，不知是上班还是逛公园。孩子去上学，没人给她准备早饭。她埋怨家里没人关心她。这时丈夫要给她一句问候，哪怕说上她两句，她都觉得心里踏实。她发现了寂寞，也发现自己怕寂寞，她不能容忍别人忽视她。

她走着出门去买早点，卖豆腐脑、油条和煎饼的都收摊了。要再找远的煎饼摊，贵五毛，兴许还要排大队，来回要走上二十分钟。她没兴趣。随便进小铺买了面包塞进胃里，齁甜，难受，也不便宜。她口中叫渴，回家没有凉白开，要现坐。她提拉起水铫子，里面是空的，随手扔下，发出哐当的响声。忍不住了，她喝了口丈夫昨夜的剩茶，又苦又涩，那茶垢厚厚地附着在缺了瓷的搪瓷缸内壁上，像是有千百人喝过。

八

每当丈夫不好使，她都会想到王觉，就像后备厢里永远有个备胎。

她原本以为车轱辘一转就来钱，可这晚打车的人寥寥无几，路上不少车都在放空。她把俩眼睛瞪得跟牛一样，一点儿闪失都不能有。晚上一掌灯，那满大街的车开着远光灯四处晃。她想去机场排队，但又该加油了。她有点儿烦难，也埋怨自己不围下点儿同事来。可那帮车豁子同事，又有哪个能靠得住？

后面有辆车猛地按喇叭呼她，她忽然醒过神来，发现在往后溜车，脚底下的路稍有不平，刚才忘了拉手刹。她赶紧往前开一点儿，身后上来人敲她的车门。那人劈头就骂："眼睛出气使得？差两公分就顶上了！算你的算我的啊？"

她气得不轻，但满脑子都想着车份儿的事，她一句话没说，任由那人骂得厌烦了。前面的红灯绿了，车流开始蠕动。她看到向右转离王觉家不远，猛地打轮并到右转弯线，后面又传来一阵喇叭声，她知道那必然伴随着种种脏话，但她顾不得，连压了白线都顾不得。

她又来到王觉的家。每次王觉都拿一个长嘴的大铁壶，他管这叫铁桶，她也跟着这么叫。他把铁桶的壶嘴伸进去加油。油箱快满了，铁桶里的油还有不少。他双手推着车帮，用力晃悠了几下。那油箱里冒出几个硕大的气泡，好像成了泉水。他又往下加了不少，洒出几滴也不在乎。而有时，她坐在驾驶座上。油箱的开关在驾驶座左下角，他弯腰开了油箱，头离她的腿很近，她并不反感。"别人算两块七毛八，给你算两块。一共得三十多个[1]油。"他们即便是相好，王觉也不会白给她加油。她没多想，越想越别扭。

一进门，却见王觉的儿子正与一个染着黄杂毛的丫头手拉着手进了自己的房间。两个人一样，谁见了都不打招呼。她进门见了王觉，

---

1 这里一个指一升。

王觉不再开油罐车了，人家嫌他岁数大，但他还在四处找活儿干，好像一头衰老的驴子卸下了磨，可还想围着磨台转。王觉的晚饭吃得特别晚，正在一张破圆桌上啃鸡爪子。他请她一起吃，媳妇死了多年，家里很是冷清。她刚说到每月四千五的车费，王觉就上来又搂又抱，就是不让她说话。她急了，推开了王觉。"我遇到难事了，你得帮我。"

王觉回身打开个大衣柜，翻里面的抽屉。抽屉里有个鞋盒子，盒子里还装满了塞住新鞋内膛的报纸团。他从里面掏出个信封，随手点了点。他手笨，但她看得真着，有厚厚一沓。"我这儿没几张，那小子能偷了我的存折，猜出密码，自己个儿都取了，去游戏厅。"

"现在呢？"

"跟那屋呢，最近整天不出门，就窝着打游戏，屋里跟臭猪圈似的。别提了……我那小子，也不知从哪个网吧领了个丫头。"

"就这么住家里？"

"嗯，俩人一块儿玩游戏，我还得给他们做饭。早上不睡，晚上不起的。"

王觉的说法有口误，她来不及纠正他："这也不是长久的事。"

"走一天说一天吧。"

她明白这几年世风的变迁，结婚排场越来越大，没人愿意找没出息的北京人。她觉得这是进步了，不会像以前那样，为了孩子有个户口就把自己卖了。

她起身要走。"别，再待会儿。"王觉说，"我真不是不借你，是……我这都是顶雷的事。"

"人被汽油烧伤了，整容出来都一个模样，就一骷髅，还带着点儿皮。"她笑着，努力让气氛活跃点儿。

"可别这么说，我该睡不着了。"

"是啊。"她拿钥匙要走。王觉拦住她，几乎带着哭腔："求求你，求你留下来吧。"

她不作声。

"那……我给你加油，再给你便宜点儿？"

猛然间，她觉得自己的丈夫可恨，而这个男人很可怜，可怜之人必有可恨之处。

王觉继续给她加油，她说够用，在王觉拿铁桶时匆匆离开。

她开车从王觉家出来，街上亮起了各色的霓虹灯，街上店铺的招牌红、绿、蓝、黄，组成闪光的海，像纽约，像香港，唯独不像她记忆中的北京。

她记得工体一带都是大大小小的水泡子，春秀路还是几排老式的红砖楼，现在改得连地名都不认识。世贸天街、蓝色港湾、中国红街、苹果社区、SOHO现代城、珠江帝景……这都哪儿挨着哪儿？现代的小区名她一个都叫不上来，心里骂哪个长鸡眼、没屁眼儿连带缺心眼儿的，起这么牙碜的名字？齁难听！多少年的老地名，凭什么他就给改了？问过我们吗？

她自负，开了这么多年的车，哪里是北京内燃机厂、酱油厂、钢琴厂、焦化厂、开关厂、京棉一二三厂、印染厂、纺织机械厂……她都认识，连清河毛纺织厂都去过，司机出门还用导航？丢人！现在，她要杀死儿时的记忆，她要拉活儿。她要用导航，可她不会。

她双手死死地握紧方向盘，似抓出对方搂头抢过来的木棍，她借用漆黑的夜晚那手电筒一样的车灯，死盯着远处自行车道与机动车道之间打车的人，这活儿一定要拉上。

已有一辆出租在她的前面，开得不慢，但不如她抢占了外道。她猛踩油门蹿到那辆车前面，又一脚把刹车踩得"吱——"地长鸣，稳稳地停在那客人面前。而那辆车正好靠边停车，同样"吱"的一声。那车门一开，她也下来了，她看那司机多少上了点儿年纪，手里还拎着车锁。

两个司机彼此对骂后，她看到对方的车头离自己的车帮还差五厘米。她知道，对方再凶狠，骂得再难听，也会因她是女的而收敛。这时她才想起，自己原来是女人。

那男司机果然觉得骂了女人不合适，何况手里还拎着车锁，一副要拼命的样子。他骂完脏话后说："您这刹车片叫唤得够可以的啊？哪个山沟里淘换的？"

要在平常，她会逗贫一句："我的空调更灵，冬天冷，夏天热！"可现在她没心情，不说话。

那司机本想攀大教训她几句，装作老前辈提携后人，再轰着油门走开。打车人早在争吵叫骂中闪到一边悄悄溜走，这个活儿谁也没拉上。鹬蚌相争，没人得利。

可这时，她忽然叫道："你站住！"

"啊？"那男司机一愣！

"德子！"

他们把车前后停在路边，就站在德子车前面聊天。原来德子也不爱开车，他从汽车公司出来后，不几年也结了婚，有了个女儿。老婆和女儿都十分瘦弱。娘俩一顿饭吃一个鸡腿还吃不完，蒸一锅饭得吃一礼拜，几乎从不出屋，都在家里待着。女儿只管学习，老婆只管辅导功课。而德子一天吃一顿饭，一顿饭能吃一只鸡，只好去找不要文凭、能赚钱、自己还会干的营生。他也去开了出租，一两年以后还嫌不赚钱，跟公司也处得不愉快。他宁可舍了几千块的风险抵押金，自己买了车，买了顶灯、计价器，找地方喷漆喷成出租的外壳，门上特意喷上"个体汽车出租公司"。有朋友每次领票都多领两卷给他，先用时间最近的，把以前的票都攒下来给他。她有些忧虑："你开黑车，这是要被抓的。"

"我这真不叫黑车，黑车什么都没有，我一应俱全，能叫黑车吗？"

"那……你这顶多叫假出租！没单位。"

"我可没瞎说，你瞧我这门上，'个体汽车出租公司'，我是个体户啊。出租公司只会收车份儿，留着干吗？关了算了。"

"再让警察逮着！"

"我没让警察逮着过。就是前几个月，就为一十几块钱的活儿，拉一小伙子，聊得还挺热情，下车时非找我要票。我每次都说'没有，正好用完了'。那天赶上我多说一句：'不要票给您便宜点儿，把零头抹了。'他不干了，非得跟我掰扯，我也较了劲，没认尿。结果人家一亮身份，交管局的。"

她差点儿被德子逗乐了，可还没笑就想哭："这得罚多少啊？"

"才两万，不多。"德子眼瞅着她变了脸，又接着说，"我去交罚款，办手续，顶灯和计价器都让人扣了。可一来二去，我跟那小伙子熟了，喝了两顿酒，成哥们儿了。每次检查他都提前通报，每月我给他上两千的供。"

她听得一皱眉，也不管真假。前些年国家好不容易搞了奥运会，出租才又缓过点儿来，你愣让关了。说到收车份儿，她心头一紧。她把梁桑和自己要动手术的事说了。她知道德子必定对她好，但她不想借钱，因为德子追过她。

德子没听她说完就拉开了腰包，点出五千块来。"这事儿啊，小意思。哪次你约他出来，我告诉你一个僻静的地方，我带几个哥们儿过去。噗！"他又点了一遍钱，往手里啐了一口，"广东交管局开北京来了？姥姥！经中央审批了吗？！"

"我不要。"

德子使劲往她身上塞，她使劲抓着他的胳膊往外推："我真不要。"

哐当一下，敦实的德子被她推着撞到车上。女人比男人劲儿大，只在关键时才爆发。她怕德子再塞，转身进了自己的车，打火踩油门就颠儿了。

"哎，哎！"德子举着钱追她，一直追出几十米，直至她消失。

回家后，她咬牙给梁桑打了电话要钱。那梁桑却说："着什么急嘛，我肯定会给你的啦。你放心好啦！"她不好叫梁桑出来，怕梁桑挂了电话跑路，只好直接要，话说多了，梁桑变了口气："我跟你说啊，你要是再要钱，我就找人杀了你。你总不能不管孩子吧？"那语气异常冷静，她赶紧挂了电话。

一会儿又有电话打来，座机没有号码显示，她以为是梁桑，吓得不敢接。电话铃不停地呼叫，像一把烧开后能叫唤的水壶。她不得已接了，是德子的电话。有多少年没给她打了，幸好家里电话没换过。

德子问钱的事，她扯谎，说有钱，不用。问梁桑的事，她更扯谎，说刚才打电话，梁桑答应给了。事后德子又几次来电追问，她又继续搪塞。她都嘱咐德子，开车要小心，遇到打车上机场的，就拉人家走几公里再找个理由放下，别要钱，别让人当成拒载，别给交管局的添麻烦。

而这个月车费交不上，她找个下午去了车队，想跟队长通融通融。

九

她特意找了个队长能心情好点儿的天气，来到车队的办公楼下。那里有成片的空地，成了车队的停车场，时常有一些没出车的同事。队长会跟他们有一搭无一搭地聊天。

她把车停在不远不近的地方，还没凑上去，见当天没出车的司机比往常多，几个同事在打牌，还有几个在侃山。还有司机放躺下座椅靠背，把挡风玻璃上的挡头掰下来遮挡阳光，挡不住就找张报纸盖脸上。他们打开车门摇下车窗，脱下鞋子，把左脚放在车窗上伸出车外，让捂了大半天再几天没洗的袜子自由发挥，好似鲜花要开始吸引蜂蝶，还听着广播里的《白眉大侠》。这样不扰民，除了同行，没人到他们当中去。

她知道很多男司机都不洗脸不洗脚，衣服许久都不换，吃生蒜还吃韭菜，车里的味儿赛过茅房。他们休息时放肆地侃大山，比着逗贫，说损话、歇后语、俏皮话、没用的话，仅仅是为了解嘲。

一个男司机说："咱们像骆驼祥子。"

"不是像，本身就是！"

"还不抵祥子，一合同签十年，整个一卖身契。"

"北京七几年就有出租，跟三蹦子（三轮摩托）似的，东风牌，上车两毛。北汽摩的（北京汽车摩托车制造厂），在呼家楼。那时候多威风啊，工人阶级领导一切，现在连厂子都他妈没了！"

"你们那儿还好，国营的，医疗劳保退休，比我们横实。"

"是啊。油价又飞了，到处没地停车，警察逮违章，一到点满大街堵车，这还让不让人干了？哎哟，小风还挺凉，我得回车里歇会儿去。"

"小子，我告诉你，八十年代那会儿，刚刚改革开放，我开130，一手把着方向盘，一手拎着二锅头，就跟长安街上轰隆轰隆地开车，没人敢拦我。"

"要我说，全天下的工种，就司机最实打实，连单位的电话都蹭不上。当官的一贪多少万，水过地皮湿，我不就能绕你点儿远吗？块八毛的事，哪那么大意见？"

"嘿，我说，今天来的车真牛，14，24，34，44。"他指的是车牌的尾号。

她仔细听，好像不止这些，还有些"涨车份儿""抗议罢工"之类的，但听不清楚。

她一过来，那几个比她小上好几岁甚至十几岁的司机都和她打招呼。"忙着再生一个呢？哈哈哈。"有一个叫春生的，一天到晚总是吊儿郎当，他没大没小地开着玩笑。她正要发作，就听春生压低声音说："咱有大事。听说了没？下个月涨五百车份儿，改五千啦！下礼拜一上午，正是开会的时候，咱们跟单位集体罢工，要么不涨车份儿，要么外加补助。眼下油钱这么涨，车份儿还要涨，没法活了。您一定得——"正说着，她的眼光正和队长碰了个对眼，好像遇见一条更大的蛇。队长正在春生身后说："春生，刚才看你又打牌呢？输多少了？"

旁边几个"敲三家"的人站起来，"哟，队长，您能别赌等着我们输吗？"

队长接着说春生："月中了，这月车份儿先给我一半，省得到时候又交不上。"

"您得等我凑凑。"春生拉开腰包点了点，又跑他的车里开抽屉，里面十块上下的零钱四处乱扔。他一张一张抓起来，每张都被攒成了团，被揉得油脂麻花，还粘了几个米饭粒。一阵小风吹过，有几张还掉到了地上。

"别忙，慢慢找。这手闲肏[1]的。你是不底儿掉了不出车啊，成天就知道喝酒打牌侃大山，屎不到屁眼儿不拉的主。"

"哈哈哈。"别人跟着笑，也不顾她在旁边。

"听见队长说的没？你瞅你那座套，半年都没洗了。好嘛，车里这盒饭上月的吧？留着养鸟呢？"

"鸟都不吃，喂蟑螂呢。"

"您还别说，蟑螂是富贵虫，上赶着请都不到他车里去，太穷酸。"

周围人跟着起哄。春生好容易把钱数清楚，一算离半拉月车费还差点儿。他转身上车："我先去转两圈，队长，我一会儿回来就给您。"他轰大油门走了。

---

1 闲肏，指满处乱动。

"哎，钱收好了。哎，真狼道。"

"你怎么来了？要是擦车的话到那边去打水，就那小房子，说是车队的就行。"

"好，好。"她装作去打水的样子，有点儿不知所措。

她来不及说一句"我这就去"，趁着队长一回身，也上车开走了。后视镜里能看到几个同事还要跟她闲扯，她来不及搭理。她想，不论下面该做什么，上路拉几个活儿总是对的，交车份儿再不够，也是多挣十块是十块。

十

她想起"罢工"的事。涨车份儿的事她早就听说了，很多出租车司机都联合起来，要单位降车份儿或发补助，总之是掏钱。而报纸上、广播里都说出租车司机比前些年负担重。但涨价了，坐车的受不了；不涨价，开车的受不了；降车份儿，出租车公司受不了。社会挺同情，坐车的也挺同情的，经常有乘客聊天，向着出租车司机。甭管真的假的，能听上几句招人爱听的话来，比单田芳的评书还管用，就当给司机解解乏，也有聊完了交钱时砍价的。

要涨福利，她肯定去；给车队提要求，她也去；可给领导提要求，她不愿意，怕领导小心眼儿。车队不是领导说了算？但她点过头了，就算去了，不去，怕人笑话，更怕以后没法在车队混，还不知道他们能闹成什么样。目前火烧眉毛的问题是，不涨，她都交不齐，涨五百纯属虱子多了不咬。

就在下个星期一，她去了。单位楼下的空地上密密麻麻地停满了出租车，很多从没露过面的人都来了。出租车一辆一辆，如砖头铺满了一座楼的地基。有几个打头的年轻人拉着横幅，或干脆用纸板歪歪扭扭地写着要吃饭，要降车份儿，让工会发钱，让领导下楼来解决。闹了一会儿，见车队没有动静，所有的司机使劲按喇叭，成片的喇叭声汇集在一起，好像火车拉鼻儿，更像开来了远航的邮轮。

不一会儿，那几个腆着肚子的领导来了。她一眼就看到了队长。她本站在最后，但正好和队长呈一条直线，队长鹰隼般的目光好似一箭就射中了她，盯着她使劲地看。她吓得连忙藏到了车里，想走，但后面有车把她堵住了，怎么也出不去了。她想找个熟人商量一下，可来的人认识的极少，那几个诈唬得最欢的都没来。

车队领导下来慰问一番，叫几个代表跟着上楼谈判，并宣布一切都好商量，请大家回去等消息。她紧把身子往后缩，要缩到一个巨大的乌龟壳里。

"这话说过一万遍啦！"

"不，绝不商量，必须就地解决！"

"要涨价，就上吊！"

在几个愣头青的带领下，那些司机举起手头的家什，用标语牌子围着几个领导一阵推搡。领导身边的人也不是善茬儿，推搡中还了手。有人从后备厢里拿出擦车用的墩布，用脚踩下绑着的破布条，甚至有人准备拿车锁。人们指着鼻子互相叫骂，花白头发的老工人站在中间劝，年轻的保安已经吓傻。

一触即发的时候，有人喊"派出所的来了"。她早已躲在最外围，一点点把车从车群中倒出。量不够，她一点点地挪动，手脚直打哆嗦。一旁有个不认识的年轻人的车堵着路，她求他挪开，说家中有急事。那年轻人看了她一眼，在她生怕被拒绝的眼神中挪开了车。她飞也似的开上大街，好像在耍电影里的特技。她知道所谓的"漂移"就是刹车油门一起踩，她从没想过要试试。

从那以后，她不敢开车走到离单位近的地方，连单位的方向都不敢开。在街上遇到同一出租车公司的人——她不认为他们是同事——也远远避开，连报销医药费都不去报销了。她怕车队领导记住她，对付她。她更不敢打听抗议的结果，但也许久没收到车队的通知。她推断没有结果才是最后的结果。

她不是不抗议，是想抗议的事太多了，抗议知青返城时的艰难，抗议出租车司机的待遇，抗议交规的不合理与道路的不人性。有那么多的道路，直行的都空着，左转弯每次才三十秒，过不了几辆车就又等上十分钟，遇到手潮的，一辆都过不去。那么多条路的交叉路口，指示牌从来没放正过。但从当知青时她就知道，抗议若是有用，她就不至于在内蒙古待十年。

她回想起当知青的日子。在知青开始大逃亡的岁数，有个同宿舍的女生与她关系一般，叫和平。因为饥饿，和平趁着在菜园劳动时偷了两根黄瓜，吃一根藏一根，后来被告发了，由兵团组织批判。等人们发现她时，她在一间满是尘土、堆放杂物的小屋内喝了农药。她知道和平虽然内向，但不至于如此，定是有人说了多么不堪入耳的话，还描述了无法构想的细节。知青也向生产建设兵团抗议过，但更无结果。比被拒绝更伤人的，是没有人出来搭理，没有对话，谈何拒绝？

她再次回到家中，真想把自己扔到床上。可丈夫却张嘴就说："东西别到处乱扔，你总是拿完了又不放回原处，害得我到处找不到。"

丈夫刻板如生产建设兵团的土军人，他小气，喜欢贪小便宜，出门不捡钱包就算丢。任何小事情都不能有一点儿差错，东西不能乱放，吃饭不能剩，睡觉、上厕所都要按时，不能损坏一点儿小物件，否则会招来无休止的唠叨。他要做家中的帝王。她并不怕他，总想与他争吵，但没有力气。

"你赶紧睡吧。"丈夫说，"你不睡，我也睡不着。"

"你赶紧吃吧。"丈夫说，"你不吃完饭，我没法刷碗。"那碗从来都刷不干净，碗底覆着厚厚的油腻，她知道丈夫舍不得多用洗涤灵。

"你赶紧搬出去住吧。"丈夫说，"我得有我的生活。"这一句丈夫从没说过，但她好像每天都听到了。好像这个男人生来就是数落她、刺激她的，不论为家里多努力，她做什么都不对。

而丈夫只要有时间，就早早地出去，晚晚地回来，到什刹海去了，夏天游泳，冬天滑冰，从不落空。

单位是巨大的监狱，家是小号的看守所，而那辆每天都开的出租车是破旧的囚车。她不想过这囚徒的日子，唯一欣慰的只有孩子。这几年来，换工作的事她不是没想过。这些年来，有人给她介绍过去开火葬场的车，九几年就能挣两千多块；她想去，但怕丈夫不让，说晦气，再犯了皇历，不让她进家门。她也有点儿怕，据说灵车经常诈尸。后来她后悔了，这些年人们有了钱，稍微阔点儿的家庭遇到白事，都争着给灵车司机送红包，让司机开慢点儿、稳当点儿，让逝者在黄泉路上别颠簸。还有个机会给领导人开车，要党员，她是。可丈夫说，她不行，别去给人家添乱。她也没去。

什么时候才能从监狱里出来呢？

第二天，她悄悄来到单位。这里一切正常，好像前一天的事从未发生。队长在办公室内见了她，还接到了一张辞职申请。队长看到后笑了，他完全是在嘲笑："人家锣一响，你就往杆儿上爬。说你傻吧，你就冒大鼻涕泡。快五十的人了，还想钻天吗？"队长的语气很轻蔑，好像每次工资都由他来发。他冒出连珠炮般的北京损话，把她身体的旗帜打成了筛子："赶紧叫你儿子把语气改改，改成提前退休的申请。"

"这个月的车份儿，我一分不少。"她把这句话放下，像放下一块铁，"风险抵押金得退给我。"

"是得退你，可没这么快。你用它干什么？"

"就是不想干了，当车豁子！"

队长把脸一沉："注意场合，这是办公室，别说得这么难听，小心人家拿屎泼你的车。"

"他敢！"

"敢？就咱们这里头，有从里面放出来的，你看他不敢？另外，我是上头交派来的，我可不是车豁子。为了你好——钱还得压你一阵，那么大的车，凭什么给你开走？"

她把钥匙往桌上一拍："停薪留职，我交车。"

"真不干了？"

"我动手术。"

这一年的日子，她的腰如针扎一样疼，身体里长的不是骨头，是伐木的电锯，那锯齿时不时地锯着她的腰。她回家躺着、趴着，以为歇歇就好。她把钱扔到桌子上，让丈夫去买吃的，让孩子给贴膏药。

不管用时，她去找诊所按摩，越揉越厉害，只有坐到车里才舒服

116

些。她以为是开车开习惯了，人盘腿久了，再站直了不还酸疼吗？没事，坐车里舒服，她在腰眼顶个小垫子，那就再多拉点儿活儿吧。

出租车司机没周末，少开一天就少了一天的份儿钱。每天一睁眼就欠了公司二百多块，她得还债。她像欠了印子钱的杨白劳，怕这车份儿一辈子也还不清。

十一

这天晚上家里平安无事，却震动了她。她想起多少年没这么激动了，好像体力劳动使她麻木，把她变成了一台只会开车的机器。

"有了机器人，第一个淘汰的就是司机。"丈夫说，"造什么机器人，干脆生产自动汽车，说声去哪儿，它自己就开走了，多好。"

"那怎么收钱？"她问。

"把计价器那块开一槽，不刷卡不开车门，那时你真轻松了。"

"那就跟你一副德行了！"她嚷道。她不是生气，是被丈夫的话吓到了。电脑渐渐普及，她总拉年轻的学生去网吧，总以为电脑只能玩游戏。还有上网聊天，那不就是广东佬说的煲电话粥？她不懂，但她想接触。电脑很贵，小一万块钱一台，她去年也给孩子买了。

孩子内向，从小受人欺负，但功课还行，可上了高中就不优秀，也没那么合群。她都没多想，只想让孩子学个理工科，将来好找工作。可孩子偏偏拿不准。几何跟化学还好，代数跟物理不灵光，那种一个小车上面放个木块在平板上来回推动做受力分析的题，怎么也弄不明白。

她想自己教过书，虽是"文革"期间，但也是理科。她怎么努力都看不懂儿子的习题。她怕孩子跟丈夫走得太近，再堕入丈夫那个大染缸，染得一身不务正业。她知道丈夫文化虽不高，但好看个报纸看个戏，孩子可别搞上文学。为此，她宁可少拉点儿紧俏活儿也要早点儿回家。这几年三里屯、五道口和什刹海都火了，年轻人整宿整宿地胡吃海塞、胡蹦乱跳，大夜里也不消停。一个个穿得鬼魔三道，男不男女不女。她记忆中的三里屯还是一片老楼，离使馆区不远，透着过去的安静。什刹海更糟糕，再也听不到鸽哨和胡琴声了。

　　时值文理分班，孩子非要学文科，她着了急。她打算早早下班，找儿子谈一回话。

　　"电子计算机、国际金融、国际贸易……"她扬着音调说，好像儿子已经考上了，"你看，多吃香的专业啊，报上这几年老提这个。"

　　"报纸也是人编的。"儿子不慌不忙，在看一本文言文手册里的唐诗，没抬头看她。

　　"文学那不是咱搞的。那玩意儿，当爱好挺好；真学了，没戏。明天就交表了，你想好了再填。"

　　"爱学什么学什么，有学上就得。"丈夫说。

　　孩子到书柜里找书。书柜是个淘汰的大衣柜，中间钉上几块板，书并没有码放整齐，如乱草般堆着，有几本破破烂烂地卷了边。她过去看，书拿空一层还有一层，里面都是《笑傲江湖》《多情剑客无情剑》，她发了疯。

　　"还看这闲书！"

　　"老师说了，这是名著。"

　　"哪个老师？我到学校问去。"她借此拿儿子当出气筒。

第二天，她径直找到班主任，班主任不教语文，她没法问是不是名著，直接要了儿子填的那张文理分科的单子，上面写着"文"，很简单的几笔。她借来笔，把"文"字涂成黑疙瘩，然后一笔一画郑重地写上"理"。

　　接下来几天她早出晚归躲孩子。到下一学期学校分了班，孩子果然上了理科班，却没跟她嚷嚷。她觉得奇怪，回家仔细观察一番，不知儿子是默认了还是憋着怨气，但总不能拿前途开玩笑。丈夫不怎么上班了，一问才知是水龙头厂倒闭，丈夫下岗了。他每天上午去买菜，下午睡个午觉，然后去胡同里找人下棋打牌，晚上在家看电视，要么出去遛弯儿，周末还出去钓鱼，安然地过起了退休生活。丈夫说："我胃有点儿不好，办了提前退休，每月有一千多的退休金，看病每年能报销一千块，这样都有段时间了。"她这才想起来，前一段丈夫说过什么每月领钱的事，还以为多年不见动静的工会发了福利。

　　她不会打字，看着孩子打字很快，很是开心。孩子上网，她不让，说耽误功课。

　　"我是学语文，网上都是好文章。"孩子说。

　　丈夫凑过来看看："哎，这花花绿绿的字，太小，看不清。"她也一样，这么多年，很少在某方面和丈夫达成一致。

　　"这字打得多快呀。要是考不上大学，到马路边的复印店当个打字员也不错。"丈夫说。

　　"学理科，语文分数再高也没用。"她知道孩子不爱听，但也得说。高考一天天逼近，像一堵会动的墙把她压在一条死胡同里，越来越近。这是她最近常做的一个噩梦。那会动的墙渐渐贴了身，她双手用力去撑，但撑不住，墙越来越近，压回她撑出的双手，压到她早已下垂的乳房上，把乳房压得扁平。压到她的胸骨，她几乎听到肋骨断裂的咔嚓声，她喘不过气来，她想到了死，她吓醒了。

她知道，坐卧不宁的事没别的，就是提前退休。她不想跟丈夫说，但还是忍不住说了。没想到，一向杵窝子的丈夫蹿了。

"你要是下了车，我就门口摆摊儿去。"

"成啊！你要是嫌丢人，咱把这房卖了，到郊区住楼去。一辈子，好歹也住回楼房。"

"别，别瞎闹。这是你们祖宅，你妈要是在，肯定不让。"

"我让！"

"有你几个妹妹来分，真不够。"

"不够就先租房。"她又想起来生气的地方，"前些年能买得起，你不让！"

"等孩子考上大学再说。万一得复读呢？"

屈指算算，丈夫给她耽误的钱财不下百万了吧？她都没想过，要是换不了房子，就换个丈夫。她懂得丈夫的思路，是水龙头厂那些只知喝酒打牌的同事让他脑子里进了水。丈夫也有点儿文化，若是能教书，哪怕给机关单位看大门，也比现在强。

丈夫和自己也就这样了，但孩子一定得有前途。她想想，先等孩子考上，高考还得一两年，但愿自己的腰能撑到高考。

孩子弄了一会儿电脑后去上厕所。她看到孩子是往电脑里录入自己的作文，她拿起来一看，倒更像篇小说：《木头祥子》。

小说讲的是，洋车夫祥子学会了木匠手艺，造出一种"木头祥子"。木头祥子能懂人话，跑起来不知道累。刘四爷利用虎妞对祥子的真情，诓骗了祥子的技术，开工厂大批生产。于是北京城跑满了木头祥子。所有的洋车夫都失业了，他们联合起来砸了刘四爷的工厂，并痛打了祥子，把他扔到了城外。可有一天，所有的木头祥子都不会动了，没有人知道，是祥子在设计上留了个机关。他们只好把祥子请了回来。正当双方即将和解的时候，他们都被有轨电车代替了。从那以后，没有人再去坐洋车。

十二

看完后，她吓了一跳。她原以为司机人人需要。人出门就得坐车，不坐车自己走，那是牲口！哪能人人都会开车，都买得起车？现在不同了，车越来越便宜，人越来越有钱，汽油再贵，也涨不过房价；学车再麻烦，也烦不过迁户口。再往后，开车都用小年轻的，一开不动就不要，那真像拉洋车的，一个跟头栽倒在大马路上，再也不起来。而就算一直开下去，也闹得一身病，腰椎、颈椎，指不定哪儿挨上一刀。

丈夫要出去遛弯儿，她巴不得，赶紧连哄带骗地把丈夫诓出去。一个人关了电视关了灯，在屋里休息。她闭眼盘算着自己的进项与挑费。家里一共几个折子、几张存单；几张是活期，几张是定期；几张被丈夫赔出去了，几张在自己手里攥着；在哪儿买的保险，还要交几年的钱，车队退多少风险抵押金……都加上，够不够自己做腰椎间盘突出的手术连带在家躺上几个月，还有家庭的开销以及孩子上大学的学费。丈夫买保险是亏大发了，那钱要是买了房子，以后准保升值，里外里能亏出去四环内的一个厕所。她恨卖保险的，更恨自己的无知。受苦一辈子，只能怨自己笨，智商低。

算来算去，可边可沿是够了，就差动手术的了。到时别说开车，还指不定能干什么。不是没钱动手术，是动了手术没钱养。孩子不是没钱上大学，是毕业了照样找不到工作。

而唯一能赚钱的事，还是开车。

她有些混沌，开车是为了赚钱，赚钱是为了不开车。动手术是为了不开车，而手术费要开车来赚。既然如此，就再开一个月吧。

她猛地咕咚咕咚喝了大半个暖壶的水，把情绪的火焰用力压到心底，吞进肚腹，再想办法浇灭它，冰封它。她给队长打了电话，先道了歉，再说好一个月后准时交车。她又问了风险抵押金的事。队长说一时还退不了，问题是她交车后办不办提前退休，只有退了休才能拿退休金。但退休越早，拿得越少。停薪留职熬到退休的岁数，这几年只能每月发几百块的最低生活补助，跟没发一样。

说得她脑子又一团乱麻，拿出孩子的算术纸和计算器好一阵按，但许久都算不出来。她心烦不安，把纸团了，但又是孩子的，又重新铺开看看有用没用。这车把脑子开坏了。体力劳动会把脑子变蠢，变蠢了只能听人忽悠。

这是她最拼命的一个月，好像在大公共上卖票，开大公共、小公共，她都没这么累过。她早出晚归，没人都不愿收车。一些没好活儿的地方她都去，连放空一段能有活儿拉她都去。好像这是她一生中最后赚钱的机会，往后只能凭人施舍。善财是难舍的，钱难赚，屎难吃。她只有干活儿。她想，世界是公平的，你不给人家跑出公里来，谁能白给你钱呢？

上山下乡三十多年了，知青这拨儿人都老了。经常接到聚会的邀请，她很想和当年的战友聚聚，听听谁混得好，谁退休了。她听到，当年同宿舍的女生，有几个离了婚，也有几个走得太快，提前赶完了人生的路途。她想起那年草原上着了回大火，有六十多个知青在救火时葬身火海。他们抱着百米冲刺的速度跑完了人生。那火烧起来了，知青们拿着竹子做成的大扫帚，拿着墩布和破衣服去扑火。渐渐地，风刮起来了，那火把知青们围了。知青们仍在用力扑救，直至火圈外的人哭哑了嗓子。跑出火场的见有人没出来，又翻回头去救人，他们也没出来。那时她也去了，用树枝扑打，甚至用身体扑滚。但没用，就在大火合围的前一刻，有个姑娘用力把她推了出去，自己被火烧得毁容。那些知青最大的不过二十七，最小的不过十五。他们成了革命烈士，有了苍松翠柏的烈士陵园，有了烈士证和抚恤金。"他们是死去的我们，我们是活着的他们。"她记得所有喊得震天响的口号，她清楚地记得每一个人的相貌，但她不敢回忆，更不敢联系那些幸存者。那里还有她心仪的男人，有她的青春。

　　忽然，前面的车停了，她来不及踩刹车，一下子顶了上去，和前头的车屁股亲了嘴儿。前面的人下来又是大骂，说开每小时40公里都追尾，满脑子想什么。而她根本来不及多想，车上有客人，她怕客人走掉，更急着去拉更多的活儿。她急忙要私了，对方似乎吃定了她，讹上了，一个轻微的小坑要五百。她想办法砍价，却砍不下来。一着急，她把今儿带昨儿挣的全给人家了。刚重新上车她就后悔，那坑她过去敲敲，十有八九都能捣鼓好，完全如新。而平常买东西砍价的神功，现在一下子就消失了。

　　她只能更卖力地拉活儿，只伤心了一天，她就又精神抖擞。她没时间多想，并不敢在开车时思绪飞腾，不敢听收音机，不敢乱拧空调，连反光镜、后视镜和座椅都不敢调整，自己不像个老司机，只是匹即将歇鞍、又病又瘸的老马。"你看吧，这匹多病的老马，它跟我走遍天涯。可恨那财主要把它买了去，今后苦难在等着它。"她不由地哼起《三套车》来，她只会那个时代的歌。她这辆车是匹老马，她自己也是匹老马。

　　这个月，丈夫和孩子好像从没这么配合过他。好不容易，丈夫认真做了几顿饭，孩子认真做了几道物理题，哪怕是假的、装的样子，她也愿当真的来看。

　　早晨起来，她准备出车，丈夫居然穿过门洞到大街门口送她。看着丈夫，她想起前几年的事，那时手里有了点儿积蓄，开车开到立水桥附近，看周围一片荒凉的工地，那地下挖出的土高高地堆成了土包，像是平地上起了一座座汉代大墓。楼盘一座座拔地而起，到处都是卖房的小广告。房价越涨越高。

　　她从没想过买房，只觉得家里够住就行。可孩子一天比一天大了，自己夫妇一间，孩子一间，再盖个小厨房，但还是拥挤。孩子的书越来越多。不让学文也有这个由头，弄那么多书干什么？没地方搁。学理工多好，做实验得去学校，给家里腾地方。

　　但现在小广告发得这么多，她又赶上路过，也想去看看。立水桥有点儿高，再往北的天通苑倒是便宜，她又往西走了走。西边是正在建设的五环路，那个地名叫仰山桥，房价两千，若是咬咬牙还能买得起。

　　回到家后，她找丈夫商量。丈夫一脸的不乐意。

　　"立水桥那么偏，都出五环啦，比清河还远，五几年，就在河滩上枪毙人！现在这房价，两千三，才一平方米？抢劫啊。——不是抢劫，是杀人。一个厕所都上万。咱们这边公共厕所随便去，不就每月交几块的清洁费。

"仰山？那是闹土匪的地方。我听我舅爷爷那会子说，仰山是祖上八旗兵出操的地方，杀气太重，不祥！还有个荤口呢，'八旗合操的仰山洼'。

"八宝山那一片，多少年都没人爱住，现在五千一平方米都住满了？马路对面就是革命公墓。你要买你买，反正我不去，开窗户就是火化炉的烟筒。

"天通苑？那边是垃圾填埋场。正北面，北京冬天都刮西北风，吹得跟孙子似的，跟河北省有什么区别？

"……"

她原本想了一大车话做丈夫的工作，现在都不想说。买房是一家人的事，她只好一个人去承担。至于怎么贷款、怎么分期还账，她都没想过，她只想着，有了房可以出租，一点儿一点儿还；将来也给孩子留个婚房。哪有拿平房结婚的呢？住胡同，谁跟啊？难道还老一套，让儿媳妇早上起来倒尿盆？

她把车擦得很干净，用水刷过两遍，又用一块麂子皮反复擦了挡风玻璃和门窗，连保险杠、鬼脸、前后车牌、轮胎上的瓦圈都擦得干净，像个最后冲锋的战士擦拭自己的钢枪。她重新准备好一切必备之物——各种证件，零钱、水杯、暖壶、打印的发票卷。她给车重新做保养，加满了油。打火着车，看后视镜倒车。倒车的时候，她还跟站在车外的丈夫聊天。

"多买一处房子，多住一处地方。城里待闷了，能到城外住住。"她无意中提起当年想买房子的事，现在是买不起了，只能感慨一二，"等我做完手术养着，好好琢磨房子的事。"

"不住，都是远地方，打死我也不去。买菜多不方便！遛早儿都没地方。"

"开车啊！我开车。你也学学？"

"我怕撞死，不学。"

她停车，猛地站出来，指着丈夫说："×××，我他妈跟你离婚！"

她重重关上车门，呜地一下走了，像是刮了一阵旋风。

十三

上了街，她才想到第二天是交车的日子，这是她的最后一天。

这一天的活儿出奇地顺，拉完一个又一个，基本上没闲工夫。路上很清静，哪儿也不堵，像是特意为她安排这最后一天。中午她安心吃了饭，吃了最爱吃的京酱肉丝和焦溜丸子，晚上是加肉的拉面，没时间吃烤串，但她特意要了份炒烤肉和拍黄瓜。她还想去买点儿熟食当夜宵，可稻香村关门了，月盛斋的酱牛肉贵到五十块一斤。想买回流行的酱鸭脖、鸭腿尝尝。那有点儿肉的鸭腿卖完了，她只能啃鸭脖子。店家反复说不辣，她咬了一口，从舌根麻到舌尖，辣得嘴唇通红，又不敢多喝水。她往车后备厢中一扔，随它去吧。

到了晚上，她拉了几个郊区农村的小伙子，都是有点儿衣衫不整，头发许久没理，脖子上存着厚厚的油泥，每个人都散发着汗味儿与烟味儿。她本不想拉，这一段没怎么抓拒载，乘客被拒载也不较劲，用投诉的功夫去找下一辆。可上车后，几个小伙子要去的地方是机场。

她不信他们去坐飞机，又怕被指到偏僻地方劫持了。现在抢劫出租车司机十分不值，再多不过是临交份儿钱时的几千块，可她还是怕。

她想起几年前的一个黑夜，她开车被客人引路到一条死胡同。到胡同口，她问："能过去吗？这么窄。""能，能，可劲儿往里开。"客人说得轻巧。胡同里越来越窄，一路压着胡同边上的杂物和垃圾，来到一座黑洞洞的犹如土匪巢穴的大门前。那客人说那是他家，他回家取钱："等一下，马上就出来。"表上显示一百多块，她真怕那人跑了，但车头对着死胡同，窄得无法掉头。她连一条钻进鱼口的蚯蚓的蠕动都做不到，车门几乎都难以打开。她任凭那人下车进了门洞，自己在车上等。她把收音机开大，听单田芳的评书，正说到监狱里审问犯人动大刑，她听到"大刑伺候"，四外寂静无声。她吓得关上收音机，但没法静心。平日里在大街上不明显的发动机响成了飞机般的轰鸣。她又灭了车，这下更静了，只有草丛里的蛐蛐声反复吟咏，还有隐藏着的蛙鸣。她头一回觉得蛐蛐这么吵闹，小时候为什么爱养蛐蛐？她想不到，她只想到一个无声的世界。可现实中，为了遮蔽蛐蛐叫声和自己的心跳声，她又打着了车。

十分钟，二十分钟，半个多钟头……那乘客还没回来。她明白了，院子是穿堂门，人从后门如泥鳅一般溜掉，她想进院问问住户，可她不敢。她急忙倒车，车很不好倒，反光镜已经刮了，稍微一歪就会蹭到墙。这几年流行起墩子、地锁，坐车上根本看不见，车一蹭就掉一大块皮，跟纸糊的似的。汽配城对前后保险杠都不管修，直接换，进货才几百，一换就上千。她下车向后面看，把脖子伸直，每倒一点儿就开门探出去半个身子，一点儿一点儿地蹭。过了二十分钟，她才从那几百米长的死胡同里倒出来。

倒出来后，车又被一块石头拖了底盘，她顾不得，大踩油门，飞也似的逃了。

而这次她的想法完全多余，一问才明白，这几个小伙子也是出租车司机，是一起拼车回家。以往都能蹭熟人的车，象征性给点儿钱就行了。

一聊天，她这才知道，好些出租车都是俩人轮流开，司机都是郊区家境一般的农民。她才知道不少村子拆迁就地起楼，不少人发了，手里五六套房，无所事事；也有人依旧贫寒，种地卖不上价格，在县城也无事可做，只好来开出租。司机越来越年轻，他们都住在顺义、怀柔、平谷、延庆的家中，都是一个人开一天一夜，再聚集到德胜门或东直门去换班。下班的拼车回家睡觉，睡上一天一夜，再过来接班。日子就在一个白昼接一个白昼地度过，毫无其他。

这些新开车的小伙子充满了干劲儿，他们能不吃不睡地干，没白天黑夜地干，也不管休息和卫生，他们开车全无爱惜，大档拉车，直接从一档挂到三档，各种逆行，各种超近、绕远，各种违章。只怕他们的车没个三年五载就报废了。可谁的车不是跑在报废的路上？人不也是一样吗？自己就要报废了，就在报废前多干一点儿，再多一点儿。

她看着新一茬儿开出租的，更觉得自己该下车了。他们多是小出租车公司，大公司也是外聘，没有国企编制。他们对北京生疏，没服务的观念，更粗糙，更不卫生，更看不到头。

"哪里管得了以后？开一天算一天吧。反正比闲着强。"一个小伙子说。他正用手机给家里打电话报平安。她曾以为"大哥大"是有钱人的象征，可现在大家都有了。

她想的是，万一孩子一年就考上大学，手术也还算顺利，等好得差不多了，还剩点儿富裕钱，还能干点儿什么？买辆车，到偏点儿的地方开黑车？哎，还是开车，这命！

她记得头一天开车是去机场，末了一天还是去机场。

"我们不去机场，您从机场生活区那边出来，接着往顺义李桥那边走。"

"我们不坐飞机，我们打飞机。哈哈。"几个小伙子笑道。但他们想起这是位女司机，立刻收了声。

"你们平常搭熟人的车要多少？"

"一人十块。"

"我也一样吧。"

到了地方，她只收每人十块，几个小伙子千恩万谢，她又觉得他们热情可爱起来。总有人要当车豁子。

哪知又有人打车，路途越打越远，是冲着郊区的方向。地方她渐渐不熟悉。时间到了后半夜，她扛不住了，在路边趴在方向盘上睡了一会儿，不管用。腰忽然又疼起来，这次比以往都厉害，她完全站不直又坐不住。她只得扶着车门弓着腰，在车外站一会儿缓缓劲儿。夜深了，路上刮起了风，郊区的风更硬，吹得她一阵阵地缩脖子。她想四下打听路，可到处都见不到人。她觉得好生奇怪，在北京开了几十年的车，却迷路了，说出去都丢人。

她辨别好了方向，若是一个劲儿地朝西开，兴许能上"八高"

（八达岭高速）。再一直往南就到家，要是能走辅路就走辅路，走不了辅路，高速费花点儿就花点儿。她最后喝了口水，四下里找不到厕所，更没有墙角。她豁出去了，找了个不能隐藏身子的灌木丛蹲下方便。她从来没在外面方便过，当知青时爬山都没有这样过。过去的说法是，女人在哪里方便就给哪里带来晦气。可干活儿时没人拿你当女人，管你时倒把你当女人了。破个戒吧！

她最后系好安全带，猛踩油门挂着高速挡，车开得要飞起来一样。田野里的树木飞速向后，一座座村庄也飞速向后。前面有了路标，高速近了，八公里，五公里，两公里，一公里，五百米。她领卡上高速了，要看一下别开错了方向，要不一绷子就到张家口了。好的，方向没错，她向着北京，向着家的方向。限速120，但开到140没问题。她白天都曾一边开车一边往小字条上记事，拿方向盘当书桌。可开车是不能闭眼的，她眼皮打架，好像用根棍都支撑不住。但她不想慢下来，车越来越快，高速上一般没石头。

前面出现了一辆拖挂的大车。除了那种双层的能运送几十辆汽车的超长卡车以外，这几乎是最重的一种，还是两节的拖挂。两排轱辘多得数不清楚，庞大得能碾压一片坦克。

她开到大车的外车道，想加油超过去。可不知怎么，超不过去，大车好像也开足了马力，她要减档加速，加把劲儿，再加把劲儿，可这时那股无比强大的困意袭来，她终于招架不住了。

她不知不觉中往左打轮，那大车躲不开她，却正好向右边靠了靠。她猛地一惊，只听见咔嚓的响声，好像耳鼓的破裂声。

她不困了。

积极分子

主任拿出盒红印泥要她按手印，她按得有点儿后怕，大拇指有点儿哆嗦，一次没铆足劲儿，按得有点儿花，像一片没揉开的红胭脂，也像姑娘家蹭在裤子上的血。

一

　　住在胡同里的人见识可能不高明，他只熟悉家门口的几条胡同，不会比一个村子更大。如香儿胡同中的人，清楚身边每一家祖宗三代的掌故，如同熟悉电视里每一件国家大事。他们都知道东口的一个院子里有个白毛老太太，常年木然地站着，身后几间小破房都是挤着盖出来的。那院子破得连正经的门都没有，只有扇红色的大铁门，晚上用铁门闩插上，一拉动就发出轰隆的响声。门下边磨着凹凸不平的地面，很是难听。

　　香儿胡同东口外有个小型的广场，上面修了假桥，刻上名字就叫北新桥。桥下积着死水，一到晴天就晒干，一到雨天就发臭。广场上时常跳广场舞，震破耳膜的乐曲多是红歌改编，令人无处躲藏，恨不得挖个地缝把自己埋了。附近几栋楼常有人推开窗子吼："别跳啦，缺德！"下面的人把《送红军》换成《小苹果》，照样跳，没人抬头看一眼。

　　在广场上跳舞的那些人中，有那位胖胖的穿牛仔坎肩的白毛老太太，头发灰白又卷花，似一只许久没洗澡的老绵羊。她不跳舞，气色尚好。她表面的年龄兴许会年轻些，但实际也得八十上下，还算硬朗。

老太太姓张，就她，五六十年代是香儿胡同的积极分子。

二

五六十年代的北新桥最为干净。那里看不到外国人，连外地人都少，过个黄毛蓝眼的外国人，人们使劲远远地围着，看猴一般，并猜测是东欧哪些国家的，如罗马尼亚、什么什么尼亚的。前些年打了美国佬，人家肯定不来。

在十字路口东南边的委托商店前有个不大的空场，空场上集中了蹬三轮的。车夫们吆五喝六，早晨在那里集合，互相招呼着干活儿，下午四五点钟就散了。有的给家里捎上点儿酒肉，更多的捎上点儿棒子面。有一进家门就铺开报纸提笔练字的，有抄起胡琴就拉两段的，也有拿笤帚疙瘩打老婆的，更有被老婆打的。等家家的煤球炉子冒烟以后，胡同里安静下来，这时要过个人，看背影都知道是谁。

要是还有人在活动，那准是街道的积极分子。她们多是家庭妇女，是小脚侦缉队的同行。

那年月北京人臭毛病很多，心里都有个小九九，表面上不排外，但分得清先来后到。有心窄的，兴许在心里画上个"三八线"，知道谁是老派的，谁是维新的，谁是刚解放进城的，谁是打逊清就跟这儿的。张雅娟在解放头几年前进城，在老北京里是新北京，在新北京里是老北京。她也穿过几年大褂，念过几天学堂，多少认识点儿字，上青年会参加过团契，唱过几天教堂的洋歌，有个好嗓子，好截个儿，好身板；看报有点儿费劲，写字缺胳膊短腿，但都能应付；能做针线活儿，但有时总犯懒；多少能讲讲话，不云山雾罩，但也不抓重点，好在通俗生动，胡同里的人爱听。她热情而周到，什么事都爱掺和，街道扫盲班结业以后，她知道自己出身优越，知道什么叫工人阶级，懂得妇女能顶半边天。只是丈夫待她在私房时候使不上力气，感情也就那么回事。

每当大略归置好屋子，轰丈夫到工厂上班后，整条胡同就属她最忙活，她有使不完的力气，都是在床上攒下的。在"除四害"的节骨眼儿上，今天各家发老鼠药，后天领苍蝇拍，发点儿敌敌畏，给点儿六六粉。那时候"四害"真多，怎么也打不完。街道就派人来打，捎带着把各家养的狗都打了——是她领着打狗队，挨家掏了老窝。那凶巴巴的大黄狗，脖子上架上杠子就咬不动了，乖乖地被街道像押"反革命"一样押走，打死后都给炖了，谁积极，谁多吃多占。

这一片原都是老派的旗人，不吃狗肉，也不穿狗皮衣服，顶多贴贴狗皮膏药，再痛恨也不敢说，各家跟狗亲的孩子哭得死去活来，暗地里朝张雅娟的背影扔石子，拽沙子。原本人们的爱国热情很高，都盼着将来能有点儿出息，大家都是街坊邻居，低头不见抬头见，可就打这事儿起添了堵。

这天的工作是给居民发喷壶，带收清洁费。喷壶每把两毛。有的人家不大想要，但这天秋高气爽，看别人家要，自己也就要了。而到81号孙家这里，孙家的儿媳有点儿不大乐意，还要收两毛的清洁费，这再添一毛，犄角旮旯捡几分，五毛六就够买斤肉了。张雅娟这天收费，是举着刀割她的肉来的。

孙家儿媳妇正色道："能不买吗？"自打换了新版的人民币，她把家里的、私房的钱都攥得更紧了，好像能攥出油来。《婚姻法》颁布了，能离婚了，别哪天再被人给踹了，当暗门子都没地方。有旧式的姨太太、大小姐，男人跑了，家里败了，八大胡同封了，只好在自家里当暗门子。

她听丈夫念过首平仄不合的诗："生命诚可贵，爱情价更高。若为自由故，二者皆可抛。"你真要自由去了，我可就被抛了。

"不行，人家都买了。"张雅娟工作认真，态度远超街道办工厂的工人。

"这玩意儿哪值两毛？以前老鼠药、苍蝇拍都是白发的。"

"瞧瞧，喷壶嘴是铜的，卖破烂儿还能卖八分。以前都没要钱，这次不正好？这不是买，这是交，交钱。"

"别人怎么样不管，居委会总不能强买强卖。"

"哟，就你家院子大，你家搞特殊？"

二人都不好惹，没两句就戗戗起来。而太阳越升越高，刚一发力，就把同院的关志承晒出来了。

关志承一脸的没睡醒，披了旧的对襟小褂，那蒜疙瘩的盘扣还没一一对上，满眼的眵目糊，嘴边的胡楂永远剃不干净，似一个按时吃饭的人从不按时擦嘴。下身是黑裤子，光脚穿一双小圆口的布鞋，右脚的大脚豆把鞋顶了个窟窿。

"这是谁啊，大清早吵吵？"他满嘴喷出了酒气，仿佛在秋高气爽中下了场大雾，把满院子挂露水的鸡冠花指甲草都打蔫了。

那时的关志承年纪轻轻却少年老成。关家和孙家都有文化，全院就这两户。关志承从小上学不大用功，但聪明，爱看闲书，多知多懂。这年他刚刚从师范大学中文系毕业，填表时写了愿意分配到最最艰苦的地方去；另一面，又提出父亲有高血压，希望组织上照顾。结果一毕业，他就在马路北面的二百二十中教书。学校临街，跟家隔街相望，从屋顶上走，五百米都不到。教的是语文，正对了他胃口，那几篇课文早已背熟，从不用教案，张嘴就侃，随手写几个漂亮的粉笔字，能把黑板写得满满的。那学问对高中生有富余。在大学生稀缺的年代，他毫不费力地找到了工作，不累，轻松，还不耽误他喝酒。

　　关志承从小就爱喝酒，是他爸爸关老爷子教的。关家是瓜尔佳氏，在旗，原先住帽儿胡同东起路北第三个门。清朝倒台了，关老爷子在银行谋上事由，每天晃晃悠悠，还能把差事应付了。在关志承小时候，他性好诙谐，逗儿子倒酒喝，看儿子像狗一样吐着舌头扇风，十分开心，没承想逗出个酒鬼来。每天晚上，关志承酒杯里泡的不是俩樱桃、仁大枣，就是半个烂桃，经常喝得五迷三道儿，满院子撒酒疯。好在他也不大闹，顶多说两句不着调的话，就不指定在哪儿睡了，破坏性不大，可到处散德行，害得关家在孙家面前抬不起头来。关老爷子时常堵着大街门口扯着公鸭嗓大骂："关志承！二百二十中老师，喝——酒！"

　　"关志承！二百二十中老师，喝——酒！"

　　…………

　　这下德行散得更大，整条胡同都知道了。

　　关志承每逢说话以前，要先比画个动作，每次比画得都不一样，但还是能总结出点儿规律来。他最常比画的是右手在面前翻着手掌一甩，表示什么都不在乎，或者往斜上方一指，表示很遥远的地方或"那边，那里"，手还不伸直了。而且他每次说话都比动作慢上一两秒，收工后才开口，像是领导讲话前先给自己鼓掌。这次他的动作更大，在横扫乾坤后才说："妹子，嫂子，总共不就两毛钱的事吗？我给了！"

"别别，我只是多说了两句，这里哪有您的事？"孙家儿媳妇窘了，缠上这个酒腻子，再简单的事也会变得复杂。

"谁说没我的事？咱街里街坊的谁跟谁？"关志承的重音都在每句话头一个字上，掷地有声。

"啊，不不，我是想问问卫生费的事，我们家一向都是自己搞卫生，今儿早晨门口刚扫完，这不张——"她不知称呼什么好，"大妹子就来了。"

"卫生费不给街道，给扫大街的——小三子他爸。"张雅娟不冷不热，不软不硬。小三子他爸姓平，人称平老头儿，解放前是"骆驼祥子"，解放后蹬不上三轮就负责扫大街，每户每月收两毛，养活小三子和他俩姐姐。当孙家儿媳妇反应过来时，她觉得把关志承和张雅娟都得罪了。她想赶紧掏钱，还得找个台阶下。关志承大手一哆，就差抬腿跳起来："别怕，以后你们家的卫生费我包啦。我少抽盒烟就有啦。咱老街坊，谁跟谁……"

他接着对张雅娟说："我姓关，您姓张，咱们是关、张啊，就差赵子龙了。"

张雅娟说："那让您家芝兰也来居委会吧，别老脱离群众。"

孙家和关家是有渊源的。这一切在张雅娟眼里门儿清，她知道，在内心深处那个上锁的小匣子里，他们都把她当外人，嫌她文化程度不高，不是老门老户。不论她怎么拉家常，他们都亲近不起来。而且这两户出身都不好，都没自己进步，要好好培养教育。这里是孙家的私产，那孙老头儿也不知跑过什么买卖，横竖是有俩糟钱，解放前趁着房价低买了81号这么个院子。虽是一进，坐南朝北，但方方正正，十分宽敞。北房是正房，两边都有耳房，东西厢房也齐整洁净；南房三间，西南角是厕所，院里常年种着堆积如山的花草，有一整棵小石榴树，夏天能结出不少石榴，个儿小、太酸，没人正经吃，都被临院的孩子摘了来玩。还有两盆大个儿的夹竹桃，长得十分茂盛。现在都说夹竹桃有毒，不卫生，但家家都种。想到这里，张雅娟打上了夹竹桃的主意。

孙老头儿是胡同里穿大褂的最后一人，他每逢出门，不论是买菜、访友还是遛弯儿，都会穿上浆洗得发白的大褂，认真扣上每一个纽子，拄上罗汉竹的拐杖。他没留胡子，戴个眼镜，没什么仙风道骨，只似个普通的念过几年书的老人。每条胡同都有这样的老人，他们证明北京曾有过过去。孙家儿媳妇跟丈夫孙旭说过："让你爸早点儿脱了大褂吧，上厕所都得掖着大襟，一不留神，再踩着，再摔了，掉茅坑里。"

孙旭说："爸凡事都自己做主，咱别问了。"孙家儿媳妇在心里又骂了孙旭多少个杵窝子。

眼下，孙家的独子孙旭毕业于辅仁大学，正值而立之年，在门头沟的一所中学当上了公办老师，教物理又教化学，临时还教英语。这两年改了学俄语，他也能嘟噜两句。家在城里，单位却在山根，不方便；还不是党员，入党申请书交了好几份，做了好几年积极分子，正接受组织上的考验。孙老头儿跟关老头儿关系不错，但孙老头儿岁数大了，身体也不大好，总是不大出屋。

而张雅娟一直要发展更多的积极分子，这动力和心愿催促着她，使得她像头尾巴着火的牛。进步要起表率作用；起表率作用要服众。都像孙家媳妇那样，还怎么得了？无意中，她在报纸上的小花边里看到，夹竹桃有毒，万不能食用。她上了心。在一次街道居委会积极分子的扩大会议上，她在会上先清了清嗓子，整了整音，学着官腔说："李主任，咱说个事儿，就那夹竹桃有毒的事，得叫大伙处理一下。哪家养了，咱为哪家好，叫他们全拔了。"

李主任说："不忙，再研究研究。"

"还研究啥啊，报上都说了，那可是苏联专家说的。"

"咱居委会院里还有两盆呢。"

张雅娟一时闭了嘴。开会的时候，她特意给大家分了自带的茶叶，是吴裕泰的高末，沏上以后喷鼻儿香。关志承这天也在，他端过碗来一闻："嘿，这姑娘茶好，只喝一货。头碗香，二碗酽，三碗就不见。"有人偷偷地笑，张雅娟气得直用眼睛剜他，也不知他看见了没有。散会后，她找到李主任，再次重申除夹竹桃跟打倒美帝、炼钢跃进一样重要。李主任瞧她积极，就让她去了，要不然工作简报都没得写。

三

张雅娟再次来到81号院时，孙家儿媳妇正为孙旭调工作的事发愁。两口子没孩子，孙旭老不着家。

胡同东口传来咚咚的砸夯声，一些市政工人在压平黄土垫成的路面。所有人都得外出工作。很多闲人被组织起来到护城河去挖河泥，一天给几毛。前些年封了妓院、赌场，姑娘们从了良去缝缝补补，也有不少进纺织厂当女工。长安街上第一次有了塔吊车，高高地扎向天空，引得孩子们驻足围观。一切都充满了活力，但又有股暗流在地下涌动，不知何时某处会冲出一个大洞，喷出一股洪流，把一部分人摧毁。

孙旭看在眼里，急在心上，他怕落后，怕一切事情都没有他。街道和社会的事，他想参与，今天看哪里招工，明天看哪里号召参军，可那得有门路啊。现在鼓励农民进城买卖农产品，可他自己还围着学校这一亩三分地转，每天还要采买桌椅板凳，学生上树掏鸟窝掉下来摔了，老师两口子打离婚，教委督学的下来视察……生生来个烧鸡大窝脖儿，憋在门头沟里了。

逮住个机会，他像越狱犯人一样溜回了家，跟媳妇好一顿亲热，亲热之余说，调动工作的事，想去问问街道的积极分子。媳妇没说自己和张雅娟有点儿小离析。她让丈夫先睡下，自己在灯下打毛衣，就差俩袖口了。转过天来孙旭要走，能直接穿上。

刚解放的北京一切依旧，天依旧蓝，护城河依旧清亮，垂柳依旧映绿了河水。城墙那么安宁，依然哺育婴儿般怀抱着这座质朴的老城。可变化是在一丝一缕中完成的，如秋雨般润物无声，又冰寒彻骨。先肃清了国民党特务，然后是敌对分子，紧接着是反动会道门。大凡给日本人做过事的，当过土匪汉奸的，入过三青团的，参加过反动军阀的，被认定是青帮、地痞、南霸天的，全被拔萝卜挖土豆一样从地底下挖出来，拉到西北旺的山里、卢沟桥的桥下或立水桥的河

滩，直接毙了，引得人们一阵阵拍手称快，没人敢惹的人都被一勺
烩，喊哧咔嚓了。

各地成立了街道办事处，在大街上或胡同里占据个小院，每个
街道又分成各个居委会。每个居委会都有个主任，每月有点儿补助，
带上几个能认识点儿字的积极分子去办事处开会。开完后，积极分子
又到各个院里喊："张大妈、李大婶、王三嫂子，开会，下午两点，
堂子巷六号，光家。自己带小板凳啊。"屋里有人喊，不见人出来：
"知道啦。进屋坐会儿喝口水？""不啦，还下一家呢。""得嘞，
不送了，您慢走，留神瞅着点儿门槛。"

居委会开会没地方，主任都跟家办公，别人有什么事上家找，推
门就进，通信只管靠吼。开会都是谁家院子大跟谁家开。这次找到
了光家。到了钟点，每户出一个人，多是老太太或家庭妇女，抱着
孙子、夹着小马扎小板凳三五成群地去。光家男主人的二大爷是位公
爷[1]，也是驸马，家里的老太太是位老格格，指不定是哪个皇上、王
爷的女儿。祖上驻防新疆，院子从胡同往北一直通到大街上，藤萝、
枣树、核桃树都有。那藤萝能有三百年了，连枣树都是同治年的，惹
得半条胡同的孩子们一到五月就上去摘大枣，特甜。光家院里能有
七八个孩子，每天打成泥猴儿。房子磨砖对缝，比城砖小一号，官窑
里烧制的。

两点到了，人还挺准时，女人们一边手里纳着鞋底，打着毛衣，
摇着扇子，哄着孩子，一边不忘说说家长里短，唠叨一下小白菜水萝

---

1 公爷，指公爵。

卜的价钱。孩子紧着拽奶奶、妈妈衣裳的大襟跟着来了，保不齐又哭又闹。有专人维持秩序，这是他们最为风光的时候。

这次大会说了，国家正艰难，要大家努力爱国。有钱的出钱，有力的出力，很多人把财产献给国家。常香玉领着他们评剧团给国家捐了架飞机。凡是表现突出的，都有优先入党的机会。

孙家儿媳妇也在场，一场大会开了俩钟头，晚上到家还睡不着觉。她想着自己也成了积极分子该多好，或者说，别自己当，要孙旭当，要孙旭去找张雅娟。

要孙旭当，就得去表表态，可他在讲坛上口若悬河，一正经就全拉了胯[1]。他想私底下单独见，当着众人他干不来。他上街佯装去买菜，实则来堵人，张雅娟每次都与他擦肩而过，留给他个缥缈的背影，他编好的词来不及说。

孙家儿媳妇决定亲自找张雅娟谈谈，尤其是和关家闹了矛盾之后。

关家是孙家的租客，租了院子的三间西屋，虽有点儿落魄，但也有祖传的八仙桌太师椅，还有榆木的月牙儿桌。那半圆形的一边冲外，另一边挨着墙，下面还有个二层，省地方，又能放不少零碎东西，细节处还雕着双菱形的雕花。

关老爷子和很多老派文人关系密切，和那些逊清的公子王孙沾亲带故。他从小叫关志承念书，叫儿子跟无量大人胡同溥先生学写字，

---

1 拉了胯，指不行了。

跟南锣鼓巷查先生学琴，跟沙井胡同王先生学画，学得笙、管、笛、箫什么都会，能赛过吹鼓手了。有一次翻看旧书报，看到张唱大鼓的刘宝全抚琵琶的照片，关志承对琵琶来了兴致。查先生不叫他学，说不是指法问题，是意境不对路。可查先生跟琵琶圣手杨先生是好友。杨先生能喝两口，家里也不讲究，桌子上盖了张报纸，来人就掀开，会不会喝都给你满上。琵琶没学，酒瘾更大了，关志承落得个琴、书、画哪样都没出来，喝酒倒是出了名。他每天喷着酒气，夯着双手在胡同里晃悠，跟南来北往的街坊们侃山，成了一景。

有了这么多喜好，关家的东西自然多。若推开他家屋门，有桌椅板凳、书本报纸、镜子裂了纹的梳妆台、快散架的多宝槅、插着炸了毛孔雀翎的胆瓶、樟木箱子、脸盆架子、帽桶子，乃至暖壶、痰桶、鸡蛋、大葱，随地乱摆，也不怕给踢了。太师椅的扶手上搭着两根笛子、一根箫，都是古色古香的玩意儿，也不好伸手去挪开。椅子上没地方坐，只好坐床上，床上铺着皱巴巴的床单，靠里也高高地摞起书墙。而床上桌上还总卧着一黄一白两只肥大的长毛猫，怎么轰也不起开。猫毛和尘土混在一起，如同进了多年没开门的老库房，一离近了就让人不停地打嚏喷。

东西和猫堆成这样，关家老太太自然张嘴就骂，把关家父子数落得没鼻子没眼的，说哪天都卖给收废品的。她是这样说的，也是这样做的，但关家父子仍在四处砌书墙。老太太忍不住了，叫人帮忙把厨房改成了杂物间，就在西屋的房檐下，借着门窗，接出一个小屋来当厨房。每天中午一炝锅，满院子都飘油烟子。

这厨房引起了是非。孙家儿媳妇觉得别扭，遮住了阳光，吵闹不说，把过道挤得不到一米宽，破了孙家的风水。租了我们的房子，到跑到我们院子里占地盘？将来还不起个二层，把全院都罩上？关键是，自己要盖个小厨房到哪儿盖去？

"叫他们家拆了。"孙家儿媳妇说，反正不是她去拆。她接着说孙旭："你怎么不拦着点儿？"

"那两天在门头沟呢。关家老头儿在旁边看着，我不方便，得跟爸说。"

"你爸又哪里抹得开面子？他去说，还不得让关家多占二尺？"

"是啊，住了好些年的街坊了，算了吧。"

"那怎么行？多占了地盘，得多官房钱[1]。他们家的猫，天天在咱们房顶上撒尿，哪次轰过？"孙家儿媳妇不喜欢猫，尤其是关家的。

"那你去说吧，反正每次房钱都是给你的。"

"杵窝子！"

孙家儿媳妇一猛子冲到院里，冲着对门就敲，门还没开就喊上了："芝兰，芝兰，麻烦您出来一下。"

芝兰是关志承家里的，比关志承小上几岁，也上过高中，没上大学。关家就她在。孙家儿媳妇上来就说为什么占了她家院子，这下把自己放低了。现在每个院门楣都钉个小铁片，写着"公"或"私"字。有私房的走大街上都丢人，恨不得把头塞到裤裆里，再抹上两把灰。

芝兰说："房子是你家的，可地是公家的。我们在公家的地上盖房子，跟房管所打了招呼。您问问房管所，他们说拆，我们绝无二话。"

孙家儿媳妇就像正要张大嘴吸气时被糊上一块更大的破布，芝兰

---

1 官房钱，指交房钱。

的话像早已编好，又揉核桃一般反复打磨了多少年。关家人心那么齐整，自己家孙旭什么都不管。她看到关家屋里桌上有一盆兰花、两小盆文竹，正中一大棵朱顶红开得正艳，还有点儿零散的小盆景，离得远瞧不真着。屋檐底下的窗台上那只肥硕炸毛的大白猫在睡觉，被她们吵醒了，看了她一眼，伸个懒腰翻个身，打个哈欠露出尖利的牙，继续睡，既像嘲笑，又像示威。

她赌气转身出了院门，要找个说理的地方。她去了东口张雅娟的家，到了门口才发现空着手不合适。她出胡同上了稻香村，想拎个点心匣子，但前两年节约粮食，连点心渣儿都没有。她看来看去，包了点儿江米条、绿豆糕，用纸绳拴了，都是干货。

她再次到了张雅娟的家。那红色的大铁门常年敞着，不用敲门。她进去喊："张雅娟同志在家？""同志"这个词，也是她跟街道里学的。

张雅娟没把孙家儿媳妇让到屋里。他们家在院子最偏的两间小房，周围没人。孙家儿媳妇先是送上礼物，扯了会儿闲篇，表现了一番要当积极分子，以后发敌敌畏、六六粉的事都可以叫上她。张雅娟很是亲热，终于找到了追随者。孙家儿媳妇一看热乎气上来了，赶紧上锅，狠狠地告了关家一状。她想添油加醋，但又不敢太过夸张，还得着重说关家的不是。张雅娟也跟着说了几句关家。两个人越聊越是火热，孙家儿媳妇一兴奋，原本还没编好词，就现编现说，把孙旭想调动工作当积极分子的事说了，求张雅娟指条明路。

张雅娟想了想，说："先别着急，先想办法积极表现，要认清组织，成为组织的一员。到时候成了自己人就好办了。不过话又说回来了，目前不好办，你家的成分太高，孙老头儿以前是个商人，有钱，四处买房子置地，能不剥削人吗？对剥削阶级，我们一定擦亮眼睛，深挖出来。现在是一大二公，你们家房子还是私产，比人家低了一头，离组织远了二里地。不过呢，组织是给出路的，只要你表现积极，向广大劳动人民靠拢，自然会成为无产阶级的一员。"

孙家儿媳妇感激涕零，张雅娟对别人从没这么热情，说过这么多车轱辘话。那前两天自己不乐意交喷壶钱和清洁费，这得是多大的罪过啊。她越说越过意不去，拎来的礼物太少，直觉得张雅娟有多大的恩德，而自己要好好报答。

张雅娟特别叮咛，要树立正确的观念，才禁得起组织的考验；要学习，还要实践；先找出差距，再想办法弥补；接受组织的审查、考察、调查，努力完成工作任务，主动汇报自己的思想。没过积极分子的门，先做积极分子的人。孙家儿媳妇直犯晕，连声问："左一个汇报，右一个学习的，我成吗？您说的，我都得记着点儿，下回我得带个本。"

"这不有我帮衬你呢吗？"张雅娟从记事本上撕下一页，要孙家儿媳妇跟着写"克己奉公，勇于牺牲"。孙家儿媳妇没见过这么文雅的词，连夸张雅娟真有文化，关志承那老一套不成，是封建没落的，早晚也得消灭光，他们家老爷子出身再好也没用。张雅娟接着说："以后我去开会学习，你都跟着。"又从挎包里掏出几本宣传小册子给她。

"这三本你先看着，随时找我谈谈感想。等你看完，我再给你新的。咱们以身作则，现在街道发了红头文件。"张雅娟从包里拿出个油印的通知，刻印在发灰的纸上，"要讲卫生。夹竹桃有毒，不让养了，回去带头给铲了吧。"

孙家儿媳妇回去溜溜儿地就给铲了。孙老头儿一百个不乐意，整天阴沉着脸，可儿子不在家，他也没法说。过了几天，孙旭回来了，老爷子天天在他耳根台念秧儿，孙旭跟媳妇更没法开口，求媳妇帮着调动工作已够跌份儿了。他试探着问："那夹竹桃给铲了？""嗯，街道不让养，有毒，不卫生。""爸有点儿舍不得。""那也没办法，谁叫我是积极分子。"孙旭怕再说就没法过了，这样有一搭无一搭，应付差事的话越来越多。这都是分居惹的祸，如同一壶水要烧开了，但关键时总撤火，还得重新烧。新婚亲密了几个月，凉了。

　　四

　　孙家儿媳妇不怎么管家了，她跟着张雅娟，随身夹着小本本，拎着小板凳到处开会。最近在讨论"献产"。开会时，街道办事处主任念了名单，说北新桥地区从节约粮食的日子以来有多少户支援国家把私产献了出来，放弃了公私合营后厂里私方的利息，大都改变了成分，换了阶级属性，洗心革面重新做人，有的入了党，有的提了干。而孙旭调动工作的事一直没有消息。除了张雅娟，她不知道找谁，也不知道找哪个部门，除了开会、下通知、发老鼠药，一直没别的事。关家的房子盖实后经过装修，屋角高高地翘起，似平地起了一栋高楼，压了孙家一头，也不管下了雨没法流水。她气不过，孙旭一再劝他，说关家不过占了茅房大小的地方。可别说茅房，连茅坑都不行。以后有了孩子，长大了，孩子再有了孩子，都该往哪儿住？买房子？她不是没想过，可她打听了，东四头条的大北房，一间要三百块，一个再小的院，独门独户，一千块都打不住。

如一只咬败的鹌鹑，孙家儿媳妇回了家。一进院，却见关家开着门，关志承在月牙桌上自斟自饮，还一边拍着桌子一边唱：

我生之初尚无为，

我生之后汉祚衰。

天不仁兮降乱离，

地不仁兮使我逢此时。

他嘶哑着嗓子，红着眼睛，字字之间纷纷断开。孙家儿媳妇根本听不懂，仅仅听了"我""之"等几个字。关志承又吹起他那跑调的笛子。笛子不是笛膜没贴紧，就是因冬天烤火有些开裂，估计也不是好笛子，吹着吹着，笛声就跑了，吹出了日本笛子的味儿。一不小心，桌上的小玻璃杯还被打翻了，洒了不少酒。那杯子像是喝药的，不是酒杯。酒以往都是红星二锅头，是解放后把前门外的十几家烧锅公私合营而来的，味道不如从前。这次是莲花白，据说是颐和园昆明湖里的白莲花入了酒，后来讹传是莲花池水酿造的，一杆子支到六里桥去了。

关志承动静越来越大，听得孙家儿媳妇胸口似压了一口大水缸，这口气顶着心窝，出不来，喘气都不痛快。今天小三子家里没人，耗子药没发出去。又瞅见关家的大猫在自家屋顶上蹿房越脊，硕大的白尾巴如一根鸡毛掸子，飘洒在湛蓝的天空中。那猫极为灵敏，在窗台上瞅准房檐，轻轻一蹿，棉包似的身子就上去了。关志承瘦得像搓板，两只大猫肥壮如球。猫总是在院里的花丛中乱窜，有时把关志承最爱的蟹爪莲弄烂了，他都不会打猫一下。蟹爪莲嫁接在仙人掌上，他还怕仙人掌的刺伤了猫脚上的肉垫。

她收拾点儿剩菜，拌上点儿剩米饭，剩菜中有点儿鱼，还点了两滴香油，盛到一个小饭碗中，找了个阴暗的角落放下。没一会儿，芝兰回来了。她赶紧躲进屋里，可又想到碗是自己家的，这还不是现行？笨啊，干什么都干不利索。可这时，芝兰进屋就和关志承干了一仗，又骂他抽烟喝酒，生活没规律，晚上不睡，早上不起，饭也不正经吃，不知道洗澡换衣服，屋里臭烘烘的成了猪圈。关志承先等芝兰骂完了，最后才慢悠悠反驳了两句："昨天喝酒睡得早，今天也起得早；这才再喝两口，刚点上根大前门；澡大前天洗的，衣裳也跟着换了；刚才垫补了两块牛舌饼，饭不是正等着你做吗？"芝兰扭头就进了厨房，厨房里当的一声，炒菜锅被摔得震天响。

孙家儿媳妇看在眼里，想在心里："碗摔了还得买，只好砸锅了；芝兰也可怜，一点儿辙也没有。"她又为刚才做的后悔，但来不及了。

第二天，关家的声比昨儿还大，一黄一白两只大猫都被毒死了。黄猫不爱动换，整天在条案上卧着。关志承写字、画画得先把它扔开，一会儿又腻咕到跟前。有一次他兴起，顺手给猫画了个小花脸，那猫就任凭他画。等给猫洗脸时被狠狠抓了两把，他胳膊被抓出了血印子，他不在乎。夏天正午光着膀子在床上打盹儿，猫总是在他身上爬来爬去，也抓得他到处是伤痕，他也没上过紫药水。关家老爷子也爱猫，祖上多少代，猫就没断过。那时北京人从不卖猫，卖猫被当作破产，连猫狗都卖了，得落魄成什么样？猫都是亲戚间串换的，有时候串门，是为了特意看猫。

孙家儿媳妇准备好词，等芝兰打上门来。但芝兰没来，她拿着孙家的小瓷碗，放回了原来的位置。两家人见面还打招呼，关志承对孙老头儿仍是十分尊敬，只是酒越喝越多，一连几天都没断过，连院里的花也不浇水，芝兰也没和他吵。孙老头儿的身体十分不妙，他已过了随心所欲不逾矩的年龄，早已在藤椅上安享晚年。这两年他什么都不愿意管，也什么都不过问，只管儿媳妇三餐端上来，除了上茅房，连屋子都不出。

今天是少见的日子，孙老头儿站在了院里。他拄着拐棍，颤巍巍地发愣。他心里清楚，临睡前脱了鞋，第二天还不一定能穿上。他不想在院子里逛逛，也没必要在胡同里走走，这里的一切，他都熟悉。

"爸，您别出去了，再着了凉。"孙家儿媳妇想拦着。但今天老头儿是少有的精气神，面色带了点儿红光。

"今个儿天儿好，甭拦着我，我院里站会儿。"他往关家走了两步，盖小厨房的事他听说了，心里没参与，外在的更不参与，但感到有点儿不对劲。对门的芝兰看到了，出屋迎了过来。

"大伯，诶，您好啊。站会儿？"

"站会儿。"孙老头儿直直腰，站了很久才说，"您家怎么了？"

"嘿，没什么，猫死了。"

"哦，怎么死的？"

"兴许是吃坏了。"芝兰有点儿伤心，"就在院里，躺在那儿，后腿直抽抽，连胡子都直哆嗦，整整抽抽了一下午，到晚上才完的。"她接着说，"另一只黄的也那样，合计着是一块儿吃的。"她又停了一下，"志承光喝了几天酒，不吃饭，我都不敢劝。"

"吃了被耗子药药死的老鼠了吧？还没少吃？"孙老头儿说得很慢，但很连贯，"东口那家积极分子来发过耗子药。"

"谁知道呢？"

"哦。"

孙老头儿没再说什么，他走到小厨房前看了一眼，也没说什么。

五

芝兰回到家，见大街门有一扇被卸了下来，穿深色衣服的人进进出出。孙家的门窗都敞着，屋檐下拉起了黑色和黄色的缎带，北房改成了简易的灵堂。

孙老头儿殁了，81号院里的人，不论关家、孙家，连带东半条胡同的人家，都想起了孙老头儿与街道之间的往事。

前两年街道办事处又发下文来，说要"除四害"，立即全部消灭麻雀、老鼠、苍蝇、蚊子。此时人们习惯把自己的命运和居委会连在一起，居委会说什么，大家就积极配合什么。积极分子做了很多工作，从没拿过组织一分钱。大家很是敬佩，但细想起来，他们也有些耀武扬威、扬眉拔份的劲儿，表面上都亲热，暗含着都较劲。张雅娟就是这样，全胡同成了她的舞台，就显她一个人。

打麻雀热闹的那三天，全北京都疯了。从学校、工厂到街道，上班的和上学的，哪怕是家庭妇女，都停下手里的活计，纷纷上房上树，举着大旗子，敲着震天的锣鼓，不让麻雀落地，要它们一直飞，飞到死为止。男孩子们都拿着铁做的杆和工厂里的橡皮筋制成的绷弓子。他们看过"神弹子"之类的小人书，要成为一代弹弓大侠。女生们不打弹弓，都帮着捡石子，或数打下的只数，再统计评比，对优秀的要发奖状、红旗。白发老人、三尺孩童、上班的、卖货的、打鱼的、种田的、教书的、学艺的、站岗的、扛枪的……无不投入这地对空的战斗。郊区也扎起了草人，燃起了火堆。

一连三天，夜里都有孩子们站在房顶上，举着绑有红布的长杆彻夜地呐喊挥舞，与看不见的幽灵搏斗。这个时候，是不能计较瓦被踩坏的。

可81号院有了逃兵，是孙旭，他躲在门头沟不回来；更有了叛徒，是孙家的老头儿。他竟到了居委会，拦着大家说麻雀是益虫，它吃谷子少，吃虫子多，要是都打死了，来年会闹洪水一样的蝗灾，会绝收得如一九四二年的中原大旱，全国会饿死多少人。那天居委会开会还在堂子巷光家，人们如潮水般涌来。他们围住了孙老头儿，一一劈头盖脸地训斥，孙老头儿底气十足，与那些比自己小上一大半的人争执不休，寡不敌众仍不停歇，而年轻人越聚越多，甚至有些后搬来的人动手推搡了他。他的德高望重在一时间消散而去，如灶台上的炊烟。

有几个调皮的孩子，是些上课敢瞎闹的主，他们把几只死麻雀拴成一个花环套在孙老头儿的脖子上，还拖了两下。孙老头儿急了，用力将花环摔在地上，拂袖而去。他一生走南闯北，面对上等人的蔑视、日本鬼子的挑衅、国民党伤兵的欺侮，他都不在乎，可这次被自己胡同里的孩子戏弄，他受不了。那些大人连忙把孩子按住、轰走，有人想追出来看看，但没人敢动。

自回家以后，一向硬朗的孙老头儿病了，下不了地了。居委会没再追问，事后他们觉得自己还是厚道，这里的人怕官，不论积极分子还是落后群众，都怕。其他地方都有被扭送派出所的，要被打成"右派"劳改。后来，关志承端着酒杯劝他："孙先生，打麻雀，又不是打麻将。您看我，叫我去，我都不去；喝两口，谁也不碍，多好！"

报上说，在四月份的三天里，全北京三百万人，一共打死了四十万只麻雀。时至今日，老人们都说过，有一天正午，晴朗的天空突然黑云密布，呼啦啦下起了一大片的弹雨，一个个黑的小包袱直摔下来，再看都是麻雀，直砸得屋顶棚子咚咚乱响，砸疼了行人，砸哭了孩子。天空中杂毛乱飞，混杂着啾啾的鸟叫声，犹如进了鸡窝，那鸟叫声变了形，令人脊背发寒；那一只只死的麻雀顺着嘴角流出了血，每落地一只似一个血包。摔烂了的麻雀曾被一些小贩偷偷拿去油炸着卖，吃了的人都不停地呕吐，闹肚子，小贩被人揭发，被抓去送了官。那时，医院里有了一个个患者，地面上一块块圆形的血印，那血印留在地面无法清洗，久久不散。

从那以后，城里没了麻雀，直至现在。过了两年，麻雀被平反了，改成了除臭虫。

有人说，孙老头儿是被麻雀砸死的，也有人说他被麻雀勾了魂。从那以后，香儿胡同再也没有人穿大褂了。

六

孙老头儿临不行的前两天，孙旭还在门头沟上班。孙家儿媳妇衣不解带地伺候着，端水、喂饭、倒痰盂，她想给老头儿擦擦身上，但又怕不方便。扶着老头儿上院里的茅房怕是不能了，只好端个盆在屋里，但老头儿不肯，说没有；倒上热粥，也不大吃喝，似一位等待坐化的老和尚。

孙家儿媳妇跑到电报大楼给孙旭打电话，那头说孙老师外出了，没人接。她又给拍了加急的电报，由电报员骑摩托车去送，估计他能见到父亲最后一面。拍完电报，她稍微松了口气，好像完成了一个艰巨的任务，还有更艰巨的任务等着她。她风风火火地从胡同东口回来，迎面正碰上张雅娟。

张雅娟问她："你怎么了？有什么急事？"

"哎，老头儿不行了。"

"那赶紧送医院啊。还认识人不了？快把孙旭叫回来，怎么也得见一面。"

"够呛了，不吃不喝了。老头儿留下话了，要死在家里，打棺材，放门板上停灵三天，只接熟人的份子，街坊四邻的可以，居委会的不要。"

"哎呀，妹子，不是我说你，按说这话不应该说，但还得说。老头儿是糊涂了啊，正移风易俗呢，他还想着停灵吊孝？过去咱们这儿十字路口往东，都是棺材铺，现在哪儿找去啊？杠房都改饭馆了，让街道组织人给他打执事，举雪柳儿？现在生孩子都去医院，不像以前似的在地上直接生了。

"还有啊，告诉孙旭，他调动工作和入党的事我都托人办了，找的二百一十中，他们有个外语老师是历史反革命，听说当过国民党翻译，正上着课就给带走了。人家正好缺老师，点头了，也跟门头沟那边都打过招呼了，调查过了。门头沟也没拦着。现在就是说，你们家成分有点儿高，房产主，孙旭名下房子太多了，十五间以上国家代管，你们家正好擦边；干什么还不够积极。我紧着找补，人很积极，就是不爱说话，内向，闷葫芦罐儿，见了人生分，一旦熟悉起来可热心了。赶紧让他跟组织上表示一下。"

"那什么时候送医院？"

"现在就得去！让平老头儿帮个忙，直接去六院。打上针吃上药，没准儿能撑到孙旭回来啊。"

"那……现在就送？"孙家媳妇有点儿愣神，"家里没人啊，要关志承帮个忙？"

"他能干什么啊？一个酒腻子。找扫大街的平老头儿就行。你们家老爷子，别瞧打麻雀那阵子不积极，可好歹也是积极分子家属，居委会又不计前嫌，这会儿不能不管。"

张雅娟拉着孙家媳妇，直接往81号跑，都快到了，才想起平老头儿家不在这边，在一个死胡同里，走过了。她们又折回来。

平老头儿和几个年轻的闲人蹬着三轮，死说活说把孙老头儿拽上了车。孙老头儿动不了，可还十分较劲，双手抓着床单不松开，眼睛睁得大大的。当最后救命的床单也被张雅娟动手掰开后，他如猪尿泡般泄了气，他不再挣扎，对自己的肉身做了了断。只是他那身大褂还穿着，张雅娟动手时扯掉了两个纽襻，像剥竹笋一样给剥开。孙家儿媳妇连连拦着，别把胳膊腿再撅折了。可她没能拦住，在张雅娟面前，她总是慢上半拍。

孙老头儿一被捆起来，一迈出81号院门口，孙家儿媳妇眼圈红了。张雅娟以为她还在纠结孙老头儿穿衣服的事，连说"别担心，医院最后会给他穿戴齐整的"。

孙老头儿如一具朽木般被运进了六院，孙家儿媳妇要在医院陪着，只好再托关家给带个话。她原想见关志承，但关志承不在，出来的还是芝兰，她满脸难堪，芝兰也很伤心，她说，关志承一回来就叫他也去医院，要帮什么忙，尽管说。

孙旭回来时已是夜里，连觉都顾不得睡。他去医院陪了会儿，可张雅娟说第二天要带他先去街道办事处办手续，再到二百一十中见领导，再去居委会办理煤火费和副食补贴，没准丧葬补助都一块儿办了。他又回家眯瞪一下，换媳妇来帮忙。

第二天一早，传来孙老头儿病危的消息，他连忙去了医院，换媳妇跟张雅娟去了街道。

孙家儿媳妇第一次见办事处主任。这个主任比居委会主任要大得多，可能是一位退伍的军人，或是刚刚进城的地方干部，说话怯勺。张雅娟先为双方做了介绍，又表明目前的政策和最近"献产"的风潮，像81号往东隔着三个门的刘家，原先是北新桥袜子厂厂长，厂址在十四条的肃王府里，"三反五反"时查出了贪污，主动退赔了并把厂子交公。还有九道湾一带的培智小学等几家私立的小学校，还有地毯厂、陶瓷厂等，这都是小的，数不上的。

那主任也帮着说："我们以前接收的厂子，比你们整个北新桥地区都大呢。像四川那边有个轮船公司，几十艘火轮船，都被船主献给国家了。还有那些遗老遗少、投诚了的国民党，以前家里有房产、金条、瓷器、字画什么的，都捐了，这样才能改变成分。咱们这片，算是不够积极的了。"

"那……"孙家儿媳妇说，"人家都交了，咱不交也不合适，是吧？我家也交了吧。"

"好啊，好啊，太好了。你们家在胡同里都光荣了。"

"交了就能降成分了？"

"嗯，成分可以改，出身不能变。交几间？"

"就整个院吧，留着也是个是非。"她想起了小厨房的事，毒死人家猫的事都没完，暂时被自家老头儿要咽气盖过去了。都交了公，国家统一分房或拆迁，兴许能跟关家分开过。

"是非？"主任不明就里。张雅娟把关家盖小厨房的事说了一遍。主任说："这不叫个事，什么你的我的，以后都是国家的。"说完，他拿出一张白纸，让写个申请。孙家儿媳妇说不会措辞，主任拉抽屉拿出另一张已写好的，请她照抄一遍，别把门牌号和名字照抄就行。她一看，是东边的光家，把从胡同一直往北通到大街的公爷府交了。开会时大家都去过那院子，但还没走到最里面。这下再去开会更名正言顺了。也不知光家主人他二大爷——那位驸马爷还在不在。用毛笔竖写工整小楷带着点儿随意（她叫不出馆阁体的名字），应是光家的亲笔。这字得给关志承看才能说出个一二三。

她用钢笔横着抄，抄得很慢，认一句，记一句，改成自己家的，再抄一句，好半天才抄完。主任拿出盒红印泥要她按手印，她按得有点儿后怕，大拇指有点儿哆嗦，一次没铆足劲儿，按得有点儿花，像一片没揉开的红胭脂，也像姑娘家蹭在裤子上的血。她想再补一下。主任说，像单位里盖公章，重影了都得撕了重来，她这次就算了，并接着说："孙旭同志工作的态度很积极，一直是工作的先进，这次主动献了产，改变了自家的成分，入党、提干都方便了。我都听张雅娟同志说了。你家那位真是大孝子，能有这么个好儿子……还有你这么个好儿媳，都是学校、街道教育有方。"

主任说完，没头没脑地笑了起来，张雅娟也附和着笑，就孙家儿媳妇笑不出来。

主任接着说：“我知道你们家那位入党申请书交了十几份了也不见回音。我给你提个醒，这次让他再写写，把房子交公这件事写进去，得写得长点儿，字多。这方面的事，我有经验。你把房契带来，我给你出个新的表格，咱不是房产主了。”

“好，好。还不谢谢主任？”张雅娟说。

“谢谢主任。”孙家儿媳妇嗫嚅着，只有她自己能听见。她出了门，想先去六院看丈夫和老爷子。但张雅芳催她先办正事。于是，她回家找出房契和一些证明，两人一起又到街道把手续办了，把房契交了。这一折腾就来不及了，其他事只好先放下。

过了两天，孙旭去了二百一十中办手续。校长去学习了，就一个管人事的副校长在，什么都没说就给办了。“果然这街道比单位都厉害，打了招呼就是不一样。”孙家儿媳妇暗自说。孙旭一提调工作，她就把交房的事说了。孙旭继续他的沉默，像父亲一样，渐渐地也成为一截腐朽的木头。

孙家儿媳妇想问问老爷子的病情，也想说出关家猫死了的事，但都没有话茬儿。临睡前，孙旭又要去医院陪床。孙家儿媳妇说：“要不交房的事咱先别跟爸说？”

孙旭看了她一眼：“不用跟爸说了。”

七

孙老头儿最后的一点儿热量随着新一天黎明的降临而消散了。大夫都说这老头儿生命力真顽强，进医院后几乎不吃不喝不下床。孙旭心里明白，父亲无限地留恋这个世界，他不想走。老年人的内心深处都充满了恐惧，如人的双眼中充满了水。那恐惧没了，水就干了。他们都清楚自己一分一秒地走向死亡，每一分钟会干涸一段血管，他们比年轻人更怕死。但死是逃不掉的，各路神仙都没解决的事，凡人也别想整明白。

护士们叫家属出去，她们对了表，做了最后的检查，收拾好几件简单的医疗器械。一位年长的大夫过来宣布孙老头儿过世了，劝家属节哀。孙旭没有号哭，只是默默地流眼泪，孙家儿媳妇也流了泪，她想起过门以来从没受过委屈，老头儿一向和蔼，从没对自己板过脸。他还不知房子的事。

张雅娟代表居委会前来慰问，还带了几位半大的小老妈，要帮着操办。孙旭没操持过红白事，但没敢用她们，只听她们说要赶紧给老人穿衣服，凉了就不好穿了。他这才想起来父亲生前已备下了对襟的中式裤褂，可她们一再催促，来不及取，更不好给街道添麻烦，就听了张雅娟的意见，到太平间对面的寿衣店买了一套中山装，连带着鸭舌帽，独自给孙老头儿穿上，穿完后推到太平间。张雅娟看了说："大伯，您放心，咱铁定是工人阶级了，咱不是房产主了。您在那边，就别惦记着大褂了。"

一连几天，孙旭都分身乏术。新单位很仁义，上来就给了假。待事情全办完后还剩下半天，他在父亲的藤椅上坐了坐，天凉，藤椅也凉，没有父亲的家空空荡荡，院子霎时空了，如旷野荒郊。

81号的院子有个如意门，门上的砖雕并不花哨，但透着精巧。进门后是道影壁，抬头是步步锦的窗格。影壁上刻着万字不到头的花檐，正面由呈四十五度角斜放的方砖拼成，磨砖对缝，干净齐整，正中心雕着花，四个岔角也嵌着"寿"字。以前总有关家的肥猫卧在影壁的顶上，垂着尾巴睡觉，略一伸手，就可把它抱过来揉揉。孙旭站在院子的北房正中，把南屋和东西厢房好一顿看，他舍不得这个出生的小院，这里一砖一瓦、一草一木他都熟悉，虽然还住在这里，但院子成了公产，说拆就会拆掉。将来要换房，关家倘或搬走了，还指不定会搬进来多少家，到时会更难接触。其实关家人挺好，关志承除了喝酒，找不到毛病，父亲还挺喜欢他。他比自己小了几岁，对孙家一直很敬重。自己媳妇和关家合不来，全给搅局了。

　　他又到了南屋，抬头看向后窗外。后窗是后面人家的房坡，瓦垄之间枯黄的狗尾草迎风摇摆着。后面的院子里有棵树，球型的树冠高过房坡，像一大朵绿色的蘑菇。而那树冠映照在蓝天里，倒似一幅印象派的画作。这天的天空无比湛蓝，他想起小时候的事。小时候没关家，院子里爬满了牵牛花。牵牛花是粉的，顶多开成白的。他不满意，他盼着紫色的牵牛花。他每天想啊盼啊，跟盼着童话中的故事发生一样。忽然有那么一天，早上起来，他发现院里真的开出了紫色的牵牛花，那花瓣鲜嫩欲滴，要化成水。这时一阵鸽哨声传来，他抬头看去，见那蓝天上飞过一群灰鸽子。那是他从没见过的近乎透明的蓝色，一眼能望到天宫里，他想起小学课本上讲过的青藏高原，西藏的天空也就这样吧。

　　如今，蓝天还在，院子却不一定了。他找了把梯子，借着房檐爬上房顶。屋顶是一正一反的阴阳瓦，讲究两块纵排的瓦间"压七露三"，压着七分，露出来三分，但还是不能使劲踩，会踩坏。上房要侧着身，有时要双手撑着，趴在房上横着爬两步。他爬到房顶的一角，站直身子俯视，竟觉得这院子如此规矩，房屋是那么错落有致，比小时候玩的积木都精巧，以前从没在这个角度观察过。他抬头，见屋顶没有鸽子飞过；低头，院子里没有了牵牛花。前两年节约粮食，有鸽子的人家都不养了，卖给了贩子贴补家用，也有外来的地痞偷人家鸽子吃。牵牛花在父亲嘴里叫喇叭花，自从关家搬来后，老爷子主动把喇叭花给扯了，怕长到人家的地方碍事，连花籽也没存下一包。

眼下，他有些恍惚。他感到整个院子缓缓上升，缓缓地飞，是东南西北四合的院落，连带着地面的方砖和院子中的花。院子飞到天上开始旋转。它越转越快，越升越高，由黑影变成黑点，仿佛要飞到天宫中去，像火箭发射一样消失在了天边。但他知道，火箭是飞出了大气层，而孙猴儿大闹过的天宫根本不存在。但月亮总是有的，月宫肯定会有，唐明皇就游览过月宫。他想，院子若是一直飞上去，也许能在月亮上落户，可是没那边的粮票。

"哎，您留神。"

孙旭一低头，见关志承正在院子里扫地，他举着一把破扫帚苗指着，停了一两秒才说："您踩那小厨房，平顶的，结实。"

"这是您家的房啊。"

"咳，什么你的我的，不是交公了吗？都是国家的。"顿了一下，他接着说，"房交了，没事。咱多生俩儿子，多挣钱，咱何愁买不回来？子子孙孙无穷匮也。"

正说着，张雅娟来了，这次是找芝兰，动员她去街道开积极分子大会。不用叫孙家媳妇，她自己早早地去了。

关志承说："不去。她有事忙，从来没脱离过组织。"

"那您动员动员她？咱们可是关、张啊，就差赵子龙了。"

"我可动不了她，她动我还差不多。嘿嘿。"说着，关志承打算回屋了。

张雅娟碰了个软钉子，心想这酒鬼兴许又喝了。她转身要出院门，刚走两步，关志承在背后说："您慢走啊。不送了，留神门槛！还有啊，我不姓关，姓苏完瓜尔佳。"

孙旭在房上，张雅娟没看见，就没打招呼。他慢慢下来，打算回屋备课，到新单位得好好表现。当天晚上，玉兔东升，他听见关志承在屋子里，竟传来了轻轻的古琴声，还扯着且角的嗓子唱道：

> 秋风清，秋月明。
> 落叶聚还散，寒鸦栖复惊。
> 相亲相见知何日？此时此夜难为情。
> ⋯⋯⋯⋯⋯

八

五十年后的关志承已干瘦成一具木乃伊，因喝酒而不好好吃饭，患了严重的低血糖。每说一会儿话，他就得拿个大碗，舀上两大勺白糖，用热水沏了喝下，这才有劲儿接着说。他已不再写字、画画，条案没地方放就收起来了，目前唯一传世的创作是大街门上他家塑料的信报箱，上面贴了纸，写着"关宅"两个大字。那"关"字浑厚、雍容，"宅"字的宝盖头还带点儿瘦金书的味道，那一个竖弯钩极为洒脱，似匕首的锋芒。相形之下，旁边孙家的信报箱虽说是刨花板木头做的，要精巧高级，但"孙宅"那两个字是用黑色水彩笔写的，歪歪扭扭，如小儿涂鸦。

院子里还是孙家和关家，都把自家门前盖满了小房，只剩那窄窄的过道还划中心线而治，几乎互不搭理。离远了看，81号临街的北房改过饭馆又改了酒吧，日夜喧闹如鬼窟；离近了看，院里破屋杂物乱如荒坟，角落里堆着垃圾，生生过成了贫民窟。

此时孙旭早已去世，他后来做了二百一十中的校长。他老了耳背，可还揪着胡同乱跑的孩子说："我能教高中的英语，east，south，west，north。"他一边说，一边上北下南地指着。孙家媳妇继续和关家维系了近一甲子的世仇。孙旭的独子上了大学，原本精神帅气，结婚有了儿子，可不知哪天被蚊子叮成了大脑炎，傻了，整天屋里吃屋里拉，没几年就死了。儿媳妇带着孙子走了，再也没回来过。房子够住，可孙家媳妇的晚年十分苍白，她家的东西很多，但还能找到张雅娟当年给她的几本书。但张老太太的书肯定找不到了，早不知哪年笼火使了。

张老太太后来是个公务员？党员？老革命？离休干部？不，连居委会成员都算不上。

少年色晃儿

色晃儿迷路的就是这片地方，儿时在这里玩过，却不常来。如今他却迷路了，他知道原路退回一段肯定能走出去，但他懒得走，要继续探索，要开拓一片处女地。

一

　　这条南北向的大街并不宽，人行道更窄，两边开的买卖店铺很多，因此人多，时常把路塞得满满的。在它路东有条东西向细长的胡同，它与大街的交界处总聚着人。可这天聚的人越来越多，似一滴巨大的墨珠在宣纸上渐渐洇开。

　　两旁开店的人是不会看的，他们都忙于自己不大的生意，过路人围过去看一眼，也会三三两两地议论。可他们看到聚集的那些男人留着长发，染着大黄杂毛，也有人剪着盖儿头，像个大傻娃娃，还有的把脑袋侧面刮出青皮，而正中厚厚的一溜儿高高翘起，打着摩斯并染得火红、翠绿，好似长出直挺的鸡冠，而整个人似一只巨大的鹦鹉。他们耳朵上打着耳钉，脸上皮肤黑黑的，好像许久没洗，还长了点儿小男孩的癣；而脖子上挂着大金链子，下身穿着韩国风格的大肥裤子和花哨的厚底旅游鞋、大军靴，裤腿高高挽起，或就在地上踩踏；裤子上也挂着链子或剪着洞。他们大多叼着烟，斜着眼看人，或蹲或站，边抽烟边往地上啐唾沫。

这是二十世纪九十年代后几年的北京，新东安市场刚建好没几年，国安队刚与上海申花踢了9：1，大街上还跑着黄色的"小面"和红色的夏利，警察的制服还是绿的。胡同里还在烧蜂窝煤，还习惯在火炉子边烤馒头片，只有楼房才有暖气。可人们渐渐懂得了个性，但还不用这种着装表现出来。在尚且正统的人眼中，他们可是太出圈了。

在这群人的马路对过儿，有几个穿校服的小"瘦干鸡"[1]。有个戴眼镜的好像不大自然，他焦急地四处张望，但并没看清这拨儿人。他黑色的眼镜腿上缠着的白色胶布十分显眼。不过这次，他的眼镜该换了。

"色晃儿，你瞅谁呢？"旁边的人问他。

"啊，没谁，没谁。"色晃儿很不喜欢这个外号，但不敢提。他想找点儿话说，但没的说。

"他们怕了，不敢来了。要不晓征你过去看看？"色晃儿说。

"估计是人家不搭理你。"叫晓征的眼里写满了恐惧，但强打精神。他瘦得像个小学生，抽烟的架势也像刚刚学会，但每一口都用力吸入肺中，越抽越镇定。色晃儿摸了摸书包里铁制的双截棍，他知道这玩意儿是唬人的，抡十下有八下能打到自己，看来今天是没必要拿出来了。

慢慢地，那个路口的人越聚越多，如堤坝般阻断了行人。识相的都绕着走，不识相的也挤不进去，除非撞到一起。围观者换了一拨

---

1 "瘦干鸡"，指人像瘦小的鸡。

儿又一拨儿。就这时，色晃儿站到人行道的一块石墩子上欠起脚来高望，他摘下眼镜，见对面的来人密密麻麻，站满了整条街。

二

　　每天清晨六七点钟是学生上学最忙的时候，一般都是骑车。站在大街上，能看到各色儿的校服汇成的洪流。校服多是蓝、白或红色的间隔，没多久就能记住。那上身如法国国旗般、下身裤子也是蓝色的是二百二十中；而全身浅蓝，身上、胳膊上有红黄条纹的是五百中；那全部深蓝、红黄白条纹在右肩和左小腿上斜角对称的，那只有二百五十中了。那是民办公助的私立校，功课不一定好，但家里头都有子儿。那全身血红、肩膀上有两道白的，就是色晃儿所在的四百五十中初中的校服，据说设计原理是希望学生红似祖国的花朵。他们都想着早日考上本校高中更换蓝色儿校服，以换掉初中时的恶心。不过值得安慰的是，还有个一千四百中，男生一身灰，女生一身粉。每所学校要考多少分大家都知道，各色儿校服的学生见了面，好学校的负责趾高气扬，差学校的负责找碴儿打他们。那宽大的校服里，你能听见身体在成长，那是年轻的身体、年轻的灵魂。

　　色晃儿上学的路并不太远，只须骑车过几条街，但按古代也算出了城。学校是在城外，在一片三五层的楼群中格外突兀，那是五十年代老式的小区。当初考这儿正是父母看重了这片小区——对面是林业部，附近还有工商局、劳动保障局，那一定是知识分子扎堆儿的地方。色晃儿考上这儿分数有点儿富裕，更有点儿无聊。

他很快就看到，学校里总是有人欺负人，有人被欺负。那会儿好坏学生泾渭分明，好学生只管读书，他们戴眼镜，留平头，每天认真穿校服；差学生只管混迹和玩，经常不穿校服或只穿半身，留分头，他们在上体育课时跳如刚捕捞上岸的鱼虾，不似七八十年代好坏学生都打架都爱玩。色晃儿是戴眼镜、留分头、穿校服、考前几名，还在体育课上和差生玩的唯一的人。学校有着黄土铺成的大操场，号称"晴天一身土，雨天一身泥"，但在不晴不雨的日子里极为舒坦，平常浇过水也是一样。色晃儿喜欢穿着平底的球鞋在操场上跑步玩耍，渐渐地与几个高年级的学生熟了，也去犯两句贫嘴。他认识的是个头发比他长也梳着分头的人。那分头有点儿流里流气，自封老大，但总是去嬉笑他人。而这天中午，他在学校后门的小路上跟分头撞上了。

"干吗去啊？"

"你管呢？傻。"那分头一贯如此，色晃儿也有点儿嘻嘻哈哈。

"你是傻的平方。"

"你他妈说谁呢？告诉你，别瞧认识，我照样抽你。"

那分头几下把他揪了过去，两个人蹲到小路边上，分头对他一阵连推搡带骂，往地上啐唾沫，几乎啐到色晃儿身上，嗓子发出锯齿般的响声，整张脸上写着不屑一顾。色晃儿觉得开个玩笑哪至于这样。他没回嘴也没认戾，只是蹲着盯着他。毕竟那分头戳个儿不高，长相还不算凶。不一会儿，分头觉得无趣，最后说一句："你给我小心着点儿。"转身走了。色晃儿有点儿莫名其妙，这就是学校老大？刚才就算被老大打了吗？太简单了。

不过，色晃儿在班里一直有点儿戾，有点儿蔫儿，还有点儿自傲和自恋。他的考试排名比考进来时要差，但说好不好，说坏不坏。他不瘦，眉眼一般，但眉毛比较浓。那还是刚上中学不久，他中午去逛了个书店。开书店的是位描眉打扮的女店主，叫姐姐不合适，叫阿姨不地道。那女店主与他聊天，得知都是四百五十中毕业。于是他们聊各自的老师，有几位岁数大的老师教过那个女店主。她告诉色晃儿当年上课的细节，色晃儿听得入神，双方立刻亲近。忽然那个女店主说："哎，你看你那眉毛，长得多好看啊！"色晃儿一愣。不一会儿，又进来个顾客，女店主又对那个顾客也说了一遍。那顾客随声应和着，看了两眼书架就出去了。色晃儿照了照店里的镜子，弯弯的眉毛很是舒缓。他一时高兴，与女店主又攀谈了几句，立刻买了本《花季·雨季》，这本他不想买，但现在正流行。那本绿皮厚厚的《青铜时代》他想买却买不起。女店主的口红和皮制的紧身裤在阳光下一闪一闪，她还穿着时髦的高筒靴，使得她个子不高但有点儿讨俏。色晃儿不由得多看了两眼，这时女店主和刚进来的人打招呼，色晃儿想跟来人说"你看着这姐姐或阿姨多漂亮"。话刚要出口，知道是她丈夫回来了，色晃儿赶紧闪人。

从那以后，他每天认真洗脸，并偷偷用母亲的眉笔描一次眉毛。第二天他就被同班的女生发现了，男生女生都在笑着："看啊，色晃儿描了眉毛，不男不女的，哈哈哈。"色晃儿赶紧找地方去洗，却怎么都洗不干净，脸上成了猫，更花了。

描眉事件传遍全班，连老师都知道了。色晃儿心说，早知道下回得描得浅点儿。他不敢认为自己帅，因个头儿不够高，脸形也不够长，他只承认自己长得秀气，所以要留校园里不多见的中分。

这是件臭美的事，还真有件糗的事。色晃儿大大咧咧，上课总是忘了带齐书本，每当缴费也总是忘掉。有一次学校要统一化验，交的是大便的盒子。他忘了，临时到厕所里现挤，恨不得把盲肠整出一节，割下来冒充。但他还是没有，愣是找一个没冲干净的便池，拿个冰棍棍儿先攉上来，拿别人的代替。正好有学生进来，一边小号一边回头，瞧见他就立刻发愣，愣得横扫一片天降甘霖，尿在自己和别人身上。同学还是本班的，到班里又大肆宣扬一番，同学们又笑了半天。色晃儿从此秀气得威严扫地，他很长时间不好意思和女同学说话了。

但男同学里不管你秀气不秀气，只管打球。不论玩足球还是篮球，凡是跟色晃儿一队的，每次被逼到角落，见本拨儿的都被看死而自己又无法突破，再看到色晃儿没人防守，要这三个条件都具备时才敢把球传给他，末了看着他在无人搭理的情况下把球弄出界。他若真的进个球，就像上课答对了问题一样，同学们要起哄老半天。但色晃儿在球场上绝不可少。倘或一个队添个人实力冒了，不添就矬了，一定把色晃儿给他们。所以每次打球，大家都积极地叫他："色晃儿，还不去？磨蹭什么呢？！又看姑娘。"

两节课后放学，学生们更是一番玩耍。下课时教室门一打开，他们都像挣脱链子的哈巴狗，撒着欢地到篮球场去占位，占不到的只好打半场了。学生们占了半场，色晃儿站在另半场，见一个高年级的人在沥青球场上运球、上篮，投中后又接着投，一个勾手再加一个后仰，看得色晃儿出神。他得上去说，却又来了两人，一连几下，篮筐被抢了。色晃儿同班的过来，却被更多的高年级的人挡住。他想把球抢下来，够不着。

"我们先来的，要打全场。"色晃儿说。

"别的地方还有，你们过去吧。"几个高年级的很不屑。

色晃儿想拔份儿，他个儿并不高。

"我们已经占了，麻烦你们换个地方。"

"边上还有地方，都占这里干吗？"高年级的一指旁边的场子，"你们各占一个半场，斜着打呗。"

"斜着没法打啊！"

"怎么没法打？再废话，找人抽你。"

"我们也能找人。"几个同学悄悄地往回走了，色晃儿也跟着，他是转过身走远了说的。

五点多天色擦黑，学生们大多走光了，只剩下几个爱玩的在操场前主席台上坐着。那主席台非常宽大，并有层层台阶，似体育场的看台。每逢运动会，这里确实是看台。

色晃儿参加的是田径队。他的条件不够，但比一般人跑得快一点儿。足球队、篮球队绝不可能有他，只是田径队人少，需要点儿人凑人气，体育老师没把他当苗子，但也总鼓励他说，有进步，不是特别地差。他跟着大队跑了几圈，两条短腿紧着倒，又做了些体能训练。他看着足球队的高个子们在砰砰地传球，有几个女生在看台上等他们。七点钟天黑了，体育老师还醉醺醺地在黄土操场上扯着嗓子喊。静校了，那些女生结束了彼此间互相抖搂书包、抓衣服、揪头发诸般嬉闹，陪着足球队的走了。没有女生同他顺路。色晃儿表面上不稀罕，他盼望的是赶上她们的车坏了，或者赶上只坐车的功课好的女生，他就把车扔在学校，陪着她们走向二环路，走过护城河上那长长的桥。

四百五十中的校门离大街有几百米的距离。出校门就是一条胡同，没几棵树，两边是楼房、超市与窗户不齐整的小饭馆。每当放学时，门口的路两边都坐满了各色的年轻人，在老师眼中他们是流氓和人渣。在学生眼里，只有从这条胡同中打出去才能回家。出校门后右手边有一个小铁栅栏门，从那里也能穿过楼群走出去，但那条路多是切钱的。色晃儿不会从那儿走。学校有后门，但时常不开，那边更惊险，总有从号儿里放出来的路过，不仅偏僻，还是尚未修好的黄土路。

色晃儿每次都是平安无事，这帮人一般不招惹只读书的好学生，只办他们圈子里的事。这天他很快骑车到了胡同口，见临街的地方还有几个人，几乎是那群混混儿中最牛气轰轰的，从教导主任到派出所警察都不放在眼里的人。他蹬车，从车后撇腿上车，右转，故意在路过的女生面前显得潇洒。他扭头，瞥见一个个子高高的白脸女生。那女生眼睛不大，脸部扁平，头发是染过又褪色，部分发梢有些发黄，很随意地散着。她敞着校服，露出点儿橘红色的吊带的边儿，裤子是瘦腿的七分裤，露着洁白的脚踝，脚下是白色厚底的旅游鞋，更显得腿长、挺拔。那女生比色晃儿还要高一点儿，色晃儿看见她以后，就再也没忘记过。

三

色晃儿失落地回到家。父母在等他吃饭。吃饭时父亲不停地唠叨，要他好好学习，勤换裤衩，别总把被子弄脏。父亲是位老知青，年纪很大才有了他，工作也不大顺利。母亲身体不好，几乎是病退的边缘，总是住在姥爷家。家里表面上井井有条，实际上荒芜得长了草。桌子干净得能滑倒蚊蝇，但仔细摸能摸出一层浮油，似学校食堂汤桶里浮的油花。厨房每天都打扫，但犄角旮旯也乱扔着些鸡蛋、大葱。父亲的屋子不叠被子，据说是为了把螨虫都放出去。一入秋天，他还保持着知青时盖毛毯的习惯。院子很小，被各家盖满了小厨房，连门洞里、过道上都堆满了蜂窝煤，不留神就蹭一身黑。平房里狭小阴暗，东西多得转不开身，到处是几十年前的箱子柜子，里面窝着几十年前的衣服家什，有父亲年轻时的大衣鞋帽、父母结婚时来人送的碗筷和大个儿音箱、用工业券时买的折叠椅、自制的方凳马扎、仿真的书法"寿"字、六十年代的工程手册和医疗指南……又破又旧，绝不会变成古玩。

母亲虽不大管家，但今天是在家的。她不在家时，父亲总唠叨；她回来后，他们就争吵。

受不了父亲的唠叨，色晃儿回了嘴，说他一直在努力学习。

"努力学习？你要再这么说，我立刻给你翻出本书来。"

"小小年纪，你偷看黄色小说！你流氓！送公安局！"母亲开始咆哮。色晃儿反应过来，是那本《火坑》找不到了。

《火坑》是上周末补课班中午散步时在马路边的地摊上花两块钱买的，是俄国库普林的小说。封面是个黄发束腰的美人图，穿着露颈的白色大长裙，双手扶在长发的脑后做痛苦状。画是抽象的，显出那女人硕大的胸部与细瘦的腰肢，上印了一行字："俄国妓女辛酸史。"色晃儿是从学校要求读《钢铁是怎样炼成的》时喜欢看书的，他清楚地记得书里描写沙俄时跳舞的细节："她兴奋到了极点，飞速地旋转着，裙子就像扇子一样展开，露出她那丝织的三角裤衩。这使周围的军官们看得非常开心。"他想自己的裤衩是布制的、淡蓝色，什么是丝织的呢？他更爱看书了，说不定未来能当作家。"作家——整天跟家里坐着！"他想。于是，小屋里的地方都被他摆满了书。《火坑》确实是为了"妓女"看的。他还认真地分析过，把开篇那种各色人等逛妓院的描写改改用到考试作文里，准拿高分。

"那是名著。"色晃儿回道。他说的时候，邻居家电视里的武打片还叮叮当当地响着。不一会儿，那家屋里也会这样响，没有不打架的街坊。

啪地一下，色晃儿没注意父亲已站在他身前，不由分说地打了他。父亲年轻时好像练过，不动肩膀就能扬手使出劲道来。色晃儿转身就跑，到院子里骑上那辆样子像变速但变不了速的车向胡同西口骑去，一路上颠簸得车哐当直响。身后传来一阵母亲的喊声，他跑到门洞时还不寒而栗。

要把逃跑做出负气出走的样子，色晃儿想。就在他骑车飞驰的路上，《火坑》的封面猛地在他面前一晃，脑子里出现了那个发梢黄的女生。他骑车出去围着附近的几条胡同逛了一圈，刚从西口进来就遇到了杜杜，这离父亲打他还不到半个小时。

"晃儿，哪儿去？"

"啊，回家，我爸叫我。"

"坐下喷会儿？一会儿出来？"

色晃儿下了车，把车支在一边。

"车不错啊。"杜杜骑上了车，他双手扶紧横杆型的车把，把脚蹬子踩紧到一个平面上，如特技般往起提，颠了颠，"还挺结实。"

杜杜跟他是小学同学，两人不是一班，算熟悉与不熟悉之间。他们差不多高，但杜杜强壮许多，如一头牛犊，两个人坐下来聊，先说了点儿上学的情况。杜杜讲得漫无边际，但都是色晃儿不懂的生活，跟读书、考试无关。

"你要有心，我真能给你找一姑娘，雏儿。就我干过的女的，都是别人没干过的。我哥是小清儿，我跟他一块儿玩。脖子上挂一大金链子，骑一趴赛[1]，一人能干趴下一群，特牛。"

"他一个能打仨？"

"十个，就你这样的。我们前两天还出去码架，我拿一板砖，把一孩子给开瓢了。他冲我呲扭儿，叫他牛！"

"哪个学校的？"

"学校？哪儿的都有，都是玩儿的。跟和平里，有一回我见到几个，犯照，递葛。小子拿眼睛瞟我，他瞟，我也瞟他，看他怎么着。他一挥手叫回来四个，把我堵一墙角。"

"你没事吧？"

杜杜一撸开袖子，右手的手背胳膊上有几条大口子，泛着红肿："我就他妈的了，逮着他们那头儿往死里瓶。咚咚咚。"他一边比画，一边用嘴模拟声音。色晃儿陪着他聊，给他捧哏。

"你劫过人吗？"

"劫过，我们一哥们儿。我们那哥们儿还劫过一小女孩，还动手摸。'我摸着那个地方好像有道缝儿。'巨你妈逗。"

"那你也被人劫过？"

"嗯，我上去就抡圆了他一大嘴巴。后边的哥们儿捡了墩布把儿就打，没敢真打，就打腿和屁股，都是玩儿的，一聊都认识。"

天色渐晚，杜杜聊到了女人。

"花钱吗？"

"自己媳妇，不花钱。"

---

1 趴赛，一摩托车品牌。

"你们在哪儿？"

"在咱们小学，晚上，教室里没人。她躺我腿上，我抽烟来的。告诉你，一个女人能容忍你向她喷烟，就能接受你对她干任何事情。"

天已经全黑了，白色路灯亮了起来，离远了看，星星点点；近了看，每盏灯都往下投射出梯形的光，各自罩着脚下的领地，将将够胡同里的人打牌下棋，看不了书，也没人在这地方看书。胡同里人少了，只剩他们两个。忽然一个年轻女子长发披肩，踩着嗒嗒乱响的高跟鞋走过，上身是件白衬衫，下身是条紫花的短裙。色晃儿的眼光随着她光洁的腿一起齐步走，头部慢慢转动，似一台糊满了油泥的摇头电风扇。那女孩儿进了杜杜家的院子，一直往没光的深处走去。

"那就是一鸡，我上过。"杜杜一脸的不屑。

"你们那儿有女的？"

"你想要，我就给你找，找个比你大的。明天你接着来吧，咱们厕所里见。"杜杜家与他家只隔着几个门，是个很深的院子，但已没了院子的形状，像个长筒型的过道，只有半扇大街门，还从来不关。据说没人敢到他们院里偷东西。曾有不开眼的贼溜进去，被院里几个老炮儿打得半死。那会儿院儿里各家没厕所，都是去胡同里隔几十米就有的公厕，厕所里有黄色的灯泡，一到点就随路灯一起亮，但时常被当作扔石子的靶子，上厕所的人只好借外面的路灯来照亮。路灯也常被当作靶子，人们习惯了，摸着黑照样上。那多是少年们聚会的地方。

色晃儿回家悄没声地溜进了自己的屋子，父母忙着吵架，一时间没盯着他。不一会儿，父亲来堵门，连声问他哪儿去了。色晃儿连连告饶，父亲有点儿累了，转身走了。色晃儿开台灯，匆匆赶作业。赶不完的话，他就赶紧睡了，明天早点儿起到学校好找同学抄。熄灯后，他睡不着，抚摩着自己的身体，一边想着杜杜给他讲的事。他想看《火坑》，屋里四处找找，找不到。他着急了，那封面分明是高个儿白脸女生的影子。上次他梦见了她的背影，这次，他梦见她转身了，面孔冷冷的，没有酒窝儿。

一连几天，色晃儿吃完晚饭，一出门就见杜杜在门口蹲着。杜杜头发染得如麦穗般金黄，家门口也时常有几个哥们儿在一起聊天。他越来越粗野，像个成年人。色晃儿越来越怕他。两个人经常先去厕所，边方便边聊，再回到杜杜家门口蹲一会儿。厕所是大通铺，是一片灰色的水泥板子上掏了几个长方形的坑，大家都离得很近。也有挂着拐棍儿的老头儿，拿了个自制的马桶架子，蹲上半个小时不起来，喉咙里呼噜呼噜地涌动着痰液。杜杜在抽烟，很劣质，他不时往地上啐唾沫，都啐在坑外。色晃儿不会双脚同时全脚掌着地蹲着，怎么也得跷起一只脚。一边累了，就换另一边蹲着。

"你别老晃来晃去的，再掉坑里。又色又晃，怪不得叫色晃儿。色——晃儿，这名牛！"

"我爸也蹲不住。"色晃儿说。每当接不上话又不能重新开头时，他最尴尬也最发怵。他不想离人太近，又没办法，他更怕杜杜把他推进去。

说着，杜杜一拍色晃儿的肩膀，果然差点儿把他拍坑里，杜杜一口的醉腔："晃儿，甭说别的，你要妞儿，我真给你找一个。"

"你知道那个个儿高的女的吗？脸白，长头发的，披肩发，发梢是黄的。"

"哪个？都比你高，都比你头发长。"

"我们学校门口蹲着的，哪天你给我去一趟，我指给你看。"

"滚你的吧。"

色晃儿几度央求杜杜，带他去他们那儿玩，找那个黄发梢姑娘。他不知他们"那儿"是哪里，也不知他们是否认识她。杜杜答应他了，要看安排，色晃儿蹲着的腿有些哆嗦，他觉得心要跳出来了，不是从嗓子里就是从屁股里。他心里一阵阵发凉，哆嗦着问杜杜："明天几点？"

"晚上八点，还在这儿。"

"去你们那里吗？能见你哥？"

"嗯。"

"可以怎么玩？"

"可以亲，还可以吃！"

"吃是什么？"

"下面。"杜杜向坑里一指。色晃儿先低头看了看自己，又抬头看着厕所的墙壁。在那个分条列举着如何保护公厕卫生的牌子旁，画满了各种夸张的女体和巨型的炮管。色晃儿站了起来，看着那炮管，却感觉自己的某个部分也像它，忽然有人握住了它，在用力。

"别动，一会儿就出来了。"杜杜说。

色晃儿不敢看，似忍受着一种刑罚，来不及多想。那黏稠的液体流到行刑者的手背上，手背一翻，抹在他淡蓝色的布制内裤上。他低头，那奶白色的液体落入万丈深渊，绝不等他。

回到家后，色晃儿似乎预知了他的未来。他上学将会越来越恍惚，几乎成了瞌睡的代名词。有几节课没有听，往后更不愿听；作业有几天没写，往后更不愿再写。往后每天在班里离群索居，如酒精般蒸发。同学们看重他打球的特殊作用，他不愿意去。若不是周一升旗仪式的列队，他几乎被大家遗忘。课堂上他被点名回答问题的次数会越来越少，他并不是坐在班里最靠角落的位置，而是角落的前方。这个位置老师更不关照。他不敢去赴明天与杜杜的约，但他不知该怎样逃避。

当夜的梦里，色晃儿又见到了黄发梢女生。他梦见她的次数越来越多，每天梦见的都是轮廓。那女生有点儿冷，有点劲儿劲儿的，好像谁都不服，下课敢打同学，上课敢打老师，校外敢劫男生。他意识到，那个女生与其他人都不一样。他们在床上正脱衣服，那女生在上面，忽地一口咬住了色晃儿右边的乳头，用力拧，再用力给咬了下来；再一口又咬住肩膀，生生撕下来一长条厚厚的鲜血淋漓的皮肉，像超市里的速冻培根。色晃儿醒了，出了一身冷汗。他鼻子不灵，但似乎闻见了被窝里有种液体的腥味儿。他伸出手来，觉得左手比右手略大，一股热辣与刺痛从小腹直往上冲，直达脑门。

第二天，从晚上六点开始，色晃儿的心开始怦怦直跳，他坐卧不宁。今天父亲回家买了他最爱吃的稻香村的扒鸡。那鸡皮很咸，但白色的肉很软又有嚼头，鸡的胸腔里残留着肥腻的内脏，有些发红，似带着鲜红的血。他吃不下几口，强忍着咽下，好像嘴里长满了口疮。

六点半，他在院子里走动，到屋里看平常不看的新闻，看科索沃局势紧张，以美国为首的北约干涉他国内政轰炸南联盟，南联盟的战斗机奋勇还击……看了半天，他也没数清南斯拉夫以前是哪几个国组成的，现在还剩下几个。

七点，是以往他进屋写作业的时间，但往往要先喝水，吃父亲削好的苹果。有时父亲会把苹果切成块并插上牙签给他端过来。他从零乱的书包里找出书本，准备好第二天的课程，先在整沓的数学作业纸上撕下一张，写上班级和名字，横竖折出四个方格，抄上题目，再写上"解："或"证明："，像一种仪式。

今天他做完这一切就七点半了，约定的时间快要到了。他悄悄拿了手纸，出门冲着父母屋子喊道："爸，我去趟厕所！"

"去吧，早点儿回来。别拿太多手纸。"

他几步跑过小院并穿过门洞。那院子原先是他们一家的，后来分了家，搬出一家，进来一家，已经分出了四五户。各家都乱堆东西，他熟视无睹。出了门洞，他向着有厕所的小胡同走去，路过一根电线杆子。忽然天黑到一定分寸了，路灯亮了，照出他的影子。走两步，那影子拉长，退回来，影子又缩短。他让影子缩短，一直短到朝另一个方向延长。

他如刚出洞穴的老鼠，在大街门口探出头来左右探看，正看见杜杜在胡同对面，用手指向厕所的方向。色晃儿麻利地回头钻入自个儿屋中，犹如老鼠回到地洞。他回家看表，一分一秒地等，直至过了九点，估计怎么也遇不到杜杜了才出来上厕所。

四

这天早上色晃儿赶去上学，他恍恍惚惚地听说，美国把中国驻南斯拉夫大使馆给炸了。事后他想明白，若不是这件事，当过兵的老钟绝不会与杏仁眼在操场上起冲突，而那天晚上他也不至于被杜杜打。

杏仁眼是唯一全年全身都不穿校服的女生。她有一双又大又圆的眼睛，脸蛋椭圆且白，涂了比唱戏还厚的脂粉，眉毛也化过。她长发及腰，梳成马尾，尾尖垂落在穿黑色紧身裤的臀部上左右甩动，似一只招摇的小手。她总穿绿色或黑色的短款外套，以显示出细瘦的腰身。脚上是高跟皮鞋或棉靴，在蓝白色校服的高中学生里像一朵花蝴蝶。直至她花蝴蝶一样飞走后，色晃儿在原地伫立良久。

杏仁眼是第一个让色晃儿在学校里看愣的人，那天他没去打球，溜达到副楼。他瞧见楼梯转角的地方一个有杏仁眼的女生正在与男生调笑。四百五十中的教学楼是分主楼和副楼的。初中在主楼，高中在副楼。西边的副楼的三层是不通的，要去得先下到主楼二楼再拐弯上去。那里的班级与世隔绝。他们高二了。

闪电间，色晃儿要立刻考上本校的高中，本校考本校还会让六分，一般都是成绩比他差一点儿的才去考，还可以通融。可若真是考上，怕那杏仁眼早毕业了，只能盼着她留级，这概率不大。色晃儿蹲在楼梯上无比地懊丧，全然忘记早已打了上课铃。等下课铃再打响时，他才回过神来，见身边的校服与自己的颜色不同，才想起自己是在副楼的高中部。

一有机会，色晃儿就偷偷溜到高中部。天热时他竟看到杏仁眼穿了一身内衣般淡粉色的贴身连衣短裙，涂着朱红的嘴唇目不斜视地走着，两眼只盯着自己的鼻尖，好像看到了一个能穿越到异次元时空的地方。那次色晃儿像是做贼，他听说高中的那几个混混儿都比他高一头，书包里总是塞满了车锁和砍刀。

再有能见到杏仁眼的时候，就是在操场上做课间操。从没有人见过杏仁眼做操，就像从没有人见过太阳从西边出来。她每天都在"一、二、三、四"的音乐中见习，站在队伍的最后玩自己的发梢，或端详自己染得五颜六色的指甲。只有在周一升旗仪式时，她才把头发盘在脑后绾成纂儿，再别上粉色的头花，管同班男生借件校服上衣披在身上，只拉上半截拉锁，仿佛那是件荨麻编制的魔服，布满了扎人的荆棘。而她自己则好像什么都没穿，生怕弄疼了皮肤。色晃儿总把自己想象成借给她校服的男生，还想着杏仁眼若什么都不穿，恐怕还会镇定地玩发梢和指甲。她的指甲每天都换个颜色，周一是浅蓝似蓝天，周二似操场的黄土，周三是绛紫色，周四是血红，周五是纯黑。周一又是浅蓝，每周都这样过渡，好像在昭示心情。

而老钟则是学校的教导主任，外号叫"钟大炮"。他巨大而粗粝的嗓音中夹杂着金属般嗡嗡的回声，好似过年时敲打钟楼上复制的永乐大钟。据说他当过兵，从一所工读学校从天而降，曾在学校附近活擒过小偷，治服过流氓。他留着中老年人的偏分头和浓重的墨一般的鬓角，总穿一件破旧的浅色工作服。他总是冲着学生吼叫。他教高一一个班的数学，那个班上课静得能听到掉针的声响，整个楼道都是他的喧嚣。而每逢课间操的时候，他也忍不住举着麦克风吼上两句。若是遇到某个班老师出去了，教室很乱，或是赶上好欺负的副科老师课很乱，老钟一定会破门而入，冲着学生大吼："畜生！"

"一群畜生！"

"你们都是一群畜生！"

每当遇到这样的情况，所有学生都会用沉默和睥睨的眼神乜斜他，但不敢吭声。他不自在了，必然在课间操或升旗仪式时继续吼。只有一次吼叫令同学们神情鼓舞，那就是今天。

"我先向大家报告一个令人愤怒的消息。就在5月7号，贝尔格莱德夜里，也就是咱们今天早上六点，美国向我国驻南斯拉夫大使馆发射了三枚导弹（后来证实是五枚），造成我们三位记者牺牲，其中有一对还是夫妇，另外还有多人受伤。我们对此提出最强烈抗议，并要以美国为首的北约必须承担全部责任！同学们啊，这是血的教训！我们今天不努力学习，不爱国，将来就是落后必然挨打！……"

这天并没有做课间操，就按照课间操的队形听老钟讲话。他讲得慷慨激昂，不少学生听得血脉偾张，恨不得立刻去打美国，也有的人满眼茫然，与世无争。讲话的间歇，学生们偶有小声的议论。色晃儿对身边同学道："要我说，这事儿得让俄罗斯他们重新把苏联组起来，跟美国打。"身边的同学说："你牛，你打去！"

"今天我还要说咱们学校的管理、学生的素质问题。我要说了啊。咱们某些学生的着装不严肃，不仅不穿校服，还过于暴露！学校是上学的地方，不是游泳池，更不是洗澡堂子！"

学生中发出哄笑。色晃儿跟旁边同学逗笑说："他怎么看见的？"同学们接着笑了。

"后边那个女生，站前面来。为什么不穿校服？"

突然，老钟对杏仁眼发了威，操场上霎时恢复了刚才严肃的气氛。"说你哪，前边去。"色晃儿看有老师在一旁帮腔，但好像不是那班的班主任。

老钟叫杏仁眼的时候，她正双脚岔开，双手扶在穿紧身裤的左右胯骨的位置，敞着借来的校服上衣，挺着偏平的小腹，歪着脑袋微微发愣。直至旁边老师叫她，她才醒过闷儿来。她立刻如在T台上走猫步一样稳稳地走，似在羊群里走过一匹高大的骆驼，或乌眼鸡群里立了只丹顶鹤。她目不斜视，看向前方，一路似入无人之境，仿佛穿过一片开满鲜花的隧道。在队列前，她分开前后腿站立，把重心都放在后腿上，继续低头玩指甲。队列都是大个儿在前，杏仁眼不是最高的，但也属于中上。

学生们见多了，不奇怪。色晃儿的心里又打了鼓，因为想着那黄发梢的女生，杏仁眼暂时被放在了身后。他觉得那女生朴实，杏仁眼浪荡。不过杏仁眼屁股大，她那裤衩要是铺地上，都不知是干什么的。

课间操结束了，色晃儿远远地盯着杏仁眼，他一步步走近，见老钟指着杏仁眼的鼻子大骂个不停，有同学围观，老钟又叫道："看什么看！都回去上课！"同学们都走了，色晃儿还在看，他鼓足了勇气，跟杏仁眼说了一句："姐，我有高中的校服，给你找一件？"老钟转身冲着他喊："你瞎搭个什么？那学生，你哪班的？"吓得色晃儿赶紧跑了，他连在心里骂老钟的胆子都没有。

当天下午，北京十几所高校的学生到美国大使馆门口抗议，各个机关都在组织座谈会控诉。色晃儿他们也想去，但不知怎么去。他们在楼道里写了抗议的标语和抗议书，在楼道里嚷嚷了一番，要拿书包里的板砖去砸美国大使馆。

一连几天，色晃儿还是悄悄地到杏仁眼的班上去看，他盼着她出现在阳光明媚的中午、夕阳下山的傍晚，甚至幻想放学后能跟杏仁眼走一段，不要一起走，他们并不认识，只要让他远远地跟着，看着她长发及腰的背影。

而就在老钟怒骂了杏仁眼的当天放学后，他不经意间推车走在出校门不远的便道上，那便道不宽，中间有盲道，他干脆站在马路上，而把自行车放在马路牙子上推着。便道上有高大的杨树，那树叶沙沙作响，阵阵清凉。忽然，他看到杏仁眼那黑色的紧身裤在前面起伏如黑色的波浪，她少见地落了单，没有男生护送。

他快步推着车跑，在挡泥板咣啷声中一路颠簸。他受不了，随手把车锁在了路边。他追上去，想跟杏仁眼说话。杏仁眼拐弯了，他也拐，他看到马路的斜对面一个高个儿扁平脸的女生跨着车停着，车被她的双腿死死夹住，她的长腿支在地上，比车支子还稳当。

她焦黄的发梢在随风飘摆，她一边抽烟一边发呆。

他过了马路走上前去，看到黄发梢细瘦白胳膊上戴着只黑色的电子表。

"问您一声，几点了？"

她伸了下胳膊，看了一眼："不知道！"

"没显示？"

她不理他。他尴尬，不知道要说些什么。她蹬车走了，他的目光还在她身上。当他回到家以后，却怎么也想不起来杏仁眼是怎么消失的。

这一周结束后，学校里再也不见杏仁眼的踪影，听说她转学了，要不就是出国了，还是去美国上学。可杏仁眼始终没再出现。直到那个班有个男生过来问他："你怎么老来？找谁？"自那以后，色晃儿再也不去了。他知道杏仁眼是天上的，而那黄发梢女生虽然离他十万八千里，但她是地上的。

色晃儿认为，是老钟撵走了杏仁眼，他想杏仁眼，要给杏仁眼报仇。

五

一连几天，色晃儿都在想各种方法见黄发梢。但他四处见不到。这天他竟在区图书馆的阅览室里看到了。阅览室是一片老式橙黄色的桌椅，午后的阳光透过蓝色玻璃窗，照在桌子上既不晃眼也不晒人。他最喜欢拿上几本杂志，趴在桌子上睡觉，看到哪页会被口水打湿，不用再做标记。等他醒来时，却是口干舌燥，急着找地方喝水。

在阅览室的书架后，有一长条蓝色的绒布沙发，洗得发白，坐得糠了，他仍喜欢这种老旧的感觉。有时他也会趁着没人注意，枕着书本在这里躺一会儿。图书馆是临街的，玻璃窗阻隔了外面的喧闹，把他包裹得像个孩子。

而这天他抱着一摞许久都看不下去的文学名著走向沙发，一抬头，那摞书哗啦一下都散到了地上。对面的沙发上盘腿坐着黄发梢的女生。黄发梢翻眼皮看了他一眼，轻微地一愣。

图书馆下班后，他们并肩走在一起，各自推着自行车。

色晃儿不停地说着他看过的各种名著简介。但他总想不起那些外国主人公的名字。嗯，《简·爱》的主人公肯定叫简·爱，但那个男的叫什么？他连珠炮似的发问，不外乎"你看过这本书吗？""你们作业多吗？"这几句，搞得像一会儿在演讲，一会儿在采访。

黄发梢说话声音很轻，字很少，她听得有点儿厌烦。两个人刚才已通报过家庭地址，色晃儿住得近。他却一直送她。

"你怎么还没到家？"

"啊，快了，就快了。"

"北新桥早过了。"

"没事，我绕一下照样能回去。"

黄发梢蹬起自行车就走，色晃儿赶紧追。

"你他妈烦不烦？！"黄发梢停了车，拿出打火机来抽烟。她用力吸了一口，学着男人的样子缓缓吐着烟圈。色晃儿看着她挺拔的样子，不由得有些痴了。

他关心地说："少抽点儿，抽烟对牙不好，还容易长皱纹。"

"废话！"黄发梢把烟狠狠地扔进车筐，蹬着车就走了。

六

同样这几天，色晃儿一直都在躲杜杜。他先在学校里上好厕所，再骑车时走不路过杜杜家门口的一边，而是走胡同的另一边，然后飞快地搬车进院子，不顾一路上叮叮当当的磕碰。就在这天放学后，他回家开电视看后续报导，看全国人民的怒潮。他听到胡同里比平日里喧闹，就出门看看，看到不少戴红箍的老头儿老太太纷纷议论着。他们骂着美国，说，要是毛主席在世，一定再来一次抗美援朝，把美国鬼子打出地球去。色晃儿听了一会儿，也是十分激动。说完了，街坊们都回家吃饭去了。而他没回屋，直接去胡同里上了趟厕所。

这边胡同里的公共厕所，和别处是不同的，都是进门一个曲尺形的大通铺，通铺上有一个个茅坑，坑都很深，可以随时上厕所。大通铺的好处是促使人们目不斜视，练就彼此聊天还不互相看着的功夫。只有在曲尺折叠的地方，在蹲者的面前有个大理石板当作墙壁，以防止抬头见腚有碍观瞻。不巧的是，今天色晃儿正蹲在这个角落，整个厕所里寂静无人。更不巧的是，他正方便到一半，杜杜就进来了。

"叫他妈你躲！"杜杜把色晃儿瘪在了厕所墙角里，旁边的墙上还是那些夸张的女体与大炮。杜杜打得半真半假。他不停地说着，数落色晃儿失约的罪行，说十句才打上一下。"我叫我哥小清儿来抽你，你等着。见你一回抽你一回，叫他妈你晃点我。"

色晃儿吓坏了。他原本就蹲不住，现在更怕被杜杜踹进坑里。与其这样，不如相信杜杜是打着玩儿的。正想着，杜杜过来拍了拍他的脸，像是挑选一个熟透的西瓜。"抽，自己抽自己嘴巴。"杜杜命令道。

色晃儿右手伸平，啪啪地打脸。

"用力。"

色晃儿的手变成了掌，五指并拢并伸直，那掌心打到右脸上十分清脆。

"再用力。"

色晃儿继续，不几下，鼻子就出了血，像上次白色的液体一样落入坑中的万丈深渊。不同的是，他发现同为液体，红色比白色黏稠，下坠得要快上很多。

"来，塞上点儿。"杜杜拿了块叠得很是方正的手纸，对折再对折，撕成更小的方块。"你不仅拉屎臭，还不禁打。"

色晃儿不敢失约了，但还是躲着杜杜，可杜杜如鬼影一般，总在他不知不觉中出现，每次都把他堵在厕所里、院子角落或一条狭窄的死胡同里。两个人坐着闲扯，杜杜却还半真半假地捶上他几拳，轻重没谱。有时一拳捶得特别重，像挨了一榔头，他也认了。有的时候，杜杜会拿他半轻半重地开一些玩笑，如递给他块砖头，逼着他吃下去。色晃儿无奈，只好啃上一两口，那砖头碎到嘴里都是末子，像是吃了满口的炉灰。

"哈，一嘴的炉灰渣子[1]。"杜杜笑道。

----

1 一嘴的炉灰渣子，指人胡说八道。

有的时候，杜杜不是一个人，他总和一些大孩子或成年人——上中专的、职高的甚至技校的——来，仍旧蹲在一起抽烟，聊天。杜杜说，这是给他面子，带他玩儿。就在这堆人里，最常出现的就是晓征，那个像小学生的人。他身边还跟着两个更小的碎催[1]，几乎从没张嘴说过话。晓征家也不远，很快他就单独和色晃儿联系。他经常找到色晃儿的家，堵着门喊："晃儿哥，玩吗？"弄得色晃儿出去也不是，不出去也不是，还得瞒着父母。

一来二去，晓征开始说把自己的姐姐介绍给色晃儿。有一天他把一个女生的照片塞到色晃儿家门口的信箱里，说那是他姐姐。那照片上确实有个穿白上衣、红半截裤的小女孩，还梳着辫子，离得远，看不清眉眼。照片很旧，有点儿褶子，上面沾了信箱中很厚的土。色晃儿拿搌布蘸着水一擦，那女孩的脸更花了。他不敢再动，也不知要怎样，但晓征说先得管色晃儿借点儿钱才能介绍。色晃儿翻箱倒柜，借给他十几块，他很快就不提这件事了。

色晃儿没想着介绍成功，他满脑子还是那黄发梢的女孩。但他心疼那十几块钱。于是他紧紧地催晓征。晓征被逼得无法，有一天晚上带他去了一栋阴暗狭小的简易楼。那种楼只有一层砖，都是六七十年代盖的，要往楼上抬煤气罐、搬蜂窝煤。他们摸着黑上了四层。晓征走到三层半左右的位置，说："你先跟这儿等等，万一人家家里有人呢？"说完，他上到了四层。色晃儿只听见楼上的声音："姐姐，开门啊！"咣当一声门开了，上面变成了小声的嘀咕。没几句话，咣当

---

1 碎催，指跑腿、跟班。

一声门关了。晓征下来说："他们家有人，不方便出来，改天再带你来吧！"说完就噔噔噔往楼下去了。色晃儿跟着他下了楼，一路上直觉得没劲，没说一句话。

这天来了个个儿高的人，色晃儿在心里管他叫叔叔。

那叔叔说："上次就是我一人儿，叫哈桑他们，他们不过来，不仗义。我又不好意思动手，要不就凭我，早就歇死他们几个小崽子。我说那眼镜，你怎么没拿根烟？"

色晃儿没抽过烟，他不敢说。杜杜塞给他一根，还给他点上。他用右手的食指和中指的第二节手指肚夹着烟，哆嗦得如在冰天雪地。他用嘴唇碰了碰，轻轻嘬了一口，立刻呛得咳嗽了两声，有点儿晕晕乎乎，又有点儿全身无力。色晃儿强忍着，杜杜总算把他当自己人，说不定很快就带他去"他们那儿"了。"他们那儿"是哪儿，他不知道。

不小心，烟掉了，色晃儿很是慌张。

"掉烟切脖子。"杜杜把色晃儿脖子往下一按，用手模拟成刀状轻轻砍了一下。

那叔叔走了以后，晚上色晃儿又和另外几个人去别的胡同聊。有个很敦实的人皮肤白而细腻，一双眯缝着的眼睛总也睁不大，头发是卷曲的，呈酱红色，染得如妖妇一般。色晃儿在心里把它比成酱豆腐的颜色。从闲聊中，色晃儿知道，这人叫头发丝。

头发丝说话很是粘连，像在吃一块发酸的年糕。头发丝和杜杜前言不搭后语地喷着，色晃儿在一旁听着新鲜，不时做出惊讶的表情。

不几天，色晃儿在胡同里走。路灯下，几个淘气的孩子在打牌，都比色晃儿小上一两岁。色晃儿跟他们打了招呼。走过时，他却听到身后的嬉笑声："哎，听说杜杜给他撸出来了。哈哈哈。""那天我还看见他跟头发丝去厕所了。"

…………

色晃儿跟头发丝第一次去厕所，就在听到这句话的晚上。当时已是夏天。头发丝在厕所里摸他。他提上裤子就跑了出去，又被头发丝追上。"哎，哎，不跟你闹了。""我着急回家。""等我抽完这根。"头发丝跟他并肩坐在一根倒伏的水泥电线杆子上，旁边不远就是一道渗沟，沟篦子上还残留着没冲走的烂菜叶和屎尿。周围几家住户的女人总是为此站出来骂街，说的话比渗沟还脏。人们几乎习惯了，没人搭理。

"哎，你看。"色晃儿顺着头发丝的示意一扭头。他马上啊的一声跳了起来，再低头时，竟发现胳膊上被烫了个烟疤。"嘿，嘿。"头发丝又点了他两下，像个击剑高手，一下点在大臂上，另一下点在脚踝上。

"别跑，别跑，我不弄你了。"

色晃儿已经跑远了，但出于他说不出的感觉，他又回来了。他不愿意得罪杜杜的朋友。

他惧怕杜杜，更想认他当哥，可又觉得杜杜毕竟资历太浅，若能认小清儿当哥就好了。

回到家后，他仔细看三处烟疤，都在光洁的皮肤上开出小小的花，花心的部位是起伏不平的戈壁，里面有月球上的环形山，更似一张张时哭时笑的脸。他要找父母要创口贴，但怕被问责。胳膊和脚踝上的还好遮掩，但大臂上的这处很是明显，就在儿时打防疫针留下的疤瘌旁边。这处最大，也最疼。

他一边翻箱倒柜，一边编织谎言。无奈中他拿起菜刀，用菜刀下面的尖在烟疤上竖着一划，那时哭时笑的脸破了，流出了殷红的血来诅咒他。他端着胳膊找到父亲，父亲把胳膊抻到脸前端详一番，给他找了创口贴。

当天夜里，色晃儿又做了个奇怪的梦。他梦见那几处烟疤都变成了人脸，不停地跟他说话。很快，人脸被劈开，流了血。人脸们愤怒了，他们吐出最脏的话来骂他，用最尖利的牙齿来咬他，分泌最黏稠的液体粘他，伸出血红的舌头来舔噬他。那人脸越来越大，大得超过他的脸庞。忽然，人脸纷纷撕下自己的面皮，露出一个个狰狞的鬼脸，又撕下一层，又是一张张俊脸，仿佛戴了无数张人皮制成的面具。最后一张，色晃儿看到，是黄发梢女生那张瘪嘴惨白的面无表情的冷脸。那脸忽然笑了起来，渐渐凑近。

他恍如脚踩着一片巨大的烟疤，那烟疤化作泥潭，将他缓缓吞噬。

直到很久之后，他才听杜杜说，头发丝是兔子[1]，谁都躲着他。

七

色晃儿发现，躲避杜杜和那帮狐朋狗友，最好的地点，就是区图书馆。每次到区图书馆，他都好好洗脸，换上双干净的球鞋。家里的新衣服不多，但表哥家有穿剩下的直接给他。他每次都捡起来穿上并换下红色的校服，这才到区图书馆。他每次到区图书馆都有自己的行

---

1 兔子，这里指同性恋。

头，可每次都见不到黄发梢。

色晃儿开始编织计划与畅想。他想见她，不知到哪里去见；想和她说话，不知说些什么。唯一能做的，就是在图书馆进行一场看不见的等待。

在图书馆里自然无事可做，唯有看书。那些大部头的名著，他看不下去；流行的书，他嫌浅薄。而有些名作者不知名的作品，他倒看着有趣，还长了知识。他不看司汤达的《红与黑》，却看了《意大利遗事》；不看笛福的《鲁滨孙漂流记》，却看了《摩尔·弗兰德斯》；至于托尔斯泰，一看厚度就放弃了，却读了安德列耶夫的，什么都没记住。他看了不少书，脑子照样空空如也，好像一个被作业本塞得鼓鼓的书包，再也不能多装进一本小册子。

几乎有一段，他的日子就这么过了，无趣而天真。

这一天放学回家，他穿过一条不常走的街。街两边发展成了自由市场，两边一个个紧挨的绿色带顶棚的铁柜台顺次排开，橙子和苹果都被码放成金字塔的形状。所有的人、自行车、老太太的小推车都拥挤在一起，像是粘在一起的麻团。在路边摊位的后面，还有一个长条形的小商品市场，那里买卖各种文具、头花、手链和游戏机。一切闪光的、带亮的，都是女孩子喜欢的。色晃儿不懂这些，他只是下意识地去开拓未知的地方。他进去，看到有个租书的摊位，柜台和后面的书架上都密密麻麻摆满了书。他发现，所有的封面都花里胡哨地反光，而每一本书都几乎没有几个字，是漫画。这里的书图书馆里一本都没有，这是另一个世界的图书馆。

柜台上的书立着码放，书脊朝上，他拿出一本翻几页，但塞不回去了。身边有个女生正弯着腰，纤细的手指划过一本本的书籍，像在验货。色晃儿扭头，那女生的发梢是黄的。她抬头也看见了他。

她发出了一个介于"哎"与"嗯"之间的音，色晃儿听成了"嘿"——外国人之间打招呼的惯用语。她的头往起一抬，像是用鼻子在跟他打招呼。

"爱看漫画？"色晃儿问。

"没喜欢的。"黄发梢懒洋洋的，头也不抬，她的鼻子几乎贴到书脊上，显得更扁平了。"你看EVA吗？"她拿起了一本。色晃儿接过翻了翻，他看不懂，只见到封面上"福音战士"的字体很夸张。

"我小学就看过《七龙珠》，一块九毛五一本，记得特清楚。最后几本都涨到三块九了，买不起。"色晃儿说，他故作神秘，"我们同学里还有看《同级生》《下级生》的，少儿不宜。"

"《臭作》？"

"嗯。"色晃儿不知道，他怕再说下去就没共同语言了。他转头问老板怎么个租法。得知是五毛钱一本一天，他想租一本，但不知看什么，就随手挑了本《侠探寒羽良》。黄发梢拿着三本《乱马》。色晃儿打开书包翻找钱，却只掏出几张烂毛票。而黄发梢已经从钱包里拿出张绿色崭新的两元纸币付了款。色晃儿看到，她那钱包是黑皮子的，像大人用的。

他们回到被车水马龙堵死的街道上，街道两边还有不少摆地摊儿的老太太，一块方布上摆着一堆堆的生姜、土豆、胡萝卜，或是拎着竹编篮子卖鸽子蛋或咸鸭蛋。车很多，人也很多，他们被人和车包围了。他们没法骑车，各自推着车走，被人流时而冲散，时而聚合。人很喧闹，车也很喧闹，他们彼此听不清对方的话，直至很久才走出这片街区。

"呃，这次算你借我的，下次我还你钱。"色晃儿有点儿不好意思，他在她面前像个孩子。

"算了吧，你想着还就行。过期该罚钱了。"黄发梢这句话很柔和，"这样，你帮我买张彩票吧。"她在一个卖彩票的地方停下来。他们进去，黄发梢要色晃儿帮她选。

"我手气特臭，从来没中过。"

"打麻将当炮楼？"

"没，从来不。"炮楼的意思是他猜的。

"手气不错啊！"

"没，我不会玩。"

"滚！"黄发梢冷冷地付钱给卖彩票的。

"啊，你别生气啊，我错啦！"色晃儿见黄发梢说了"滚"，他不知这会儿是否该滚。他颤巍巍地帮她挑了张彩票，他觉得两块一张太贵了。

他们又一起走，不说话，夕阳把他们推着车的影子拉长。这时黄发梢才意识到为什么不骑车。她骑上车，色晃儿也跟着她。

"你是哪个学校的？"色晃儿憋了好久，终于问道。

"一千七百一十中。"

"啊，啊，你们那儿作业真多。我认识好几个呢，每天都写到夜里。"

"瞎扯，听他们吹牛！"

"那前一段听说你们有个同学擦玻璃时从楼上掉下去了？"

"才不是，闹着玩儿，一脚给踹下去了。"

"你经常来我们学校门口等人？"

"嗯。"

"找谁?"

"你不认识。"

他们又走了一段。到了分开的地方,色晃儿想,也许黄发梢不会同意再陪她走一段,或者说,是跟她走一段。

"我跟你走一段?"

"不用了。"黄发梢的话不带任何感情,这让色晃儿很为难。他想了一下,退却了。

"谢谢你的书,下次我一定还你钱。"他信誓旦旦。黄发梢拐弯逆着光走了。他望着她并未伸直的腰板,那背影有些娇小,渐渐消失在夕阳里,连同她最后的一缕黄发梢。

回家后,色晃儿没有看那本《侠探寒羽良》,也没有还。

八

杜杜几天没露面了,色晃儿的心情既放松又揪心。他还想通过杜杜去约黄发梢女生,以往他不会出门向右转弯走楼群,那里安全与否不靠谱。他听说班里女生在那里被两个女的给劫了。而这一次,他看到校门口的正路旁蹲着的人有点儿多,不知道又是来逮谁。看那蹲着的人都像大哥,他想,应该是逮高中的,劫自己用不着。为了小心起见,他拐弯右转,进了楼群。

他轻松地走着,眼看再拐一个弯就出了楼群。忽然几个陌生人站到他面前,他抬头,都有点儿面熟,但又都不认识。

"站住。你是色晃儿吧？"

"我不认识你们。"

"我问是不是你！"

"啊……"

"是不是？"来人伸手就薅他的脖领子，色晃儿一阵挣巴，那人照着他脖子拍了一下，"你给我蹲这儿！"

"你们是谁啊？我不认识。我是好学生，没我的事。"他翻来覆去就这两句。那人又给了他一下："蹲好了。蹲着唱国歌！"

"起来……"

"谁他妈让你起来的！"那人要踹他，被一个看似更像老大的人拦住了。这人挺壮挺高，长得有点儿黑，胳膊粗壮，一看就不是善茬儿。按岁数得管他叫叔叔。

"没事，别怕。你再把人小孩吓着。"他对动手的那人说。那人立刻笑了，也跟着说："别怕，嘿，不打你。要打你早不这样了。"色晃儿认出，这人就是叫他抽烟的那个叔叔，在杜杜家门口见过的。

"我是小清儿，杜杜他哥。我就问你，"那老大说，"杜杜那事是不是你点的？"

"啊，我不知道啊。"色晃儿反应过来，他像是找到了自己的队伍，叫了声，"哥。"

小清儿倒不反感："我再问你，杜杜折进去了，在局子里铐着呢。他打你，你报告了？"

"没有，没有，绝对没有。他就跟我说过，有人追他老婆，他叫人把人打了才被铐的。他没打过我，我们是街坊，从小一块儿长大，闹着玩儿呢。"

"好，你等我查出来，要是你，你小子等着。滚吧。"

　　色晃儿原本觉得小清儿态度好了点儿，可最后一句"滚吧"还是令人那么不舒服。就在说这句话的同时，不远处一声大吼："你们他妈几个流氓整天在门口蹲着，又找事来了吧？都他妈给我滚！"

　　色晃儿抬头，却发现是老钟，他气势汹汹，身后还带了两个年轻的保安，都是一脸生分的样子。

　　"你找拍哪！"小清儿火了，当场与老钟对骂起来。色晃儿吓傻了，那是他心中当过兵的教导主任，从工读学校调来的。

　　老钟吼道："小丫挺的，你还拍我？"

　　小清儿回道："老丫挺的，你看我敢不敢拍你！"

　　啪地一下，小清儿拿了旁边用作棚顶的一块石棉板，拍向老钟的头。老钟一闪身一用手捂头，拍在手背上，石棉板碎了，手背顿时肿了。

　　一阵混乱后，民警赶来带着他们回派出所。色晃儿在这之前悄悄溜掉，可在临溜掉之前，他恍恍惚惚地听到老钟的粗嗓门儿："那同学，我认识你，你哪班的？"

　　九

　　到了北新桥附近，晓征果然来了，他还带了那两个碎催，是更瘦小的孩子，都是一起玩儿的半熟脸，一起聊过天，吃过饭。这天是杜杜叫色晃儿和晓征几人一起去吃饭。一张不大的桌子，周围一圈乱七八糟的人，而在桌子下面却蹲着一个瘦小的背书包的学生。杜杜刚刚被放出来，从来没这么开怀大笑过。

只听杜杜讲道："前两天我进号子了，刚放出来。妈的有个小子追我媳妇。我找俩哥们儿把他堵在地坛北门打了。结果人家报警，俩哥们儿被逮了，进去就把我供出来了，真他妈不仗义。我被铐了四十八小时，回来后脸都是肿的。"他啐了口痰，双手往背后一比画，"就这么铐着。他们打的时候就报我的名，一报全知道。"

他们一边吃着，一边往下面蹚去，几乎是吃一口蹚一脚。色晃儿给杜杜倒啤酒。晓征说"我来"，他拿起啤酒瓶子，用后槽牙轻轻一硌，瓶盖下来了。

"好，好！"杜杜和其他玩家大声喝彩，嬉笑着。有人吹着甩了三道弯的口哨，那口哨色晃儿怎么也学不会。

"你也来一个。你上次哨砖头挺生的。"杜杜说。

色晃儿吓坏了，他心疼牙。奶奶和父亲都有假牙，奶奶全部是假牙，父亲只有两颗假牙。每次吃饭都看他们把假牙从清水碗中捞出来戴上，饭后再从口中掏出，父亲一再叮嘱他每天按时刷牙，绝对保护牙齿，开瓶子这类事绝对干不来。他赶紧给杜杜倒酒，澄黄的啤酒喷涌，那泡沫溢出了酒杯。他尽力掩饰慌张，手忙脚乱地擦桌子，又不小心碰掉了杜杜的筷子。

"真他妈笨。起来，起来，起来！"杜杜不耐烦了。

这时晓征又拿后槽牙连起了两个瓶子，饭桌上充满了瓶子盖扔到地上的声音。众人一起推杯换盏，就着桌上煮熟的大粒花生、洒满了蒜末的拍黄瓜、老醋松花蛋和水晶般的肉皮冻。那会儿北京不流行吃毛豆，也没有麻辣小龙虾。在座的小弟们给杜杜敬酒，纷纷给杜杜压惊，从号子里放出来，得好好轻松两天，再提报仇的事。他们喝到高兴处，杜杜对着瓶子吹，那绿瓶中的液体荡漾着泡沫的浪花。色晃儿第一次喝酒，他强忍着咽了一大口，感觉特别苦。

"来，踹两脚！"杜杜说，他紧接着往桌子下踹了两脚。

"他犯什么事了？"色晃儿问。

"用你管？踹不踹？不踹他，我踹你！"杜杜说。

晓征他们都跟着踹，色晃儿只能装作用力，他根本没踢到。好在大家都没认真。

这是色晃儿吃得最难受的一顿饭，他不时看墙上的钟表，可越看，表走得越慢，时间仿佛要和他作对。桌下的人开始还呻吟叫喊，后来也不叫了。周围的食客看不明白，但要么躲到角落里，要么吃完快速撤离。色晃儿附和着，但早已词穷，翻来覆去只是那么几句，像一只站在杜杜肩上学舌的鹦鹉，抑或是个一捏就叫的玩具娃娃。他怕杜杜把被关的火气撒到自己身上，可要真这样，他怕自己辩驳不开。

饭馆要关门了，但店家见几个醉醺醺的孩子还是啰里啰唆不肯走，也不好去轰。色晃儿知道该结账了，可谁也没有结账的意思。他有心结，但兜里没钱。

杜杜还在吹牛，和店主人各种扯皮。店主人急了，几乎要打了起来。杜杜顺手抄起酒瓶子，叫骂着。色晃儿以为他要照着人砸下去，哪知他照着桌子沿磕掉瓶子底，把酒瓶变成一把有锯齿的攮子，似拎着一条怪鱼的大嘴，那锯齿是尖牙。他一手去揪店主人的脖领子，要把那酒瓶往他的肚子上捅。店家是对普通的外地夫妇，人手不多，他们怕闹事。可杜杜的几个手下将店内的桌椅板凳四下摔倒，合计着要把店砸了。店主人服软了，表示不收钱了，要他们赶紧走。他们反而要店主人赔钱，双方扯皮了几番，见天色已晚，他们就转身走了。

色晃儿一脸羞愧，以后是再也不能从这家店门口走过了。出门后，杜杜对他们说："我身上有钱，就是不想给他们。"另一个跟杜杜拍肩膀的哥们儿说："杜杜，咱们吃霸王餐了。是不是该去操霸王×？"杜杜将那刚才还乱晃的酒瓶子随手扔进了垃圾箱。

几个人晚上去了有发廊的胡同，那发廊红白蓝相间的灯旋转着向他们招手。色晃儿的心怦怦直跳，他不敢进，最后一个进了外间屋。而杜杜等人进了里间屋，他一直站在外间，连人的脸都没看着。不一会儿，就听里面乱哄哄地争吵起来，又一会儿，杜杜他们往外走，色晃儿赶紧退到发廊外面。路上，杜杜跟他说："我们进去了。那女的倍儿靓，说要按摩。我就当下闭着眼让她按摩，摸着摸着，摸我下面。我睁眼一扭头，那女的哗啦一下把衣服脱了，就穿一胸罩。我说：'你干吗？'她说：'你不要色情服务吗？'我说我没说要啊。我起来就要走，那屋里出来俩男的，劫了我，要我给钱。我说我没这服务，没钱。然后我们差点儿打起来。"

"后来呢？"

"后来没事，一盘道都认识，就算了。"

色晃儿听得血脉偾张，原来这么简单。他想去，但要是一个人去，他不敢。

他只觉得杜杜这帮人做事太没逻辑，自己什么都搞不明白。他一直想问到底是谁把杜杜点了，但又怕哪句话说岔了。

最后，杜杜锁着他的脖子醉醺醺地说："晃儿，我前两天打你，应该不应该？"

"应该。"色晃儿说，"我错了。"

"什么他妈你错了，你没错，他古喜错了。晃儿，你知道吗？你现在混成了，你是有名的北新桥三杰之一，三杰中的老二！你，我，还有他妈的头发丝。我老大，你老二，头发丝老三。咱们仁铁瓷！以后你走出去，就报我的名，不，就报你自己的名，没人欺负你！有人欺负你，你找我，找你哥！

"晃儿，你是咱们这里最有学问的人，学历最高的人。可很多事你不懂，你没见识！我干过很多大事，天南海北哪儿都去过，天上地下什么都懂！你不是爱看书吗？喜欢看历史吗？我就问你，一问就把你问不好意思了。你说武则天活了多大岁数？"

色晃儿答不上来。

"有一种说法是六十八岁，一种是八十二岁，还有说九十八岁的。不行了吧？哎，晃儿，跟你说一事。后天晚上，在宝龙小商品门口，你跟我去一趟，咱们跟古喜他码架去，点我的人是他手下。我找他们帮忙，他们把我点了，真他妈不仗义。放心，有小清儿罩着，不用你伸手。你去也得去，不去——也得去！"

"我去，我去。"色晃儿说。

"你们几个也得去，谁不去，我跟谁没完！"杜杜转身冲着晓征和那两个孩子时，他们都躲到了色晃儿身后。

每当放学时，色晃儿都路过地坛那座古老的园林。有位同学家住地坛中，他们可以大摇大摆地骑车穿过，对看门的喊一句"8号的"就行了。这是座古代的祭坛，是皇帝祭祀土地的地方，随着以前的时代一起被荒废了几十年。园内到处都是黄土路，青草从黄土里钻出来，木制栅栏上长满了木耳，老树的根部隐藏着蘑菇。夕阳最后的余光落在树枝之间，能看到其间连接的蜘蛛网，当它渐渐坠落在远处的高楼后面时，园中才升起真正的绝对的静谧。这时同学们回家吃饭，色晃儿一个人骑车围着祭坛乱逛，或推车故作沉思地慢步，只听见车轴轻轻的转动声，仿佛身边有个穿校服的女生陪着他走一样。要么干脆把车靠在树上（车支子坏了，一直没修），找个长椅一坐，发呆。回家也没劲，不如天黑了再说。

这时，他看到不远处的树丛里有人影晃动，树丛的土地上长着青草，黑色的人影晃动在绿色之中。他悄悄过去，见是一男一女跟那里打哜儿（接吻）。那会儿人还保守，色晃儿还没见过。他见那一男一女都席地坐着，双腿自然平放且互不干扰。他们紧紧地靠着，男的皮肤有点儿黑，头发有点儿长，很瘦，打着耳钉，离远了都看不出是男是女。他双手捧着女生的头慢慢靠近，像是捧着世间的珍宝。而那女生看不出高矮，却是扁平的脸，脸色很白，头发散乱，发梢有点儿黄，是染过的样子。色晃儿只觉得面熟，他无法确定是不是她，但他相信那就是她。

色晃儿正跨在自行车上，他一个趔趄差点儿摔倒，他连忙扶正车把蹬上就跑，只觉得那两个人发现他了，已经起身来追。

他骑车一口气冲出了公园南门，一路骑下去。他骑着，跑着，前面出现一大群车辆，他钻进又冲出，绕过大小的车辆。终于被一辆大公共汽车堵在前面，他奋力地蹬车，不惜跑到逆行道上，而大公共也发动了，他们一并赛跑。色晃儿想，就当那黄发梢女生就在那辆公交车上，他要追上去，他要找她。

色晃儿一口气骑回了家，这次他来不及躲杜杜，就硬着头皮路过杜杜常待的地方。而整条胡同却空无一人，杜杜家的院子、自己家的院子都是静悄悄的，往日簇拥的人群，胡同里拄着拐杖乘凉和聊天的大爷、袖子上带着红箍的大妈，一夜间都蒸发了。他想有人来问问他，设想这路上出现一位常见的老大爷，问他："小伙子，赶着投胎去啊？"可是没有，他也希望父母能唠叨他。可父母都在看电视，跟他说"厨房里有剩饭，自己去吃吧"。色晃儿是吃剩饭长大的——父亲小时候再贫困也没吃过剩饭，而是中饭晚饭都会换样，那些剩菜都折箩在一起，放点儿剩饭在火上一咕嘟，都倒给色晃儿吃。色晃儿看着那粉红色的加了酱豆腐汤的剩饭，里面还有点儿炖肉，也有点儿排骨，都带着厚厚的肥膘，以往他就趁热吃了，这回，他第一次觉得恶心。

十

现在色晃儿觉得上课是最幸福的事，只管提前上好厕所，在教室里安静坐着就行了；还很安全，有这么多同学和老师，不会有人像妖魔一样出现并把自己抓走。这里没有悬崖，没有地穴，也没有深渊，一切都是平坦如操场，而这里的珠穆朗玛不过是四层主楼。

第二天，色晃儿一到学校，就看见班里炸开了。同学们奔走相告："听说了没？色晃儿打人了。""是啊，好像把老钟给打了。""还当着一大群人在校门口打的，巨牛。"

色晃儿在班里飘飘然了。他得横着走路，比考了全班第一还高兴。他应该痛痛快快地打一架，打杜杜，打那些取笑过他的同学。他应该劫个人，但不敢，要判刑。他真觉得自己混上了，混起来了，早知道应该回趟家，找条牛仔裤穿。他不是没合适的，是没有。今天校服裤子洗了，他还特意穿了条近似的红裤子。

206

而这一切带给他的是惧怕，怕老钟让班主任找他，再请家长，再给处分，再劝退学，甚至关到工读学校去。

　　上课时色晃儿恍如隔世。他看到女生们透过白色夏季校服显出的背心轮廓，并在心里头暗自统计，谁的是吊带，谁的是半身的胸衣，谁的是真正的胸罩，谁的是肉色，谁的是白色，谁的是橘红，而黑色的最显眼，不用看都知道。统计的结果是，他发现学习好的女生都不漂亮，漂亮的女生都不骑车。不漂亮是她们不知打扮，不会挽上校服袖子露出白藕一样的胳膊，或只把校服当外套，里面穿件好衣服，一进教室先把外套脱了。这天坐在前面的女生穿了蕾丝衬衫，袖子上有两块透明的镂空。他痴痴地看了一节课，想象那透明的纱下面凉粉似的皮肤。那节是英语课，他心中一直在默念："I can see ××'s meat."他的英语发音不准，几乎没张过口，但那女生恍惚听见了，还听懂了。下课后，那女生怂恿他到游泳池去看，那样更真切，碰到了也有借口。他像是被人发现了隐藏的缺陷，极力辩解又找不到话说，想说不会游泳，但又不好意思。他突然想起来，曾问过那女生："卫生巾是干什么用的？"那女生说："给你妈垫屁股用的！"他不明白，还是抓起书包跑了。现在，那女生的目光如滚沸的油，他再也不敢接触。

　　他盯着黑板，视线却不自觉地模糊。他扭头看向窗外，却什么风景也没有。下午第一节是体育，正好一阵疯玩。第二节是地理、历史一类的副科。色晃儿满身是汗，还歇不过来。他趴在课桌上，任由桌面来降温。那汗水把桌子印出一道人影，似一幅抽象派的画作。他把保温杯的盖子里倒上热水，趁着老师不注意时，似猫一样一点儿一点儿地舔着喝。他只穿着深蓝色贴身的运动衣，不断地抖动领口，浑身在蒸腾着汗水，连头顶都在冒烟，似一个散发热量的暖气。——他身边正靠着暖气，暖气上放着他的各种书本，乱糟糟地将他淹没。大家都忙着抄作业，没人知道老师管"二"念成"饿"是哪儿的口音。他苦于别人从不注意他，好像他不存在。

今天上副科的是个好欺负的老师，大家都很乱。色晃儿却觉得压抑、紧张。快放学了，他怕了。就这一节课上，他开始一句话不敢说，两眼像玻璃珠一样紧盯着黑板。同学的说笑总离不开他，他被狂欢裹挟了。但他仍坚定如磐石，不说也不动，直至有人让他传东西，他连看也不看就传过去了。

"小叶，别玩啦！听讲！刚才不停地说，现在又玩。小王，前头说完，跟后头说。"教副科的是位满脸慈爱的中年女老师，烫着卷花的头发，微微有些发福。她说话声音一向温和，这次也有些焦急了。她大声训斥学生。空气立刻安静下来，只有天花板上的灯照着每个学生苍白的脸。这个教室在阴面，常年见不到太阳。

"色晃儿，就你最坏！你把纸青蛙传给小叶，小叶就在那儿一下一下认真地玩！"

"哈哈哈！"同学们笑了，色晃儿的脸色极为难看。班里有个记录课堂纪律的本，是给班主任和家长看的一本账，只有老师和班干部在上面写，谁都恨不得把它撇到厕所里。这位副科老师一般不记人，这次特意大大地写上了色晃儿的名字。

色晃儿有点儿委屈，他想把那页给撕了，但还是不敢，也顾不上，离杜杜约定的时间越来越近了。

若说四百五十中的外墙似抽象派的画作，那楼道的风格似极简主义，是白绿颜色的搭配——上面雪白，下面淡绿，交接处还有一条黑色的线，像是一条测量身高或摸高的标尺，高过大多数的学生，令人十分压抑。楼道两边都有教室，每间教室有前后两个门，看似厚实的木板，用手一敲就传来空空的回声。两边的墙都一样，直到刷到前后门时才改为全绿。门上都有比脸稍大的小窗，安着厚厚的玻璃，外面容易看见里面，里面侧一点儿就看不见外面，只有几个座位的角度才看得清。很多班主任和校领导都站在小窗后面，斜着眼观察同学，如射击一般准确、迅速。而他们观察的时候学生即便看到了，互相提醒也是违反纪律，时间久了，会觉得学校里四处都是隐身的眼睛，像躺在手术台上，睁眼是一个轮盘的无影灯。久而久之，学生就老实了。

就在这天下午，班主任再次从后窗往里看，迎面是一张发黄的报纸，仔细看去，是共青团中央办的《中国初中生报》，过期了，上面登着努力学习、尊敬老师的作文，位置正对着班主任的脸。

放学以后，班主任把全班都留下来，一个个过筛子。她脸色沉着："今天大家的表现都不好，所以要执行我的处罚。"她向后昂头："把报纸取下来。"她先罚学生们手背后，坐了半个小时后，自己走出去又在窗户后面观察，回到教室后再像翻牌一样："第一排，××，你可以走了；××，你留下。第二排，你走，你留下。"班里挖了一半以上的坑，还有少一半在坐着。走了的暗自庆幸，在屋里时还偷偷憋着笑，下了楼就大呼小叫的，色晃儿能想象出他们的样子。他真希望老师能听到，把他们再揪回来。

随后，班主任找剩下的挨个谈心。学生们一个个出去，已是放学后一个多小时，离约定的时间不早了。他反复动弹，如身上长满了虱子。

"别老动换，你好好坐着，一会儿老师又来罚。"一个女生说道。

"凭什么罚我啊？我今天根本没说话。我就是把窗户堵上了。"

色晃儿用腿撞了一下桌子，那铁制桌腿的橡胶垫子早已磨没，与水泥的地面一摩擦就发出嘎吱的响声。

"老师在后面看着呢。"

色晃儿一抬头，正好看见班主任的眼镜片透过玻璃向下看，对眼时，色晃儿用力动着嘴唇："我今天没说话。"

色晃儿猛地站起身来走出教室，冲着班主任几乎用哀求的语气说："老师，我今天真的没说话。"

老师说："有你这么质问老师的吗？先回去坐着，我一会儿找你。"

"老师，我家里有事。"

"那也先坐着去。"

色晃儿回到教室，班主任没跟着进来，色晃儿想当然班主任是跟路过的老师说话，或回办公室拿茶杯。他拎起背包往后一背，像是甩一件武器，大踏步走出教室，想从另一边的楼道飞快下楼。可他一抬头撞见的不仅有班主任，还有教导主任老钟。

老钟叫他到了班主任的办公室，还温和地请他坐下，拿出个一次性纸杯，给他倒上一杯凉白开。班主任在一旁远远地陪着。谈话的主角成了老钟，他高高肿起的右手上缠着绷带，但面色从来没这么和气过。

"最近怎么老不穿校服？不知道学校的规定吗？"老钟说。

色晃儿这才发现他今天穿了半身校服，而那近似校服的红裤子居然被老钟发现了。若是班主任，他也许会回一句"上衣是校服"，但他怕引出老钟更多的话。他小声地说："知道。"

"我看了你最近和原先的成绩，也问了班主任你的表现，"老钟说得不紧不慢，左手拿掉了搪瓷皮的大茶缸子喝水，"你原先是你们班的什么？"

"班长。"

"是什么？"

"班长！表现不好，让老师给撤了。浮躁，不踏实。"这话班主任经常批评他，他只想赶快过关。

"老想着搞对象呢吧？我整天看你跟操场上瞎晃悠。"

色晃儿被说得脸红了，"搞对象"这词学生们还不会用。他们只说："跟她交。"

"你们这些学生，现在正在青春发育期，见什么都是好的。得以学业为重。中学生禁止早恋，你们真是那个缘分，以后也来得及。你本来功课不错，现在一直掉，多可惜。"

色晃儿只求他赶紧把话说完，他却根本没结束的意思。

"那天来学校滋事的人你认识？他们劫你啦？"

"没劫，不认识，就是赶巧了。"

"有那么巧吗？"

屋子里三个人都不说话，色晃儿低头看袖口上秃噜出的黑线头，他把它想成某种毛发。他扭头看墙上的表，来不及了。

色晃儿突然站起来，委屈而又大声地说："钟主任，实在对不起，我家里确实有急事，下次给您道歉。"他猛地深鞠一躬，好悬，没把他的头撞在老钟头上。他抄起书包，哐当一下撞翻了椅子，转身冲出办公室下了楼，身后是班主任的一阵叫喊。

飞奔到楼下的色晃儿来到自行车棚，他骑上车一路杀出校门，如关羽去斩杀颜良、文丑。他屁股抬离车座，沉重的书包来不及放在破车筐中，像自行车赛的选手在冲刺，路旁的绿树一株株比着后退。已是深秋，阵风吹过，那黄绿色的枯叶纷纷落下，被自行车轱辘轧过吱吱作响。他从没如此用力地跑过，在体育课考试时也没有。他路过雍和宫，路过一家小的素菜馆和一家藏药医院。那山峦般阁楼式的大殿金顶在夕阳中泛着金光，成群的燕子夯着翅膀在大殿四周环绕飞行，街边小店里的喇叭在"两块、八块！"地喊着，音像店里传来"你总是心太软，心态软……"的歌声。他无心跟着哼出下几句"把所有问题都自己扛"至"不是你的就别再勉强"。他不能想象，一会儿要来的都是什么人，面对的都是一些什么角色。他要放空脑中的一切——所学的知识、看过的杂书、玩过的游戏、小学时的老实与被欺负、家里父母的不合与唠叨，他都想放弃掉，全抛开。可很快他又发现，其实就那几样，除了上学、考试，没什么可用来诅咒的、清空的。他想不通，是谁把每个孩子都变成了学生？

十一

　　色晃儿第一次带着晓征和另外两个干瘦而有点儿赖相的孩子站在街头眺望远方，他看到对面的人摩肩接踵，熙熙攘攘，那些人都奇形怪状，但无一不是凶狠的角色，像是街霸游戏里的苏联大壮、亚马逊电狼、日本相扑，甚至像长胳膊长腿的印度于加。那"苏联大壮"下巴留着胡子，长得像一头狗熊；那"电狼"一头黄发，穿着土黄色旧军装一样的毛边短裤；而"日本相扑"则是全身是肉，如果打他一拳，拳头一定会被喂到肉里，像是会揣进正在揉和的面盆。那"于加"棕黑色的皮肤，几乎没什么头发，四肢干枯，但显得有力，耳戴金环，项戴金圈，在给首饰店搬家。

那边的人源源不断。周围车水马龙，色晃儿却什么都听不到，他想去上厕所，但在等人，又不好离去。他实在忍不住了，到了厕所却发现没有，硬挤出了几滴，还没有梦遗的量多。

他回到码架的地方，对方的老大好像来了，但离得远，看不清楚，周围簇拥着不少人，好像一群蚂蚁簇拥着一只大苍蝇。晓征悄悄跑过去瞄了一眼，回来说："色晃儿，你见过这么长的砍刀吗？用报纸包着的。"

色晃儿没见过砍刀，更没见过砍人。那帮人渐渐近了，他咬牙硬着头皮，一副英雄就义的样子，带着像小学生的晓征和两个碎催，迈步过了马路。他们被人群围拢、淹没，似几滴水落入大海。

对方为首的正是那"苏联大壮"，他手里拿着长条形的报纸。大壮盯着色晃儿看了又看，他们相隔有三米远。在一望无际的拿着各种家伙的"妖孽"中，裹挟着四个干瘦的穿各色校服的学生。

大壮问："你知道我是谁吗？"

色晃儿摇摇头。

"老子叫古喜！"

色晃儿一侧耳朵，晓征在他耳边说："就是小古崽儿，二十一岁。他爸叫老古崽儿，五十七岁。"

"他爸是干吗的？"

"就一老炮儿。前两年北京的浙江村、新疆村都有人私设赌局坑人，都是他爸带人去平的。"

"不知道。"色晃儿这才对古喜说。忽然，他看到古喜的身边有个高个儿的脸色雪白、发梢是黄色的女生，正是他在校门口看到过的那个人。她心不在焉地看着周围，不时把胳膊放在古喜肩膀上。古喜拿了支烟，她用打火机给他点烟。

"你就是色晃儿啊。"古喜右手拿报纸，在左手里颠了颠。

色晃儿点点头。

"就你这小样儿还出来混？攒巴攒巴，再让人一屁股坐死！"古喜继续说，"杜杜在哪儿？"

"不……知道。我跟他不熟，他打我，我怕他。"

"瞅你那尿样儿。"

"我听说他进去了，是非法拘禁。他把人塞桌子底下踹，应该是人家报警了。"

"现场有你吧？"

"啊，不……"色晃儿想说谎，但他看到自己拨儿的三个人。

"这不是你来的地方。今儿谁叫你来的？"

色晃儿扭头去看晓征。那晓征正往后退缩，几乎要跑。色晃儿颤抖着身子，用尽全力奔了几步，伸手一把抓住晓征。"是杜杜！"

"小清儿让杜杜叫的你。"晓征说。

"小清儿是你哥？"古喜问。

"小清儿是杜杜的哥。"他补充道，"上次小清儿找我，还说杜杜找人把人给打了，是有人追他老婆。那人报的他的名，所以他进去了，还问我是不是我举报的。"

"放他妈屁！他根本没进去，躲起来了，听他吹！杜杜找人打的是我们的人，不管他报谁的名，肯定是他叫人打的。他这次又躲了，满嘴瞎话，小清儿不愿替他戳[1]。"

---

1 指替某人撑腰。

"我跟杜杜是小学同学。小清儿哥我见过。"

"这没你的事儿，还紧着掺和？走你的吧。"古喜喷出口烟。他见色晃儿有点儿愣神："还不快滚？真找我抽你？"

晓征和那两个人几乎是脚已离地，转身就跑。色晃儿想跑，又有点儿不甘心。他满眼都是那高个儿的女生。他临走前，转身指着那女生对古喜说："前两天，我在地坛里看她和别的男生亲嘴。"

色晃儿用了个不大流行的词。古喜盯着黄发梢女生看了一眼，那女生面无表情，天色渐晚，已无阳光照在她脸上，黄色的发梢不再反光。可那她那长而圆的白脸仍是那么耀眼，细腻的脸盘显得她骨头架子比一般女生大一号，身体已在发育，但仍是瘦。古喜又喷出一口烟。

啪地一下，他闪电般抽了她一个嘴巴。

色晃儿不敢再看，他难为情地走了，真如做贼一般。他往与家相反的方向走了。那条胡同通向何方他不知道，他只知道要离开是非之地。他走得连头也不回。一路上，他超过胡同里买菜散步的大爷大妈，超过修鞋、修自行车的小摊，超过那些已经人头攒动的小饭馆。这时他才想起来，车还停在路边，可他不敢去取，只好等夜里寂静无人的时候。北京丢自行车是很平常的事，车丢了，爱唠叨的父亲绝饶不了他。他心中的拥堵尚未消散，唯一能平复那剧烈心跳的是他不停的脚步。他提了提裤子，把裤带又系得紧了些，将秋衣塞到裤子里，将袖口放下盖住手背。天有点儿凉，但还没到戴手套、帽子的季节。他只好把双手插到兜里，将拉锁拉到最高处并缩着脖子以代替围脖儿，他低下头，迈开大步朝前走去，任凭风吹乱他的头发。

不少人家在看电视，胡同里能听到炒菜声和电视声，他闻到糖醋鱼的香味儿，那股醋酸直钻他的鼻孔，沁入他的脾胃，他一直没喝水但不口渴，他饿了。

他懂了什么叫码架，就像打麻将。

十二

胡同并不是永远笔直的，而是弯弯曲曲的，走到尽头就拐弯，是死胡同就原道返回，找到路口时直接钻进去。只要瞄准了方向，不论绕多远，肯定会走到。胡同里的人少有精确的位置判断，问他们路时也不一定能说清。很多时候，他们会带着你："跟我走吧，反正也没多远。"

除非是来到现在色晃儿所在的九道弯。

九道弯是一条弯弯曲曲的胡同，优雅，安静，但确实难走。有几条是绕着圈的，还会拐上很大的弯。元朝时北京只有几条大胡同，很宽，两边都是几进几出的四合院，要把后门开到另一条胡同上，甚至一个院子套一个院子，一直占了大半条胡同。不少大胡同之间都有空场，可能是荒芜成平地的某某官家机构、某某寺庙、某某校场或某某粮仓。后来人多了，就在那空场里盖成弯弯曲曲的小胡同，院子随行就市七零八落，住满了各行的租客与平民。若多加几口水井，则像极了苏州、扬州等南方小巷，幽静而绵长。

色晃儿迷路的就是这片地方，儿时在这里玩过，却不常来。如今他却迷路了，他知道原路退回一段肯定能走出去，但他懒得走，要继续探索，要开拓一片处女地。他一步步朝前走，那未知领域的阴影步步消散，他要为这片地方带来自己的光明。不过，他真迷路了。

天黑了下来，路旁连只狗都没有，偶尔有个很小的小卖部也紧关着门，只剩门口整箱的啤酒瓶子堆得高高的。胡同很窄，窄得将将能供一辆小面包车通过。两边连个正经的街门都少见，多是随墙门，连窗户也是大大的，临街的，窗台上放着蜂窝煤，仿佛在一边大声了，对面的街坊家都能听见，但现在悄无声息。人仿佛都消失了，只剩下路边的灯光又亮了起来。他听奶奶说过，过去的小胡同，一到天黑就根本没人，有地方有劫道的，可他们家这片不会。九道弯离色晃儿家没多远，若是在地图上测量，绝不会超过一公里。但就算所有的胡同都亮如白昼，他也不知该怎么走了。

他低头看自己的脚和影子，想着他在家门口躲避杜杜的那几天以及那天路过路灯下那几个打牌孩子时听到议论的场景。他想，会不会第二天一早满胡同都知道他的事，父亲将怎样打他、审问他；而老钟被拍，将怎样找他；班主任因他顶撞和逃跑将怎样找他。他会不会被开除，那么多作业还没写，眼瞅就要月考了，肯定要砸锅的，那期末考试呢？还来得及赶上吗？语文没问题，英语也不好不坏，数学是班主任教，一直盯得紧，但物理跟不上了。教物理的是位年轻老师，有点儿痞气，跟学生走得很近，但十分聪明。他也曾自诩聪明想得到物理老师的青睐，可老师讲的他并不是一下子就能明白。他开始怀疑自己是否聪明，是否能考上重点高中五百中，把书一直念下去。他不明白为什么杜杜和小清儿今天都不来，那由他出面到底是为了什么，难道小清儿把杜杜点了送进局子以防止古喜报复？色晃儿想不到。他想用导弹把美国都炸平，也顺便把学校和胡同都炸平吧。

他还想起了杏仁眼，那杏仁眼是可望而不可即的，只有他们班的男生幸福，而自己只能感叹晚生了三四年。但那黄发梢的女生呢？

他觉得有人在前面，他抬起头，见那黄发梢的女生站在面前。她骑着二六的女式自行车笔直地站着，双脚一只蹬在脚蹬子上，另一只撑住地面，那双白色的旅游鞋在路灯下格外显眼。色晃儿知道自己没她腿长，若以这个姿势把车歪一点儿，或支撑脚脚跟抬起一点儿才能将车支住。

她冷冷地盯着他，久久不说话。色晃儿的心再次乱跳，他站得两腿并拢，微微有些抖动，像刚入中学时被政治老师叫到后面罚站。

那是在一次政治课上，老师轮番叫几个学生回答问题，问其他人的都是常识，只有到色晃儿这儿要背诵一大段。色晃儿背了，但他没答出，老师借着问题的谐音反讽了他几句，同学们附和着嘻嘻笑了。说的什么他没记住，他只记得老师让他到后面站着，并继续若无其人地讲课。同学们认真听讲认真记笔记，他脸上发烧，多么盼着老师让他回去，哪怕跟他说句话也好。这老师上节课还没这么凶，还讲了笑话，赢得满堂大笑，为什么如此翻脸无情？老师讲着讲着往教室后面走，离他不远又转身回去，连看都没看他一眼。后窗外面也有老师、学生路过，正好能看见他，随后又走开了。他站如军姿，双脚麻木，浑身酸痛得有些摇晃，老师还是不理他。不知过了多久，下课铃响了，老师径直走出教室，他不知所措。课间也没人理他，直至临打下节课的上课铃响时他才回到座位上出神。若下一节是体育课或放学，或许他能一直这么站着，站到天荒地老，地球毁灭。那时，他还是班长。

他正在走神时，那高个儿女生说话了："你就是色晃儿？"

"啊，我……""我喜欢你"，色晃想说这句，但他没说出来，

"我还你钱。上次你帮我租书的钱。"他继续掏书包，突然他想起来，那本《侠探寒羽良》他没有还，若是去还，租书的钱都够买三本了。租书是要交押金的，押金是黄发梢的，他不知押了多少。

她用鄙夷的神情说："就你……哼！"在她面前，色晃儿好像透明了。

那女生转身蹬上车就走，色晃儿反应过来要紧追两步，但跑过一个胡同拐弯时丝毫不见那女生的踪影。色晃儿一时懵懂，刚才好像是他的幻觉。过了拐弯，色晃儿不再迷路，他知道自己将静悄悄回到家中，写字台上那些书本文具还在乱糟糟地堆着，等着他。他想知道黄发梢叫什么，他没问过。

长生天

我再一次随父亲来到土黄色的草原，看时光在空旷苍茫中飞逝，眼前的景物四处躲开，一片辽阔的土地在上升，中间那个黑点是父亲孤独的身影。我想起那个遥远的下午，风雪中的父亲去白音查干山寻找刚刚出生的我。

我再一次随父亲来到土黄色的草原，看时光在空旷苍茫中飞逝，眼前的景物四处躲开，一片辽阔的土地在上升，中间那个黑点是父亲孤独的身影。我想起那个遥远的下午，风雪中的父亲去白音查干山寻找刚刚出生的我。

　　一

　　男知青的宿舍是两排仓库式的大房子。知青们刚来到公社时，大队书记在一片荒地上拿烟袋锅一比画，宿舍就建在那里了。房子是现盖的，只是图快，顾不得什么美观。房内是土地铺上棘草，垒上砖砌成土炕，三十多人的大通铺。三十五年后，父亲又来到了那里，那里只剩下一间装工具和杂物、窝棚似的小房子。父亲拿起一块黄土在墙上做着记号。"这块，这块，还有这块，犄角那几块，接近房顶那几块，还有那一大片，从地下数，第三行左起第六块、第八块、第十一块，第五行的右手边上的小半行，不，大半行，这几块也是，是小德子递给我、我亲手砌起来，绝对没错。

"那几块是二猫砌的，这小子特贫，是位侃爷。转过去那一片是'格勒泡夫'（根据苏联电影中的人名起的外号）砌的，他人缘不好，但干活儿起劲……"

三十五年前，他是刚刚毕业的初中学生；三十五年以后，他因当了多年知青积劳下来的病痛导致腰椎病变，不幸手术失败，再也站不起来了。再次回到草原的父亲不仅头发中夹杂了几把白发，还多了一辆轮椅和推着轮椅的并不认可他的儿子。

二

早上一睁眼，屋门打不开了，一大群不到二十岁的小伙子吵吵嚷嚷，七嘴八舌地向窗外叫嚷着。实在等不及了，就想打开前一天刚刚糊满一层破报纸的窗子，但立刻招来了同屋人的喝骂。那窗子被木条钉死，却还四处漏风。

门是一块破木板，夜里的风沙毫不客气地把门掩住了，再加上门口有水，冻得结结实实。知青们夜里开门就尿，尿得屋门口堆起了一座黄白色的冰山。屋里有盆没有倒掉而彻底冻透的洗手水，表面上肥皂沫冻成一幅山水画。

门外，另一个班的几个人拿着铁锹、镐头连挖带砸。

这乱乱轰轰的场面自然没有父亲的事，他一个人静静地收拾内务，收拾那几本破烂的从家里带来的书。刚刚到内蒙古生产建设兵团，从北京老城一座败落的四合院来到乌拉特前旗，他总像一个做了错事的孩子，不愿与别人说话，连招呼都懒得和人打。他还在回味临来内蒙前刚刚停课闹革命的日子，那些天简直如梦境一般。

父亲没有赶上过好日子，生下来不久，就被抱着离开了那座祖传的大宅院。一大家子好几十口挤在一个年久失修的凌乱的小院子里。那时的家一天比一天穷，一天比一天破，能"捐"的都"捐献"国家了，能卖的都偷着卖了。东西不是一天比一天贵，可凭的票一天比一天多。人是一天比一天饿，一天比一天瘦，外号叫"干儿狼"的人也越来越多，以至于孩子们在一起都互相叫大干儿狼、二干儿狼、十六干儿狼，张家的干儿狼、李家的干儿狼……

父亲做了炊事员，每天和别人一起洗几大筐土豆，再切成筷子那么粗，和几大盆面，也切成筷子那么粗，放进大柴锅里煮，或说是熬、炖，慢慢地咕嘟。等咕嘟得差不多了，往里洒一把花椒、一把大个的红辣椒、一把大粒粗盐。再有就是用水泥砌的池子蓄水，每次赶着小毛驴，用平板车拉一个水桶去苏都仑水库打水，那水桶是用汽油桶改成的。他们被土豆养得壮壮的，每天被天上的石头砸，身子也砸得像石头一样结实，心肠像蒸熟的土豆一样热、一样软，每每忧怨的歌声响起，他们的泪流就会成小河，冲洗掉脸上的黄土，把脸洗得似去皮的土豆一样白嫩。直到一天刮过巨大的风沙后，他们出屋看户外的石头，石头的棱角没有了，圆滚滚似土豆一般。此时，他们发出悠长的感叹："人生，即是由有棱有角变得内外圆滑。"

厨房的卫生能争个第一——全内蒙古最脏的厨房。有一天，有领导来检查，知青们破天荒地把厨房打扫一通，父亲一掀帘子请领导进门，一只比家猫还大的水耗子从里嗖地蹿出，撞在领导快漏脚指头的毛窝上，撞疼了领导的脚趾。父亲被罚抓耗子，可耗子如有神助般消失了。半个月后水池见了底，它才仰头挺着发泡的发白的肚皮晃晃悠悠地浮了上来，这个秘密直到现在也没告诉知青们。

三

　　父亲和母亲的相遇出于偶然，连同我的出世。人生是神在掷色子，掷到点大就大，掷到点小就小。那天开紧急会议，大约是学毛著或发现阶级斗争新动向一类的事，地点就在男生宿舍的通铺大炕上。没事的人还没出去，开会的男女老少们拥了进来，其中就有我的母亲。那时她还没见过父亲，父亲更没见过她。天很冷，外面刮着夹有冰雪的白毛大风。男知青们都懒，夜太冷，他们拿父亲的破脸盆当了尿盆，拿"格勒泡夫"的脸盆当盖子扣上。那天没有人倒，也没人想着往炕犄角挪一挪。母亲喵唧一声一脚踏翻了当作尿盆的脸盆，被全班男知青热气腾腾的尿水溅了一身，淋湿了母亲肥大臃肿的棉裤，呼呼地冒着热气。一股男人特有的味道充满了宿舍。

　　父亲脸色铁青，一声不响地去给我的母亲洗裤子。他披上大衣，拿了大铝盆走向弯弯绕绕的小河边，母亲在后面一声不响地跟着他，她比父亲还要沉默。再后来，他们一起洗裤子，再后来，就有了我。而那时，女知青不好意思与男知青坐同一条长凳，连他们刚刚坐过的都不行。

　　当我在母亲腹中八个月大时，母亲写下了遗书："我不是破鞋，毛主席万岁！"这是我珍藏的母亲唯一的手迹。

母亲穿戴整齐，把最后的半瓶雪花膏全都涂在了脸上，抹不下就往身上抹。她对着爬着虱子、臭虫的墙梳妆打扮，像临上刑场的江姐。她假想着墙上有一面镜子，还是大个儿的落地镜，那样她可以好好照照，看看十八岁的自己和肚里八个月大的我。她一下一下地，用缺了齿的木梳梳头，一手梳，一手捋，将断了的青丝择下。梳好后，将头发左右一分，一边分为三股，一股压一股地编辫子。母亲的头发又浓又密，又黑又长，还略微打着卷，就像后来我的头发。

她用一条宽大的白布束腰勒着肚子，以往是怕人看见，这次是为了走路方便。着装以毕，她又看了看宿舍，觉得没有什么要打扫的了，别人都在出工，还没回来。母亲整理好一切，冒着风雪，一步一步地，向北方的白音查干山走去。

这时的父亲正在从衣领子里捉虱子。他不像阿Q似的把虱子放在嘴里，噼噼啪啪地咬，而是蒙上纱布放在手电筒上，打开照着阴沉的屋顶。虱子一下子变得比脸盆还要大，不时伸伸腿脚，动动嘴巴，像有话要说的样子。父亲在观察虱子，极认真极细致，连虱子腿上的每一根毛都看得清清楚楚。时间长了，他就能分出公母来了：肚子发尖的是公的，发圆的是母的。

下雪了，草原白了。母亲托着肚中沉甸甸的我走向草原深处。天黑了，草稀了，只剩下漫天大雪纷纷扬扬地落下。脚印伸向北方。步子蹒跚了，脚印模糊了，身影渐渐远去，山应该近了。风雪迷住了母亲的双眼，泪花在睫毛上结成了冰，山却没有出现，凭母亲的双腿遥不可及。她只是在别人的闲谈中知道，遥远的北方有座圣山白音查干，圣山里住着蒙古大神，她希望大神收留她。草原上容得下千万匹骏马、千万头牛羊，却容不下一米六六、九十六斤的她和一米八一、同样九十六斤的父亲。

父亲年轻时极瘦，瘦得能从仓库栅栏门两根一指粗的铁条间钻过，进去偷大萝卜吃。那年冬天，他和几个知青进了仓库。父亲一下子脱掉两张羊羔皮拼成、祖母一针一线缝合、爬满虱子的羊皮袄，任零下三十摄氏度的西北风吹着瘦骨嶙峋却挺得笔直的脊梁，钻进了栅栏门，忍不住抱着冻得硬邦邦的萝卜白菜啃起来，一边啃一边往外扔。同去饿着的知青们也抱着啃，像一群饿红了眼的兔子。据说兔子的眼睛是长期饥饿饿红的，它吃起东西来如似虎狼，会吃饿死的同伴，会吃饿死的子女。

直到吃不下了，父亲发现钻不出去了。几个知青在外边拽，父亲光着脊背往外挤，被紧紧地卡在铁条间出不来，皮肤冻得发黑，看不出本色，父亲像一条风干的腊肉挂在栅栏门上。不知是谁出的高明的主意，物理课上讲被卡住是因为摩擦系数过大，而水可以润滑。没有水，就用啐唾沫代替了。唾液啐到铁条和身上立刻冻成了冰……最后，父亲出来了，前心后背都搓掉了黑灰色的皮，露出了粉红色的肉，没有血，血已凝固。父亲回到屋，小心翼翼地把搓得像被麻绳勒得稀烂的土纸似的皮一一复位，堵上棉花，缠上纱布，看上去像岳飞受过的"扒皮拷"的刑罚。后来几块皮还是掉了，父亲笑笑说没事，人皮就像壁虎尾巴，掉了，它还会长出新的，大家吃饱了萝卜白菜就行。

母亲按九十六斤算实在不准，因为她还怀着我，我是五斤四两，姑且按一百零一斤四两来算吧。一百零一斤四两死了，五斤四两活了，生命是如此剔旧的。不知我是如何从冰天雪地中活下来还知道出生时的体重。或许我是蒙古山神的儿子，被收养的人抱错了。那抱错了我的人也许是牧民，可当地没有牧民；也许是父亲，那个他认我、我却不认他的父亲。

四

　　白音查干山是一片连绵的山脉，并没有明确的主峰，哈斯乌拉峰（玉山）只是其中不起眼的一座，库苏古尔洞（蓝色珍珠）就隐藏在山峰最隐秘的深处。洞中原先住着位独眼巨人，后来消失了。现在躺着刚刚死去的母亲，和刚刚出生的我。

　　草原上的人从不说母亲死了，只说母亲走了，他们对羊也不说杀、宰，只说弄。走了就还会回来。我曾恨母亲为什么狠心地走了，而不在我懂事后多看我一眼，我相信在风雪中出生的孩子都早慧。葛苔喇嘛对我说，走了的母亲留给我的不是悲伤而是希望，让我等她回来。我说："何时母亲回来？"他说："不远了，当你临终之际，母亲就会回到床榻前来照顾你。你最后一眼看到的，一定是母亲。"

　　葛苔喇嘛是我众多收养者中的一位，我不知道在他以前是谁，也不知以后是谁在传递这个接力棒。我的记忆似断流的塔里木河。

　　寺庙中的生活欢快而神秘，葛苔喇嘛极喜欢反问，好像生来就是为了反问别人。他的模样比书中学者的照片都寒酸，但不博学的人做不了喇嘛，何况他不知自己做了多少年的喇嘛。我问他年龄，他说，我说他多大，他就是多大。他从不认真回答我的问题。比如我说：

"你是喇嘛，又掌管着这么大的寺庙，一定是剥削别人的贵族僧侣。"

"不，僧侣是不分贵贱的，还有，寺庙不归我管。"

"那归谁？"

"长生天！汗·腾格里！"

我原以为他会说佛祖，要么就是蒙古王爷。

后来我读了书，知道长生天即"永恒的天"，是"老天爷"，是萨满教的自然崇拜。蒙古人认为万物有灵，崇拜一切长生的天父地母山川河流。后来喇嘛传遍蒙古高原，清政府为了推行喇嘛教，禁萨满，还发生过大规模的流血冲突，发生过烧"孛"（萨满巫师）事件，让萨满们坐在大缸里，外面点火，看看萨满们的法力如何。那次集会烧死了数以千计的萨满，从此萨满教逐渐衰落……

而葛苫喇嘛怎么看？不用问，他一定还是问我，我认为怎样，事实就是怎样。

我又一次慢慢抬头仰望天空，地面黄沙漫布，远方是空荡荡的浅白，渐渐变蓝，云朵被风撕成棉絮在天空中飞翔。当我完全昂起头，恨不得向后下腰，只觉得那天空无比湛蓝，仿佛要看到天外边去。蓝色上面是传说中的天堂，蓝色的天是天堂的地，那里的人长生不老，永葆二十五岁的青春。那里四季长青，洋溢着欢声笑语。那里没有冬天和夏天，散发着春天和秋天的气息。那里没有严寒，也没有酷热，微风习习地吹拂，细雨绵绵地降落……

我发现那不是天堂，是英雄江格尔的宝木巴。

天空中到底是什么样，我不知道，当我问葛苫喇嘛时，他反问了我一连串毫不相干的问题：

"《三国》里最主要讲的是什么？"

"是兵法，攻杀战守，逗引埋伏。"

"《水浒》里最主要讲的是什么？"

"是造反，只反贪官，不反皇帝，终被招安，落得树倒猢狲散。"

"《西游》里最主要讲的是什么？"

"反腐败，妖精全是菩萨家里养的。"

"《红楼》里最主要讲的是什么？"

"情色，哥哥妹妹，男欢女爱。"

我在等赞扬和训斥。他摇了摇头，说："你洗洗睡了吧。"

长生天随我一年年老去，不变的只是寺庙周围几十里的黄沙，它似恶魔莽古斯一般，一天天吞噬土地，逼近寺庙。寺庙变小，黄沙壮大。

不愿看黄沙，只好去望天。

我又一次就长生天去问葛苷喇嘛，他重复：

"《三国》里最主要讲的是什么？"

"是儒，忠孝，犯上作乱者，随远必诛。"

"《水浒》里最主要讲的是什么？"

"是仁义，磕头结拜，生死弟兄。"

"《西游》里最主要讲的是什么？"

"是佛法，重取真经，弘扬佛法，修成正果。"

"《红楼》里最主要讲的是什么？"

"是爱情，天荒地老、海枯石烂的爱情。"

他又摇了摇头："朽木不可雕也。你走吧。"

喇嘛只是收养我的第一站，从庙里出来，我被善良的牧人收养，又辗转回到父亲身边，但我不愿回忆。在草原上，我是没有母亲、不确定父亲的孩子。

五

那天，父亲并不知道母亲在风雪中走向圣山，是同屋的女知青传出来的。她们以为母亲去了连部或去其他宿舍串门。她们想不到，母亲不会像她们一样装病假串宿舍的。天全黑了，她们才发现母亲失踪，但还想把这事捂住。事情一直掩盖到点名查房。

连队炸营了。人们七嘴八舌地想办法，而父亲一个人悄悄地骑上了一匹拉车的蒙古马。他是爱马的，知道战备的军马看管太严，牵不出来，又不抗寒耐饿，怕把马冻饿坏了，人也就活不成了。蒙古马不是赛场上的冠军和马戏团里的明星，是啃着冰雪和枯草，从东亚跑到西欧，载着成吉思汗征服世界的马。这个选择是英明的。

白音查干山想不到，连山神爷也想不到，一天有两人一马投入它的怀抱。它展开巨鹰似的臂膀，慢慢合拢，抱紧投向它的儿女。生命，化作自然之光。

独眼巨人醒来了。它一直在沉睡，相传每七千年才醒来一次。上次是在混沌时期，成吉思汗的祖先被塔塔尔部落追杀逃到了这里，它本来没到醒来的时候，却因化铁熔山被吵醒了，那次时蒙古部落在战争中失败藏到山中，他们感到山川狭小，要谋划出山，于是选择山下的铁矿，宰杀了七十头牛制成七十个大风箱，然后堆积柴火将铁矿烧化，这才找到了通往草原的道路。那次熔山差点儿毁了神的洞府，它一时动怒，几乎杀了全部的人，在重新造山时把尸体全做了馅添在山石里，大石上的纹路都是红色的。可这次，它似乎睡过头了，直到母亲闯入了山洞。

洞中有一堆火，火上架着喷香的烤羊，烤羊金灿灿的，闪着光，涂满了油脂和野菜野果做的调味酱。火旁有一位须发皆白身着神袍的独眼老者，头上带着罕达犴（驼鹿）头皮的神帽，上缀作为通往上天的桥梁的飘带，两只又粗又长的角示威似的支棱着，罕达犴的眼睛里还流露出惊恐而凶恶的光。和人一样，它升天前的目光会永久保存着。他身穿去毛的鹿皮制成的对襟长袍，绣满了动植物的图案和花纹，胸前、两肩、背部都缀满了圆铜镜和小巧的铜铃。腰上系着神裙，上有十二根飘带，飘带上绣满了野花、叶子、野鸡翎毛类的图案。旁边的地上放着神鼓、鼓槌，洞内的墙上挂着偶像、神画、刀、弓箭。

母亲在火堆旁醒来，她的眼里映出火光中的山神怀中的我。山神正拿银碗中的羊奶喂我。他先抿了一口，看看烫不烫，嘬着嘴唇来吹，吹皱了碗中羊奶，似风吹皱了海子。

她干张了张嘴，想说点儿什么，可又说不出来。这难道就是传说中的独眼山神吗？只听此时，山神慢悠悠地道：

"上天里有缘由，大地里有根源；越过千山万壑，上溯无数河川；海水翻腾，江河滚滚。我的小主人，在我仙界静养时，你指名惊动我，来此了断这般孽缘。"

六

我试图勾画出当时山洞中的情景，似乎也听到了山神的祝词，更幻想遇到的是《阿拉丁神灯》里的神，由母亲向它提出愿望，要收养我。但山神提出条件，孩子和母亲只能收养一人，不知是产妇在山神看来是不洁净的，还是说这是自然的法则。

母亲在生死间选择后者，让我活下去，而她自生自灭。神冷酷得没有感情，只有原则。母亲没有选择一同生死或向神求情，她果断做出了选择。

山神也许更希望母亲活着，收她做他的侍从，他似草原上的男人一样，一边唱着草原上歌唱母亲的歌，一边任由母亲辛苦地劳作，却在一旁聊天、喝茶、吃点心，孩子们在一旁玩羊拐，抓一个扔一个地玩，像打弹子一样弹着玩，翻着各种不为人知的花样玩……却从来没有多看一眼在远处的河边背水、在包外的木桶前打奶酪、蹲坐在身边用粗糙扎手的骆驼毛搓麻绳的母亲。

可惜的是，这一切都是十足的幻象。现实中，父亲沿着母亲的脚印找，不一会儿，雪下大了，只能凭着大略的方向进了山。他在山里迷了路。

父亲在那么危机的情况下是怎么想的，我一直没问过。我想他是不是会跪下来，像远古时的萨满一样占卜，或是用民间通行的铜钱算卦。只是没多久，风雪小了。远处传来狼嗥，似婴儿在哭泣。叫声越来越近，此起彼伏，一声比一声长，一声比一声高，像狼们在互相哭诉自己的悲惨遭遇。父亲感觉要被狼群包围了。他想掉转马头，却被马引着径直向前方。

狼嗥不绝于耳，可眼前连狼毛都没有。好奇心驱使着他向山深处走去。狼群带着狼嗥游动。天地间一片混沌，没有一丝月色，似天地初开时。父亲需要一道闪光来为他指路，那闪光可能来自山神的翡翠扳指、铜镜铜铃或做了帽子的罕达犴的双眼。

　　不知走了多少路转了多少弯，父亲发现狼嗥正向前方一个小山洼里汇聚成一点，那里似乎是狼的老窝，隐藏着衰老的狼王。狼们在开会，讨论第二天去哪里狩猎，老的狼王该退位，新狼王的格斗何时开展。也许那里会上演一场血肉横飞的狼王大战。新狼王登上土坡，众狼俯首称臣，老狼王倒在血泊，或灰溜溜地离开，像母亲一样走向白音查干山深处。

　　父亲骑着马走近了，这一夜，他觉得自己和胯下的马一样不再年轻。狼嗥消失了，山洼里光怪陆离，似是一条模糊不定的路。父亲眼前突现一个浅小的洼地，婴孩的啼哭传来，是刚出生的我和冻死的母亲。

七

　　几年以后，父亲的连队回到包克图（蒙语中"有鹿的地方"之意），这个有鹿的地方早已没了鹿，只有工厂，它们不断向天空排放黑烟，向河排放发绿的废水。

　　草一年比一年衰，风沙一年比一年大，刚挖开的黄土地，一阵风的工夫全被埋上了，除了土豆，没有能活的作物。土豆长得巨大无比，最大的超过脸盆，还多是一个大的连着好几个小的。知青们将其戏称为"爷爷带孙子"，吃了土豆爷爷，种下土豆孙子。不多久，孙子又长成爷爷，爷爷又长出好孙子。他们在爷孙交替中一天天老去。

工厂在等待着他们，这些本应在课堂上念书，放学后一起游玩，在读书与游玩中寻找异性伴侣的孩子仍穿着破烂的老羊皮袄，瘦弱的身影晃动在火热的高炉旁，炼钢、炼铝、造纸、制化肥农药，成为七十年代的新工人和光荣的无产者。无产者也要有家庭，抽屉里要有下个月的生活费，可他们没有。每个月五元的津贴还不够几顿解忧的酒钱，高温作业的补助——牙碜的红糖是仅有的沏水饮料。下班后，他们在宿舍里侃山、打扑克、下棋，侃得什么话也没有了，也就不说了。

他们像一群没人要的孩子，被抛弃在荒原上，劳改犯迁走了，知识青年驻了进来，感叹自己像劳改犯。他们怀着牧羊时的浪漫惬意来到草原，还想着在草原上牧羊策马奔腾时的矫健身影赢得了多少女知青的青睐。他们有的连初中还没毕业，不知外面到了哪一年，报纸最快也只能看半个月以前的，又好长时间没更新了，也不知要在此待多久。这徒刑是十年？是二十年？总要有个数吧？根本是无期。

逃亡的气氛从一个工厂扩散到另一个工厂，到整个城市，到全省，到全国有知青的地方。逃亡开始了。有关系的，把扎根边疆一辈子喊得最响的人最先走了。参军、工农兵大学生、病退回城……没关系的送两条烟、两瓶酒、一袋粮食就走了，女知青松了松裤带也走了，只剩下父亲这样傻而正直也穷得送不出礼的被忧愁迷惑的孩子。

母亲的失踪曾引起不小的震动。后来自杀或他杀的知青多，她也就慢慢被遗忘了。自杀者中有因饥饿偷吃白菜萝卜被发现而喝农药的，有因被爱人无情抛弃而跳崖的，有因招工、上大学的名额被顶替而投河的……牧人们说那不是自杀，是大地山河在召唤他们做儿女，就让他们先走一步。纯朴的人用最后的童话来安慰活着的知青们。

父亲从来不怕当面的挑衅，只是对冷箭猝不及防，可悲的是冷箭从哪里射来都不知道，他就被从推荐上大学的名单中轻轻画去。他跑到郊外的旷野仰天长叹："该，我活该！"

那几天，知青们纷纷传说，每至夜半，总有凄凉的似狼的号叫声从野外传来，这里是从来没有人或狼的。父亲的号叫声被天留住，在漆黑的夜晚释放出瘆人的天籁。

他的心绪糟糕到了极点，莫名的草原似的忧愁从心底的湖中涌上来。湖水不再是清澈见底，浑浊而沸腾，它翻腾起了巨浪，化作亘古悠长、连绵不绝的歌。

> 小黄马儿啊，
> 你那轻巧的步伐，
> 令我着迷陶醉

> 美——丽的姑娘——嗨咿嗬——
> 嗨咿嗬——嗬——嗨咿嗬——啊哈嗬咿嗨——
> 哎——哎——啊——嗨咿嗬——哦嗬——
> 你那啊嗬啊——温柔——的性格哟——
> 永远留在——嗬哦——嗨咿嗬——
> 我的心中——嗨嗨咿嗬——嗬——嗬——哎——

八

　　草原像怕羞的小姑娘，向着西北方飞也似的逃去，留下无垠的荒漠。多年来旷野中的劳作使知青更像哲人，在劳作之余不时抬头看看天空，接受长生天带来的启示。他们知道被毁得差不多的草原是多么可贵。荒漠意味着死亡，他们不再是赞美荒漠的诗人，而是像逃避瘟疫一样逃避荒漠，却最终被荒漠吞没。

　　父亲想的比其他人要多，他长期在山坡上牧羊，又有了和母亲算不上爱情的爱情，生活使他常常陷入沉思。他敏感、自闭而心事繁多。我原以为父亲大彻大悟之后会归依某种宗教，甚至想象出父亲剃的光头上长出短短的一茬头发，寒冬腊月里也袒露右臂披着红色的僧衣，背着个笸箩翻山越岭地去采药。他四肢同时扒住岩石，身子一弓一弓地爬上崖壁。突然间，一块石头脱落了，在父亲手中与他一起跌落下来。僧衣被风吹起，似在天空中绽开了一大朵血色的藏红花。

　　包克图的环城小火车已经下班了，它在开往车库的途中顺便把铁路工人一并送回家。知青们坐火车从不花钱，他们高明的逃票方法能逃过列车员的眼睛。列车员也知道知青们都没钱，都随便坐。这一节车箱的列车员已在前一站下班，整节只剩父亲一人。他一手抓着扶手，站在敞开的车门前跟列车一起摇晃。景物一一从他眼前掠过，他在面对一扇随时变幻的门，每一秒钟都是另外一个世界。古希腊哲人说人不可能一脚两次踏入同一条河流，父亲在此时说："人不可能在一瞬间两次面对同一个世界。"

　　世界在眼前游动着，父亲把手伸出车门抚摩空气，仿佛是伸进水中撩水。他想起了和母亲一起洗被男生尿水淋湿了的裤子时，母亲往他身上撩水时的情景。水花撩得很大，弄湿了父亲的外套。父亲显然是让着母亲，否则他不会在打水仗中落败。水花越撩越高，他们越挨越近，他们抱在一起摔倒在水中。

他们很快滚上了岸。岸边是绿油油的草地，草长没膝，使人躺下隐约不被发现。他们并肩躺在草丛中，母亲枕着父亲伸开的手臂，嘴角叼着棵青草咬着玩，抬头数天上的白云。

记忆没有随时间的流失而消退，它似乎封存在心底的湖中。父亲心底的湖水被排干了，记忆宝库被打开，和母亲相处的情景一幕幕浮现。他心跳加快，心里阵阵发酸。思绪使他坐卧不宁。母亲的幽灵已经缠上了他，死死地负在他身上，使他不能从失意忧伤中走出。即使是很微小的一点儿事情，都能引起他的回忆，他被回忆包围了。

父亲太熟悉这段铁路，犹如熟悉身上的一段血管。每逢仲夏，下午下班后，他总是一个人漫无目的地在小城里散步，夕阳把他的影子长长地拉向东方。春天多风沙，时常吹得人睁不开眼，外出一天，洗完脸，盆底剩下一层沙子；秋冬的黑夜冷而漫长，下班时天色已黑，大街上什么都没有，人们都蛰伏在家。只有夏天，原是避暑的好地方，可阳光直射，那没有阴凉的土地白花花地反光，只有在大树下能得些清凉。可工业化的城市更多的是矿物粉尘，白衬衫穿一会儿就变黑，哪有那么多的绿色？只有环城铁路沿线杂草灌木丛生，间或也有些零零散散的树木，清凉了许多。

他尤为喜欢这段地方，成片的荒草连成了不小的草滩，能使他感受点儿草原的气息。他独自在荒草中漫步沉思，回忆几年来的知青生涯，向往着未来的日子。

曾几何时，在中学的课堂里，他的理想是走遍全球，这在那个年代是想都不敢想的事。于是他立志要做一名飞行员，驾着飞机去周游世界。本以为心愿渺茫，可机会来了。航空部门到中学去挑人，全区层层选拔，最后挑出了两人，都在他们班里，为那所古老的中学带来了一丝活力，可又瞬间沉寂下去。那个同学肝脏略大，不大合格，但选上了，父亲几近完美但出身不好。他为此伤心了很久，是否哭过不得而知，但就我对父亲的了解，那简直是一定的。

　　做不成飞行员了就去做海员吧，乘轮船也可以远航。还未等到招海员，他就来了离海甚远的内蒙。当第一次看到草原时，他把这里当作了大海，独自撑起命运之舟。

　　他发现自己已离不开草原，心房里应该住着个人来想念，当这个人已经不在时，心房就毁了。自己年近三旬。按常理孩子都应该上小学了，用不了几年，上中学，上大学，毕业，工作，结婚生子，自己退休养老，也该当棺材瓤子了。哦，现在是进焚尸炉。活着活着，就老了。老了，不中用了。他心灰意冷，估计要在此像退休的独身老工人，老了就在厂里看大门，要不就去山里当护林员。他想到以前的同学，全国各地的知青中也会有他这样的失意者。

　　列车幽灵般向落日的方向急速坠落，仿佛整列车上都没了人，他还站在敞开的门口，内心的压抑使他失去了模仿铁道游击队的威风，但一抬腿在时速三四十公里的火车上蹿上跳下不成问题。他也曾闲得无聊，从火车上跳下，以百米冲刺的速度跑上一段，想跑到火车的前面去。可都是刚开始能前进，接下去是僵持，再下去被火车落后。一节节的车箱从他面前掠过。他就纵身一跃，扒上后面的车箱。有时轮不到车门，他就从窗口爬进去，有时干脆等着扒下一辆，或没车了沿着铁路走回宿舍去，任凭铁路像梯子在脚下延伸。

可这次是他最后一次站在火车车门前，他没有跳车。

车行至拐弯时，突然猛地一拐，车箱似乎被带动得甩了起来，像一条怪蟒在甩动它的身子，细瘦的腰身间爆发出无穷的力量。他没抓住扶手，耳边呼地一下，身子径直甩了出去。

车门外，正对着棱柱型粗大的水泥铸成的电线杆子。

他狠狠地撞在电线杆上，巨大的惯性使他弹了回来，身子贴着地面一转一搓，把双腿蹭到了铁轨上。在火车与铁轨狭小的空隙间，他恍惚间听到"嗑"的一声，身体触电般抖动一下。

九

他睁眼了，身边两个身穿铁路制服的工人蹲在他身边，拿着粗铁丝往他的断腿上一套一夹，拿起老虎钳子使劲地拧。他看见血慢慢地渗进了土地，沿着坑洼处汇成了小河，在土坑里积起了小湖，一些陈年的枯枝败叶漂在湖泊里，犹如漂在波光粼粼的水面上。他看见血越积越多，那河是横着的，那是美丽的昆都仑河。他和母亲一起在昆都仑河旁洗被知青尿淋湿的裤子。血河漫出河道，湖越来越大。它漫过草原，草在血的浇灌下长得壮如森林；漫向沙漠，把沙漠染得血红，天上下起了长达四十天的血雨，地上也暴发了四十天的血洪，世界是充血的汪洋大海。

血海把一切都淹没了，淹没了草原，冲毁了房屋，冲走了人和牲畜，天神发怒了。他仿佛要惩治这些蛮干的知青，是他们破坏了草原，带来了莽古斯化作的风沙，是他们带来了罪恶，批斗、抄家、划分界限，造成了人与人、人与天之间无穷无尽的争斗。人们不再相互信任，不再愉快地聊天，民风不再纯朴，一切都向着大工业机械化发展。

眼前是一片红色，他感觉世界末日来临，要身归那世去了。索命的无常女吊来了。他们用勾魂索带着他走近一条叫忘川的河，走到河上的奈何桥。他想对他们说点儿什么，可一看无常女吊惨白的脸，什么也说不出。无常一副文质彬彬的样子；女吊很美，很清纯，一脸的女学生气。父亲看着她，眼睛里闪现出母亲的影子。

"雁儿！"他情不自禁地说。那是母亲的乳名，他一向这样称呼她。女吊回头看了他一眼，不作声。

桥头有座望乡台，台旁有块三生石。慈祥的孟婆在望乡台旁熬汤，汤锅咕嘟咕嘟地开着，旁边码放着精致的碗筷和汤勺。

父亲干张了张嘴，喉咙仿佛被塞住，他尽力从嗓子里挤出几句话："我死以后，是不是就能见到雁儿了？"

无常和女吊对视了一眼，也是想说话，又沉默住了，仿佛是怕刺激他，但在他们看到了孟婆之后，还是说了。"她没有来这里。"

"她还没有死？我要见她。"

"她要永远和神在一起。"

"山神是谁？在哪儿？"

"山神是山，就像天神是天，你见不到他。"无常缓缓地道。

"喝了这汤，你就从来没见过她了。"

他想反抗，这不是反抗的地方，无常紧紧地锁着他，孟婆笑吟吟的，将汤碗端到了他嘴边。

十

血海滔天。

不知过了多长时间，有天神拨开浮云，看到下界苦难的人们。他从怀里掏出一小块土向血海中投了下去。血海中涌现出一块陆地，越来越大，直至将血海吞并。

是死是活，这是件值得琢磨的事。父亲把哈姆雷特的那句话翻译成一个较为口语的版本，尽管他没学过英文。小时候，家里有整整一大套三十六本的莎翁全集——民国的版本，一剧一本，薄薄的小册，却是父亲的最爱。也许他就靠这些句子和母亲生下了我，可他还没读懂就偷偷地跑来响应伟大的号召。他也曾动摇，却从没后悔。和混一天过一天的知青们相比，他沉思未来，想着有朝一日接受贫下中农再教育结束后，回到古城北京接着上高中、上大学，毕业、参加工作，为建设社会主义贡献自己的一份力量。屯垦戍边，到工厂做铸工，全当学农学牧学工的劳动，只不过稍微长一点儿罢了，遥遥无期。

他想像革命烈士那样放声大笑，可笑不出来。他无意间听人说过，刚解放的那几年间，总有人穿戴整齐——西服或是长衫，头戴礼帽，从从容容地从楼顶跳下，有段时间楼下不敢过人。他自然不知为什么，问父母，父母也不告诉他。从小到大多年来的政治教育使他恍恍惚惚地觉得，那些是破产的资本家，他们剥削压迫劳动人民，他们还妄想以死来反对伟大的领袖，以死来破坏社会主义建设，他们该死！敌人不投降，就叫他灭亡！而现如今，他是向命运投降，还是自取灭亡呢？

他每天对着雪白的天花板。时间凝固在被甩出车门的那一瞬间。

"雁儿，我的雁儿！……

"你睁开眼睛，我可怜的雁儿。你怀了我骨血，我却不敢承认。这时，是他，另一个个子高瘦的北京知青，他承认了。难道你背着我和他……一个男人难道不够吗？你个荡妇！无耻的婊子！批斗会上，我用恶毒的脏话骂你，用马靴踢你，用宽大的铜头皮带罩着你的脸狠狠地抽去，像失贞的少女抽打夺取她初次的人。连喜儿打黄世仁也没有这么狠。你的脸上肿起了一道道红印，像内蒙大地上涌起的一道道山梁。我含了一大口唾沫，喷水似的喷在你肿起的脸上，迷住了你的双眼。你紧紧地闭上眼，乳白色的唾沫顺着睫毛流下来，我才发现你的睫毛又黑又长，是如此地美。

"唾沫流到你的鼻洼处不再流动，似你我亲热时弄在你肚皮上的精液，那时你吓得胡乱涂抹，我的后代子孙们缓缓地流淌在你臃肿的棉裤上……当我的眼里冒出火焰，眼角要瞪裂地怒视着你，却发现，你和他弯腰跪在一起，脖子上挂着墨写的'破鞋'二字的木板和一只肮脏的陈年旧鞋，肚子已显现出孕妇的雏形，那就是你们无可辩驳的罪证！你头上戴着尖耸的高帽，挂木板的铁丝深深地勒进脖子的肉里，和他弯腰跪在一起，比刚才靠得更紧了，脸上带着红润的微笑，是那么地幸福……

"那个强行夺走了你初夜的人，却站在你面前，又举起了宽大的军用皮带。"

不知过了多久，知青们看到一个没有腿的人，他一手架了一条板凳坐在宿舍前晒太阳，他的脸惨白、消瘦，却很俊美，似索命的无常。他没想到自己能活下来。

知青们给他制作了很多东西，从坐式马桶到狗皮褥子，他一边受用这些本不属于他的物品，一边想着自己的未来，出家还是自杀？这是明摆着的事：病退、回城，不用做工人了。

他的父母来了，什么都没说，把他带走了。他说什么也不愿坐火车，父母利用职权在飞机上给他谋了个位子。他在飞机上，一心盼着飞机掉下去，因为双腿已留在这片土地上。

再也没有过他的消息，就像他不曾活过一样。等人们再谈起他，已是很久以后的事了。和草原上的那些神话传说一样，他的事迹将越来越丰富，越来越离奇，被人们编成故事、唱成民歌、弹成史诗。最初的面貌已不重要了。

十一

父亲在轮椅上讲完他的经历，缓缓掏出纸烟来吸。我划着了火柴，弯腰给父亲点火。在家里，他在我残酷的管制下把烟戒了。从吸烟袋锅、卷烟叶、"抽大炮"（拔掉过滤嘴吸）到吸过滤嘴，从一天一盒半到一天一支，最终一支也不吸了。现在，他连吸了两口，大呼不过瘾，想找牧民要管"一口香"回味回味。西北人把羊的小腿骨去了关节，打通，一头安上个加工后的子弹壳，塞上烟叶点燃，嘬一口下去，那吞云吐雾的滋润劲儿，只有享受过的人才知道。羊骨烟枪常年在手中把玩得锃亮，黑得看不出本色，足可当传家宝。父亲有一杆特别好的羊骨烟枪，还有工艺品般的蒙式烟盒包，都在坚决戒烟时扔掉了。当他想把羊骨去下的关节给我做羊拐时，我已过了玩羊拐的年岁。

我没法给父亲找"一口香"来。戒烟是为了不把我呛死，而不是为了他身体健康。因为我不认可他，我不能向一个抛弃过母亲，等我长大后又把我从喇嘛、从牧民那里接走就说是我爹的人叫爸。

母亲死在风雪中，而父亲却说她是被蒙古山神收养了。父亲原本给我解释过多次，后来他不解释了，任凭我冷冷地对他。

"我一直把你当养父，从不当生父，怎么说也没用！尽管是你生了我。"我哽咽了，"为什么让我当没娘的孩子……"

"你错了两次，我郑重地告诉你。"

"？"

"一、我是你的父亲。二、我没有生你。"

"你没有强迫我的母亲？"

"我和她从来没有过。"

"那你凭什么承认是你？你的脸盆浇了她一身尿？你和她一起洗裤子？"

"不是我。"

"是谁？"

"是他，那个高瘦的。"

"为什么承认？"

"因为我……还用说吗？"

"我不信！我要去找他？"

"不信，"父亲喷了一口烟，抬了一下头，"你就问这荒原吧。"

霎时，我猛然抬起头，满目的荒凉顿时向我逼来，压得我喘不过气。戈壁仿佛要立起来，要将我埋葬。我无心还原到底谁是我的父亲，再也不想追溯那段尘封的往事。就当我有两个父亲好了，他们没什么不同的，都是知青。

我转过身来到他面前："爸，你是我亲爸爸。"

他瞪了我一眼："我不是你爸爸。我找了三十多年了，没有找到他。总有一天我会把你还给他。"

"不，我不认他，他对不住你和妈妈，更对不住我。他卑鄙，他无耻，他被火车压断腿，他活该！"

啪的一声，声音很小，父亲伸长胳膊打了我一个嘴巴，他够不着，打得很不瓷实，只是轻轻地扫过。他欠身时用力过猛，从轮椅中折了下来。我眨了一下眼，积聚的泪水顺着眼角流了下来，在布满尘土的脸上冲刷出两道沟痕。

父亲叹了口气，重新回到轮椅中。他抬头仰望苍天，想从天空中找寻命运的启示，天上只有几朵不多的白云驶过。天空中的云彩渐渐散去。父亲让我背他起来，轮椅扔在山坡上，一步一步地向荒漠中走去。

"走吧，孩子，去看看你出生的地方！"

后记：致冰封者

一

这本书原本想定名为《积极分子》，因为我喜欢书中《积极分子》一篇的题材。"积极分子"这个词在部分区域已经淘汰，很多人没经历过这个词最为主流的时代。它原本是个太正面的词，但在洗净铅华后，出现了更复杂的意思。

然而，这本书被定名为《冰下的人》。

二

书中《冰下的人》《积极分子》讲述的是二十世纪五六十年代的故事，《水下八关》《少年色晃儿》《女司机》是八九十年代的故事。但我希望更年轻的读者能读这本书，他们是世界的未来。我想为他们讲述过去的故事，尤其是讲述失语者的故事——不论是曾经的街道积极分子、青涩的不良少年还是为生活苦苦挣扎的女司机，或是再普通不过的人，他们都缺少这个时代的话语，少有人为他们写作。他们是这个时代的冰封者。

提及"冰下"，会想起海明威写作的冰山原则，小说的八分之一在面上，八分之七在水下。但我想到的，是二十世纪八九十年代时北京冬天的寒冷与清冽。那时北京的冬天犹如一片白茫茫大地真干净，人的生活也仿佛被冰封一样，苍白而又单纯。什刹海上奔跑着冰球选手和速滑者，长河上坐满冰上垂钓的人……一切都明摆浮搁，一切又都欲言又止。就在那黑白分明的色彩中，北京充满了幻象。那时，大家收到了丰富的信息，见到了美好事物的影子，却尚未完全得到它们，对传说中的二十一世纪充满了期望，科技尚未成为各种监管的"帮凶"，人们活得足够任性。网络化时代到来了，人们被迫承受了太多的刺激，反而容易拘谨，这才发现，我们始终都生活在《三言》《二拍》里，每天都只为饱食终日而奋斗，一生做所的就是赚钱与花钱，我们的生活不再任性，便从中品味出人情冷暖、世态炎凉。

生活不能只在冰上行走，兴许还会向冰下张望。人不能只有现世，还得有个飘浮在空中的精神世界。亚里士多德说："精神是更为神圣而且不为感情所动。"中国人的精神是始终为感情所动的，是感情构成了我们的精神世界。在我们头顶上空，也许是几千米的高空，会悬浮着一座精神上的北京城，或许是其他地方，在那里也有整齐的街道与城墙和城门，地上每走了一个人，拆了一栋老建筑，天上就会多一个人，多一栋建筑。那里是个虚幻之国。我不只想写冰上的北京，更想写冰下的北京，那里有着地上逝去的一切，有美好，也有龌龊。

不论是孩子还是普通的劳工，他们都有丰富的内心，并不是只有读书人才有精神世界。他们在现实世界中没有哀怨，都在被时代的发展而裹挟着，他们没有对命运做出抗争，因为他们不会抗争，也无法抗争。他们虽然宿命，但仍在腹诽。我确信这不是精神胜利法，有时候更像精神失败法。哪怕彼岸世界更加恐怖，人也会有那个世界的。

是另一个世界的存在给了我们遐想。

彼岸是真实存在的。

每个时代都有人写他那个时代的故乡，我不是一个人在写作。

三

在以前的写作中，我想写古代的故事，并试图把他们的精神带到现代。世界上的天堂就是明清时期的北京城，那时的北京山清水秀。先人们在这塞北苦寒的幽燕之地，模仿着江南建造起一座塞上江南来。我一直在用力写古代的北京、幻想中的北京，一本《燕都怪谈》让我反复地写了很多年，至今也没写完。

但我又想，还是应该写点儿自己经历过的时代。在一个烤鱼、麻辣小龙虾取代炙子烤肉和铜涮锅的时代，是否要刻意强调北京的本土化来延续这"四九城"之间的故事？我不知道。但我知道，我不是画地为牢的写作者。在写这些小说时，我不愿用新的记忆去覆盖旧的记忆，我把笔力都集中在奔跑在国际化大都市路上的北京上，我写的是现代的事，但它背后有历史上千百年来的积淀。我会在镣铐的范围内打完整套组合拳，并在狭小的空间内寻求写作的突破。

同样，小说是否被限定为京味儿并不重要。北京不过是过去有点儿历史，现在被当作首都，没什么特别的。写北京，不过是为了自省，不要忘记自己是从哪条胡同里来的。虽然我读了书躲进学校，但我始终不会忘记故乡，始终会记得那胡同中的街坊邻居、大爷大妈们。

我会一遍一遍地问自己，这本书里的每一篇小说都是必须写的吗？

在得到肯定的答复后，我提交了书稿。料想有一天会写更多被冰封的人的故事，不知会写得怎样，但敢肯定，一定会写下去。

四

最后，要特意感谢北京人民大学文学院创造性写作专业的老师和同学们。从2015年9月起，我有幸进入这个专业，与张楚、崔曼莉、南飞雁、杨薇薇、孙频、双雪涛、郑小驴七位才子才女成为同学。我们一起在阎连科、刘震云、梁鸿、张悦然等老师们的教导下，开始度过三年愉快的研究生生涯。每位老师同学都鼓励过我、指点过我，使我在温暖的呵护下敢于任性地写作，更使我每天都生活在深深的感恩中。还有我的昆曲老师张卫东先生、《青年文学》的执行主编张菁老师，联合读创（北京）文化传媒有限公司的陈江、梅勒斯老师，作家文珍、赵志明，诗人戴潍娜等，他们都在写作上给予过我指点和帮助。没有他们，就没有我的成长。在此郑重地谢谢大家！